Les enquêtes de Garance

Tome 6 – Fête foraine funeste

Audrey Woodberry

Les enquêtes de Garance

Tome 6

Fête foraine funeste

Roman

ISBN : 9798876122360
Independently published – Audrey Woodberry – Ille et Vilaine — Imprimé à la demande par Amazon.
Couverture : ©PalmsCreek
Dépôt légal : Février 2024

Chapitre 1

Les feuilles multicolores tournoyaient dans le ciel, charriées par le vent d'octobre. Thomas, qui les regardait par la fenêtre, avait encore du mal à réaliser que sa vie allait être bouleversée. Demain serait inaugurée l'antenne de la PTS. Il allait diriger cette nouvelle section, tout comme il l'avait rêvé tant de fois, sans pour autant ne jamais l'espérer. La procureure de la République, Elizabeth de Brignancourt, avait imposé la nécessité de cette création, ce que les statistiques d'homicides étaient venues appuyer sans problème. Les meurtres se multipliaient de plus en plus dans la ville de Montjoli, et la police avait grand besoin de ce renfort, qui serait plus qu'appréciable.

— À quoi tu penses, Thomas ? lui demanda la voix flûtée de Garance.

Il s'était rendu chez elle après son service, dans un désir, toujours plus prégnant, de passer du temps à ses côtés. Elle était vraiment devenue essentielle à son équilibre et il était content que sa promotion ne l'amène pas à s'éloigner d'elle. Il se retourna, Chouquette dans les bras, et revint vers le canapé.

— Je... C'est le grand jour demain. Je suis un peu surexcité. J'espère surtout être à la hauteur !

— Bien entendu que tu le seras ! Personne d'autre n'aurait pu convenir aussi bien à ce poste. Tu vas devoir prendre tes marques, c'est sûr, mais une fois que tu connaîtras chacun de tes collègues, tout coulera de source, j'en suis certaine.

Garance avait toujours tellement confiance en lui et en ses capacités ! C'était vraiment très agréable d'avoir, dans la vie, quelqu'un sur qui compter et qui vous incitait à donner le meilleur de vous-même, quelles que soient les circonstances.

— Merci, Garance, ça me touche.

— Je dis simplement la vérité. Et puis, tu as passé tellement de temps à tout préparer ! Entre les travaux de vos locaux, le recrutement et l'administratif, tu n'as pas chômé le mois dernier !

— Oui, je ne suis pas mécontent, d'ailleurs, qu'il ait été plutôt paisible, niveau affaires. Cela aurait été un peu chaotique, si j'avais dû mener de front une enquête importante.

— Comme un homicide, tu veux dire ? lui dit-elle, en lui offrant un clin d'œil de connivence.

Depuis le terrible meurtre qui avait eu lieu aux Floralies, la police avait bénéficié d'une accalmie bien méritée. Cela n'avait pas été évident de gérer un crime tel que celui-ci, qui avait été perpétré dans un endroit public et, qui plus est, en plein cœur de l'été. Heureusement, septembre s'était montré plus banal, avec des dossiers plus classiques et plus simples qui ne leur avaient pas demandé de ressources trop importantes.

— En tout cas, j'aimerais bien que les assassins me laissent un peu de temps avant de reprendre leurs sales besognes, que je puisse être opérationnel avec mon équipe.

— C'est cool de travailler sur les deux tableaux, comme te le permet le commandant Cerdan.

Pascal Cerdan n'avait pas fait que lui donner les rênes du nouveau service. En effet, il lui avait aussi assuré qu'il gardait sa place dans leur groupe d'investigations sur le terrain. Il ne serait donc pas cloîtré au labo, ce qui était encore plus motivant.

— Je suis très content du tour que cela prend. Et puis, les personnes que j'ai recrutées sont très compétentes, enfin, au moins pour la partie concernant ceux que je connais déjà bien.

— Les mutations en ont intéressé certains, à première vue.

— Oui, notamment un de nos principaux éléments : le légiste ! Pierre Berletin est heureux de pouvoir travailler à Montjoli et se rapprocher ainsi de sa fille et de ses petits-enfants. Et parmi les techniciens, nous bénéficions également de l'expertise de Marlène Schneider. Elle œuvre en labo depuis quelques années et elle est vraiment très productive. Elle nous a sauvé la mise plus d'une fois, grâce à ses analyses sur nos précédentes enquêtes. Les avoir tous les deux dans l'équipe, c'est déjà une aubaine. Pour les quelques autres qui sont arrivés par voie de mutation, je ne les connais pas encore bien. Et puis, nous allons accueillir des jeunes récemment admis au concours et qui sortent de leur formation. Ça va être un sacré défi de les intégrer au mieux.

— Je suis sûre que tu as pensé à tout. Ton équipe va rapidement se sentir en confiance à tes côtés. Tu es très pédagogue, c'est un atout indéniable.

— Bon, on ne va pas parler que de moi ! Et, toi, alors, tu as procédé à ton bilan de septembre ?

Garance avait pris pour habitude de dresser, chaque fin de mois, les statistiques de fréquentations de son journal numérique, non seulement concernant les utilisateurs, mais également les revenus engrangés.

— Ce mois de rentrée a été plus que satisfaisant. Les quelques reportages s'appuyant en grande partie sur les photos de Miguel ont été particulièrement plébiscités ! Je ne vais pas tarder à pouvoir lui proposer un contrat pérenne.

— C'est génial, ça ! Ce sont des investissements pour l'avenir !

— Oui, les revenus sont en belle progression et cela semble durer dans le temps, alors je dirais que c'est bon signe. Je vais en parler avec mon expert-comptable, mais je crois qu'il me donnera son feu vert.

— Félicitations ! Tu mérites ton succès. Tu travailles si dur.

— Bientôt, je pourrais éventuellement me permettre un rythme un peu moins soutenu, car, la prochaine étape pour moi, c'est l'embauche d'un autre journaliste. Enfin, une, plus précisément.

— J'ai l'impression que tu as déjà ton idée concernant le recrutement.

— Oui, mon ancienne collègue, Marie. Je suis sûre qu'elle serait emballée de travailler pour moi.

— Mais, tu ne m'avais pas dit qu'elle avait quitté la région ?

— Si, mais elle n'est qu'en CDD dans un petit canard local, dans la ville où habite sa sœur. En gros, sa situation est réversible. Mais bon, avant de l'envisager sérieusement, je dois déjà renforcer mes acquis.

— Oui, il convient de ne pas tout précipiter. Tu as raison de prendre ton temps. C'est plus sain d'évoluer petit à petit, plutôt que d'avoir les yeux plus gros que le ventre et griller des étapes pour finalement s'embourber.

— Effectivement ! « Doucement, mais sûrement », comme le dit l'adage !

Thomas pensa que cette phrase aurait pu également s'appliquer à leur relation. Cela faisait des mois qu'il avait envie de lui révéler son attirance, mais, la dernière fois qu'il s'y était décidé, un cadavre s'était mis en travers de son chemin. Depuis, avec tout le travail qu'il avait eu à abattre, il n'avait pas pu retenter l'expérience.

— Tu te souviens de la fête foraine d'automne dont je t'avais parlé ?

— Oui, tu souhaitais qu'on y aille. C'est déjà commencé ?

— Depuis la fin du mois dernier. Mais, nous avons encore le temps d'en profiter ! Elle ferme ses portes, juste un peu avant Halloween.

— Ah bon ? Pourtant c'est le meilleur moment pour ça, non ?

— Sans doute, mais c'est la municipalité qui a imposé à ce que les forains ne s'attardent pas plus de quatre semaines pleines. Et puis, je soupçonne qu'ils redoutent également un potentiel nouveau confinement à cause du virus[1].

— Ah, oui, c'est vrai que cela ne semble pas vouloir se tasser.

— En tout cas, cela ne nous empêchera pas malgré tout, de nous amuser un peu à nous faire peur, tu ne crois pas ? J'ai hâte de tester leur train fantôme, ou encore le labyrinthe aux miroirs !

— Ça risque d'être mémorable, en effet !

— Tu me diras quand tu seras libre pour qu'on programme ça. J'imagine qu'avec tout ce qui se profile, tu vas être pas mal occupé ces prochains jours.

— Oui, le travail va me demander pas mal d'énergie, mais je te promets que je trouverai du temps pour que nous nous y rendions.

— Nous disposons encore de trois bonnes semaines pour en profiter. Ça devrait être jouable !

Tout à coup, Chouquette se mit à miauler, gigotant pour se libérer des bras musclés du capitaine. Elle se dirigea vers la cuisine et réitéra.

— Ah ! Je crois que mademoiselle a décrété qu'il est l'heure de casser la croûte ! chantonna Garance. Je m'occupe de sa gamelle, et ensuite, on dîne ensemble ? Qu'en dis-tu ?

Rien ne pouvait faire plus plaisir à Thomas que de pouvoir prolonger la soirée au côté de sa voisine, surtout qu'il savait

---

[1] Voir Tome 3 – Confinement fatal.

qu'ils seraient sans doute amenés à moins se voir dans les prochains jours, à cause de son boulot.

— J'en serais très heureux ! On cuisine ? Ou tu préfères qu'on aille chez Giorgio ?

— Hum, je ne serais pas contre le fait d'aller rendre visite à notre ami. De toute façon, je crois que mon frigo est presque vide, alors épargnons-nous un repas médiocre. Et puis, je suis sûre qu'il sera très content de nous voir.

La *Trattoria di Napoli* était calme en ce lundi soir. La semaine, les clients étaient moins nombreux, pris dans le train-train quotidien : les enfants à gérer, leurs boulots épuisants, et leur envie de rester tranquillement dans le confort de leurs cocons personnels. Garance et Thomas ne regrettaient pas le manque d'ambiance, car ils aimaient la relative quiétude que leur procuraient ces dîners chez Giorgio. Ils s'installèrent à leur table habituelle, ravis de retrouver ce petit coin qu'ils affectionnaient.

— Yé souis tellement heureux dé vous voir, les amici ! les salua le maître des lieux.

— Nous aussi, Giorgio ! Est-ce que tu peux nous apporter une bonne bouteille de prosecco ?

— Mais tou dé souite, Thoumas ! Yé vous laisse choisir vos plats pendant ce temps.

Quelques minutes plus tard, la clochette de la porte d'entrée retentit, et quelle ne fut pas la surprise de Thomas de découvrir Pascal et sa compagne, l'avocate Vanessa Larivière. Ils vinrent les saluer et Vanessa proposa :

— Et si nous partagions une table ? Ce serait toujours plus sympa que de manger chacun dans notre coin, non ?

Pascal semblait serrer la mâchoire, sans doute peu attiré par le fait de dîner avec une journaliste qui se prenait pour une détective amatrice. Quant à Thomas, il n'était pas non plus emballé par la perspective, car, même s'il adorait son patron, il le voyait déjà suffisamment, et surtout, il aurait voulu être seul avec Garance.

— C'est une excellente suggestion ! s'exclama d'ailleurs celle-ci, mettant fin immédiatement à l'espoir des garçons de pouvoir s'en tirer subtilement.

Maintenant qu'ils étaient empêtrés dans ce piège, la soirée allait prendre une tout autre tournure. Néanmoins, les deux hommes fournirent les efforts nécessaires pour ne pas sembler trop contrariés et bourrus. Après tout, c'était important de savoir faire plaisir aux dames.

Malgré leur différence d'âge, Garance et Vanessa eurent l'air de bien s'entendre. Elles menèrent l'essentiel des conversations qui suivirent des directions éclectiques : anecdotes de travail, place de la femme dans la société, derniers films visionnés, activités culturelles de Montjoli, meilleurs magasins pour le shopping… Elles semblaient ne jamais manquer d'idées pour relancer la discussion. Même si les deux hommes ne participèrent que peu, ils passèrent un bon moment. Toutefois, Pascal ne put s'empêcher d'évoquer l'ouverture du bureau de la PTS avec son collègue, et Giorgio les ayant entendus, vint leur offrir une nouvelle bouteille de vin, qu'ils finirent.

Lorsqu'ils repartirent chacun chez eux, ils n'étaient plus très vaillants, surtout ces messieurs, qui, pourtant, représentaient les forces de l'ordre…

Thomas s'en voulait déjà d'avoir bu plus que d'habitude, mais en même temps, ce n'était pas tous les jours qu'il obtenait une promotion de cette envergure ! Le lendemain serait peut-être un peu difficile. Actuellement, il se sentait légèrement dans le brouillard. *Pourvu que je n'aie pas à subir les effets d'une gueule de bois !* pensa-t-il. Cela ferait particulièrement mauvaise impression, pour une inauguration, surtout qu'il devait parler devant la presse… Lui qui ne réalisait jamais d'excès avec l'alcool, ce serait tout de même le pompon de se tailler une réputation de soûlard, alors qu'il était on ne peut plus sérieux dans son travail !

Aussi, il s'inquiétait de la façon dont Garance le percevait. Il ne voulait pas qu'elle pense qu'il avait un problème avec la boisson.

— J'crois q'j'ai un peu abusé du prosecco ! lui avoua-t-il. J'espère q'j'aurai décuvé, d'ici d'main matin !

— J'étais tellement absorbée par la conversation avec Vanessa, que je n'ai pas trop fait attention. Tu en as avalé combien de verres ?

— Hum, j'sais pas trop, six, sept ?

— Ah oui ! Quand même ! Bah, écoute, tu ne me sembles pas si saoul, pour un type qui vient de s'envoyer autant de vin.

Cela le rassura immédiatement. Au moins, il ne perdait pas la face devant son amie. Néanmoins, il ajouta :

— Hum… J'suis pas sûr que ça m'soit très bénéfique. Mais, il fera jour demain…

— Oui, voilà ! Une bonne nuit là-dessus, et tu seras frais comme un gardon ! Tu veux que je t'accompagne devant chez toi ?

— C'est pas d'refus. Si j'peux éviter d'dormir dans le couloir !

Thomas était tout de même un petit peu pompette, cela se sentait dans sa voix… et son haleine. Seulement, Garance eut l'obligeance de ne pas le lui avouer. Elle ne tenait pas à ce qu'il stresse sur les éventuelles conséquences, demain matin. Elle savait que l'inauguration des bureaux était importante, et il s'en inquiétait déjà assez quand il était sobre, alors, avec quelques grammes d'alcool de trop dans le sang…

Elle se rassura en se disant qu'il était un grand gaillard, fort et résistant. Il se remettrait rapidement de ce petit écart de conduite. Après tout, il avait bien mérité de fêter sa propulsion au poste de directeur de la Police Technique Scientifique. C'était un événement qu'on ne vivait qu'une fois dans une carrière ! Elle ne pouvait pas lui reprocher de s'être lâché un peu, lui, d'ordinaire, si sérieux.

Elle l'aida, comme convenu, à rejoindre ses pénates. Heureusement qu'ils n'habitaient pas très loin du restaurant ! Elle patienta, le temps qu'il se change dans la salle de bain et se mette au lit, avant de repartir. Elle voulait être sûre qu'il serait confortablement installé pour la nuit.

— Je te souhaite de beaux rêves, Thomas ! lui susurra-t-elle dans l'oreille.

Elle déposa un tendre baiser sur sa joue et il s'endormit aussitôt.

Chapitre 2

Thomas ouvrit subitement les yeux et eut l'impression qu'une chape de plomb s'était emparée de sa tête. Petit à petit, les souvenirs de la nuit précédente lui revinrent. Il avait un peu abusé de l'alcool italien servi à la trattoria, et le mal de crâne lancinant qui lui tapait sur les tempes n'en était que le piètre résultat. Il commença à s'étirer voluptueusement, quand, soudain, son cœur effectua un bond dans sa poitrine. Il venait de se souvenir d'une information capitale : il devait se trouver à l'inauguration de la PTS ce matin !

Il tourna le regard vers son radio-réveil avec angoisse. Celui-ci n'avait pas sonné, pour la simple et logique raison qu'il ne l'avait pas actionné ! S'il était en retard, cela ferait jaser. Et puis, il ne pouvait pas se le permettre. Encore moins aujourd'hui ! Heureusement, lorsque ses yeux réussirent enfin à se fixer sur les chiffres lumineux, il s'aperçut qu'il disposait encore d'une demi-heure devant lui. C'était un timing vraiment restreint, surtout s'il y retranchait les dix bonnes minutes nécessaires pour atteindre le commissariat.

Il ne perdit pas une minute supplémentaire et se leva d'un bond. Seulement, ce fut une mauvaise idée ! Il fut assailli de vertiges et il dut se rasseoir sur son matelas pour s'assurer qu'il ne continuerait pas à tanguer. Quand il se sentit plus vaillant, il parvint finalement à rejoindre sa cuisine et se prépara un café bien serré. Non seulement il en avait bien besoin pour se réveiller totalement, mais c'était un remède connu et employé depuis des lustres contre la gueule de bois.

Une fois son breuvage avalé, il se précipita sous la douche pour finir de remettre ses idées au clair. Il avait décidé de s'habiller un peu plus élégamment que d'habitude. Il tenait à donner une bonne image des forces de l'ordre dans les médias. Leur profession n'était pas toujours appréciée à sa juste valeur, et il était de son devoir de ne pas y faire honte. Après tout, il était, dès aujourd'hui, le directeur de la police technique et scientifique de la ville. Cette nouvelle fonction ne l'inciterait pas à devenir pédant, mais il n'avait aucune raison de ne pas en être fier. Il avait beaucoup travaillé pour mériter une responsabilité comme celle-ci. Il n'avait pas volé sa place et devait s'en montrer digne. Il savait pertinemment que beaucoup de personnes l'attendaient au tournant, et parmi elles, non seulement son commandant, mais également, pour ne citer qu'eux, la procureure de la République, le maire et le préfet. Il avait donc grande hâte de faire ses preuves, mais en souhaitant, préalablement, avoir la latitude de prendre ses marques avant sa première grosse affaire.

Il jugea son allure générale dans le miroir, et, bien qu'il se trouve quelque peu emprunté avec cette veste de costume, il n'eut guère le loisir de faire mieux, pressé par le temps. Il enfila rapidement ses chaussures, attrapa son portefeuille, son téléphone et ses clés, et se précipita vers le parking souterrain pour récupérer sa voiture. Sa tête continua de le rappeler à lui, mais il devait faire avec.

Le commissariat était en pleine effervescence. Pendant que certains avaient été réquisitionnés pour tenir la barre du navire, les principaux officiers s'étaient tous rendus, quant à eux, dans le bâtiment à l'arrière, qui abritait désormais les nouveaux bureaux de la PTS. Pascal, Sylvie, Jonathan et Armand étaient déjà là, ainsi que tous les hauts gradés et élus. La procureure, Elizabeth de Brignancourt était particulièrement excitée et fière de voir enfin son projet complètement concrétisé. Après des mois de bataille avec les différentes instances, c'était la consécration de très nombreuses heures de travail !

— Quelqu'un a aperçu Thomas ? demanda Pascal à ses officiers.

— Non, et cela ne lui ressemble pas de ne pas être là en avance ! remarqua Sylvie.

— J'espère que ce n'est pas la soirée d'hier qui l'a mis sur la touche !

Ses trois collègues le regardèrent d'un air interrogateur. Pascal se sentit obligé de leur expliquer qu'ils avaient dîné ensemble et qu'ils avaient un peu abusé avec le vin italien.

— Personnellement, cela ne m'a pas affecté ! Mais Thomas n'est pas familiarisé avec ce genre d'excès.

Il était de notoriété publique que le commandant Cerdan était un consommateur d'alcools forts. Alors ce n'étaient pas quelques verres de prosecco qui lui feraient le moindre mal.

— Il lui reste cinq minutes avant que la cérémonie ne commence. Je suis sûr qu'il va arriver ! les rassura Jonathan.

Effectivement, quelques secondes plus tard, le capitaine Daumangère, fraîchement promu directeur, pointa le bout de son nez.

— Je n'ai rien loupé ? s'inquiéta-t-il, hors d'haleine.

— Non, les festivités n'ont pas encore débuté, l'informa Armand. Nous nous demandions justement si tu allais finir par arriver.

— C'est une longue histoire ! éluda Thomas.

— C'est ce que l'on a cru comprendre ! laissa entendre Sylvie.

Thomas se tourna alors vers son commandant qui lui offrit un clin d'œil de connivence. Bien entendu, il n'avait pas pu s'empêcher de tout leur raconter !

Compte tenu de ses excès de la veille, Thomas s'en sortait plutôt pas mal. Mis à part son mal de tête qui frappait toujours dans son crâne, il ne subissait pas d'autres effets secondaires. Il balaya la pièce du regard, et s'aperçut rapidement de la présence de Garance parmi le groupe de journalistes. Son amie effectua un signe de la main à son attention auquel il répondit de la même façon. Il lut une sorte de soulagement sur son visage. Sans doute s'était-elle inquiétée de ne pas le voir un peu plus tôt. Il se souvenait qu'elle l'avait escorté jusqu'à chez lui, tellement il était mal en point à cause de son petit coup dans le nez. Tout comme lui, elle avait dû redouter des effets de l'alcool sur lui. Il avait joué avec le diable, et il était reconnaissant envers son corps, de ne pas trop le faire souffrir des excès qu'il lui avait imposés.

— Ah ! Capitaine Daumangère ! Nous allons bientôt commencer, si vous êtes prêt ! lui indiqua la procureure, après s'être dirigée vers lui d'un pas vif.

Thomas opina et chercha, auprès de ses collègues, un dernier signe d'encouragement avant de se lancer dans l'arène. Sylvie lui sourit, Jonathan lui topa dans la main, Armand lui tapota l'épaule et Pascal le cala sous son aile pour l'emmener sur l'estrade qui avait été plantée dans le décor, pour l'occasion. Il ne pouvait plus reculer maintenant. Le grand moment était enfin venu.

La procureure, en habituée de ce genre de cérémonie, se fit un plaisir de prendre la parole. Ils n'étaient pas terriblement nombreux, puisqu'en dehors des journalistes, les citoyens n'y avaient pas accès. Mais, cela suffisait à ce que Thomas se sente légèrement anxieux. Parader de la sorte devant les grands noms de sa profession, ce n'était pas quelque chose qui était inné chez tout le monde.

— Bonjour et bienvenue à tous dans les locaux du nouveau laboratoire de la police scientifique et technique de Montjoli ! C'est avec un plaisir particulier que nous allons vous faire découvrir les lieux. Comme vous le savez, notre communauté connaît une recrudescence de meurtres ces derniers mois, et il était de mon devoir, en tant que procureure de la République, d'alerter les autorités compétentes et les solliciter pour que des actions soient mises en place. La création de ce bureau a été le fruit de la coordination de nombreuses entités sans lesquelles rien n'aurait été possible. Je tiens donc tout particulièrement à remercier pour leur soutien, monsieur le préfet, ainsi que monsieur le maire, mais également le commandant Cerdan qui a écopé de la lourde tâche de désigner la personne qui sera responsable du bon fonctionnement de cette antenne.

Elle laissa alors la parole à Pascal, afin qu'il puisse présenter Thomas et ses récentes attributions.

— Merci, madame la procureure. C'est avec reconnaissance et fierté que ce nouvel espace commence aujourd'hui le premier chapitre de sa vie. Et je ne me voyais pas choisir quelqu'un d'autre que le capitaine Thomas Daumangère, à la tête de cet organe essentiel au parfait déroulement des enquêtes de la police judiciaire. Cet officier, entré dans la fonction depuis dix ans, est un membre indispensable de l'équipe d'investigations de Montjoli. Il y a fait régulièrement ses preuves, notamment lors des derniers homicides ayant eu lieu au sein de notre communauté. C'est un homme d'action, à l'intelligence affûtée et qui excelle avec les données scientifiques. Je n'ai aucun doute quant à ses capacités pour mener à bien les missions qui seront les siennes, et je sais d'ores et déjà qu'il sera un remarquable leader pour cette équipe fraîchement formée.

Pascal se tourna alors vers Thomas pour lui signifier qu'il était enfin temps qu'il prenne la parole. Le directeur s'avança vers le micro et déglutit afin de faire passer la boule d'angoisse qui nouait sa gorge.

— Madame la procureure, commandant Cerdan, merci pour la confiance que vous me témoignez. Je tâcherai d'être le plus juste possible dans mes décisions, mais surtout le plus réactif. Les missions de la PTS sont nombreuses et primordiales dans le parcours des résolutions d'enquêtes de la police judiciaire. Recueillir et analyser les prélèvements ne s'opère pas sans des effectifs dont les connaissances et les capacités sont à toutes épreuves. Nous avons la chance d'accueillir parmi nous un médecin légiste dont la carrière n'est plus à prouver, et avec lequel nous avons déjà collaboré de multiples fois. Pierre Berletin, merci de nous avoir rejoints…

Thomas continua ainsi, à présenter l'entièreté de son équipe constituée d'une bonne partie d'éléments officiants dans leurs fonctions depuis un long moment, ainsi que de quelques nouveaux venus, dont cela serait la première expérience.

En fin de compte, l'intervention du capitaine se passa de la façon la plus fluide. Lui, qui avait eu peur d'être ridicule, s'était étonné de ne même pas avoir bafouillé lors de son discours. Pour accomplir cet exploit, il n'avait rien trouvé de mieux que de focaliser son attention sur celle qui se tenait dans la foule et qui comptait plus que tout à ses yeux : Garance. La jeune femme n'avait pas quitté son sourire extatique de toute la cérémonie. Il avait pu lire dans son regard à quel point elle était fière de lui et heureuse de le voir réaliser son rêve. L'exaucer devant elle ne faisait qu'exacerber la myriade de sentiments qu'il éprouvait en cet instant tout particulier.

— Toutes mes félicitations, monsieur le directeur ! le félicita-t-elle, chaleureusement, après que l'ensemble des participants ont pu suivre la visite des installations. J'espère que tu seras d'accord pour m'accorder une interview exclusive !

— Merci, Garance. Oui, bien entendu, quand tu veux !

— Disons, ce soir, chez moi ! Je t'invite pour dîner, afin de célébrer ce grand moment comme il se doit !

— Mais, nous l'avons déjà fêté, pas plus tard qu'hier ! D'ailleurs, ma tête me le rappelle constamment...

— Mal de crâne ? devina-t-elle.

— Oui... mais c'est le moindre des maux qui auraient pu m'atteindre aujourd'hui. Du coup, je fais contre mauvaise fortune bon cœur !

— Tu as bien raison ! Sur ce, je vais te laisser avec tes collègues. De toute façon, tout le monde s'en va et je ne tiens pas à ce que ton commandant me tombe dessus. Avec son caractère de cochon et ma tendance à lui tenir tête, ce ne serait pas bien perçu. Et puis, je dois réaliser quelques courses pour ce soir et rédiger quelques articles pour le site. Bref, ce n'est pas le moment de chômer !

Elle l'embrassa sur les deux joues, faisant fi des potentiels témoins de leur tendresse. Elle n'allait tout de même pas faire comme si elle ne le connaissait pas, tout ça pour préserver l'illusion qu'elle n'était qu'une journaliste parmi les autres ! Au diable l'objectivité de sa profession ! Parfois, il fallait savoir s'en affranchir. Son article sur le nouveau directeur de la PTS serait sûrement orienté, mais, après tout, Thomas méritait les acclamations de tous, alors ce n'était que justice.

— À ce soir ! lui lança-t-elle, tout en quittant les lieux avec l'énergie qui la caractérisait.

Thomas avait grande hâte de se retrouver avec elle. Cette journée commençait décidément sous de bons auspices ! Pourvu que cela dure !

Chapitre 3

Après être rentrée chez elle pour travailler un peu, Garance décida d'envoyer un SMS à son amie Solène, afin de voir si elle avait le temps de déjeuner avec elle. Celle-ci ne bénéficiait pas toujours de pauses méridiennes conséquentes, et son jour de repos était variable. Elle lui répondit rapidement. Elle était en RTT et était ravie de rejoindre Garance où elle le désirait.

Ainsi, elles se retrouvèrent dans une crêperie nouvellement ouverte, mais dont les habitants disaient déjà beaucoup de bien. Le décor y était simple, mais charmant, et les propriétaires des lieux, très avenants. Une fois qu'elles eurent passé commande, elles se détendirent complètement.

— Alors, comment vont les affaires, depuis les Floralies ?

— Eh bien, bizarrement, pas si mal. Nous n'avons, certes, pas gagné le trophée, mais les personnes qui sont venues nous rencontrer avant le terrible drame se sont souvenues de nous pour leurs besoins floraux. Du coup, le bouche-à-oreille fonctionne plutôt bien et nous remontons la pente.

— C'est une excellente nouvelle ! Je suis contente pour vous. Ryan doit être soulagé !

— Oui, il est vraiment plus détendu. Et toi, tout va comme tu veux ? Nous n'avons pas toujours le temps de discuter beaucoup lorsque nous sommes au cours de yoga, et avec le magasin, je suis pas mal occupée.

— Tout se passe bien pour moi ! Le quotidien web continu à bien se développer, alors je suis satisfaite. Je pense que je vais bientôt pouvoir embaucher Miguel à temps complet. Ce matin, j'étais à la cérémonie d'ouverture des bureaux de la PTS. Thomas est officiellement entré dans ses nouvelles fonctions !

— Oh ! Il devait être content !

— C'est un euphémisme ! Il attendait ça depuis tellement longtemps ! Je l'invite à dîner chez moi ce soir, seulement, je dois effectuer quelques courses et je compte là-dessus pour me donner une idée de menu.

— Je vois que vous vous tournez toujours autour...

— Nous sommes amis, c'est tout !

Solène était habituée à entendre Garance lui répéter constamment le même refrain. Elle aimait se conforter derrière cette façade, mais la fleuriste n'était pas dupe. Elle espérait juste que ces deux-là finiraient par se tomber dans les bras avant qu'un quelconque événement ne vienne perturber leur équilibre.

— Je dois acheter quelques bricoles également, cela ne te dérange pas si je me joins à toi ?

— Bien au contraire ! Tu pourrais éventuellement me donner des idées !

— Je tâcherai de faire au mieux. Mais tu sais, je ne suis pas très habituée à me prendre la tête pour les repas. Je vais bien souvent au plus simple. J'imagine que, étant donné l'occasion, tu voudras préparer quelque chose qui sort un peu de l'ordinaire ?

— Oui, si possible.

— Nous aurons sans doute des idées sur place. Rien de tel que de voir les produits ! Et puis, au pire, les employés pourront toujours nous aiguiller !

— Thomas ! Je tenais encore à te dire à quel point je suis contente d'avoir rejoint ton équipe !

Marlène Schneider, la technicienne avec laquelle il avait eu l'habitude de travailler à distance, faisait maintenant partie de ses effectifs.

— Moi aussi, Marlène ! Tu es une personne très compétente, et je suis sûr que nous allons réaliser du bon boulot ensemble !

Elle lui offrit un sourire enjôleur.

— C'est une sacrée promotion pour toi, en tout cas ! Ça te dit de prendre un verre, ce soir, pour fêter ça ?

— Ta proposition est vraiment gentille, mais je me suis déjà engagé ailleurs.

Thomas se souvint qu'on l'avait mis en garde de la potentielle attirance de la jeune femme envers lui, et, au regard des nouveaux éléments qui se dressaient devant lui, cela lui sembla tout indiqué. Marlène était en pleine tentative de séduction, c'était certain. Elle portait une robe plutôt légère malgré la saison, et dont le décolleté, vaguement suggestif, ne lui paraissait pas vraiment approprié dans le cadre du travail. Elle avait également laissé en liberté sa longue chevelure noire et arborait un maquillage très élaboré. Elle avait d'ailleurs mis l'accent principalement sur ses lèvres… Marlène avait beau être jolie, elle ne lui procurait aucun effet. Il allait devoir être vigilant à ce qu'elle n'aille pas trop loin. Il ne souhaitait pas que des tensions inutiles se créent au sein de son unité. Peut-être devrait-il crever l'abcès dès le départ, avant qu'il ne s'infecte. Il se laissait encore quelques jours pour y réfléchir et voir s'il ne se faisait pas des idées au sujet des intentions de sa collègue. Il ne voulait pas passer pour un goujat, auquel cas il se tromperait.

— Oh, très bien, je comprends. Ce n'est pas grave, ce n'est que partie remise ! En attendant, je suis sûre que nous allons abattre beaucoup de boulot tous ensemble. Pierre était enchanté d'avoir obtenu sa mutation.

— J'entends qu'on parle de moi ! déclara le principal intéressé en les rejoignant. Bravo pour cette belle évolution de carrière, Thomas. Venant de vous, je ne suis guère étonné. Vous possédez des compétences qui feront mouche dans vos nouvelles fonctions. Je suis ravi de travailler avec vous !

Marlène, se sentant de trop dans la conversation entre les deux hommes, s'éclipsa dans le labo.

— Merci Pierre, et, si cela ne vous dérange pas, je préférerais que nous nous tutoyions.

— Si cela peut vous faire plaisir !

Pierre Berletin était un peu du même acabit que Pascal Cerdan : un vieux de la vieille. Il avait travaillé sur tellement d'enquêtes, que les dix ans de service de Thomas faisaient pâle figure à côté de son expérience longue comme le bras. Le capitaine avait toujours eu un respect certain pour les personnes plus âgées que lui, et le fait de diriger quelqu'un tel que Pierre le mettait légèrement mal à l'aise.

— J'espère que la situation ne t'embête pas trop ? demanda-t-il au légiste.

— Comment ça ?

— Eh bien, j'imagine que recevoir les ordres d'un jeunot ne doit pas être agréable.

— Tu es bien le seul que ça gêne ! Tu sais, moi, je suis habitué ! J'en ai connu des supérieurs pendant ma carrière, et, de toutes les générations. Mais tu veux que je te dise ? L'âge, c'est dans la tête, mon grand ! Alors, oui, tu pourrais être mon fils, mais, tant que tu es compétent dans ton job, je ne vois pas où est le problème !

Thomas se sentait rassuré de se savoir ainsi accepté. Il n'était jamais simple de se tailler une place dans une nouvelle équipe, surtout lorsqu'on occupait la plus haute marche du podium. Il était essentiel qu'il se fasse respecter, mais aussi qu'il s'intéresse aux personnes qui étaient sous ses ordres. Il n'envisageait pas son rôle de leader d'une autre façon. Il ne voulait pas être de ceux qui dirigent sans jamais rien entendre.

Jamais il ne passerait à côté de l'humain. C'était une promesse à laquelle il ne comptait pas déroger.

Garance et Solène se rendirent au supermarché afin d'effectuer leurs emplettes. La journaliste aimait beaucoup cuisiner, seulement, parfois, elle manquait d'idées. C'était bien là le problème de bon nombre de ménages. S'alimenter correctement au quotidien était un défi de chaque instant. Les magasins avaient beau crouler sous les marchandises venant de tous les recoins du monde, pourtant les consommateurs revenaient souvent sur les produits qu'ils avaient l'habitude d'acheter. Seulement, aujourd'hui, l'occasion spéciale que Garance souhaiter célébrer l'incitait à vouloir sortir des sentiers battus. Alors que Solène était partie au rayon des plats préparés, elle traînait devant l'étal du boucher.

— Que puis-je vous servir, madame ? lui demanda l'employé.

— Eh bien, à vrai dire, je manque un peu d'inspiration.

— Je peux éventuellement vous aiguiller !

Elle lui expliqua le contexte du dîner qu'elle souhaitait donner. L'homme fut attentif à ses besoins et lui proposa alors un lapin.

— Vous pourriez l'accommoder à la bière ou à la moutarde ! Lorsqu'elle est mijotée dans l'alcool, la chair reste bien tendre ! Accompagné de pommes de terre ou d'une purée de légumes, cela me semble une option tout à fait envisageable. Qu'en dites-vous ?

Garance fut séduite par l'idée. Cela faisait un moment qu'elle n'avait pas cuisiné cette viande, mais elle l'appréciait grandement. Aussi, se laissa-t-elle tenter par cette suggestion, et en commanda un entier. Ensuite, elle se dirigea vers le rayon primeur afin de déposer dans son panier de quoi concocter une garniture et finit par un détour dans l'allée des alcools pour choisir une bonne bière dans laquelle faire mijoter sa préparation.

Lorsqu'elle rejoignit Solène, elle avait retrouvé son sourire.

— Je suis contente ! Grâce au boucher, j'ai trouvé ce que je vais servir à Thomas, ce soir ! J'ai hâte de le surprendre !

— Il ne te reste plus qu'à te mettre derrière les fourneaux ! Quant à moi, j'ai sélectionné quelques plats préparés qui m'éviteront de perdre trop de temps cette semaine. C'est sans doute bien moins bon que le fait maison, mais je n'ai pas bien le choix.

Dans la section des biscuits préemballés, elles croisèrent Hong-Li Chang, une des habitantes de la résidence de Garance.

— Cela fait un moment que je ne t'ai pas vue, Hong-Li ! Comment te portes-tu ? Et les enfants ?

— Tout va bien, merci, Garance. Les ados, tu sais ce que c'est ! Ils n'écoutent rien ! Mais bon, je ne me plains pas. Ils ne me posent pas de gros soucis, ce qui n'est pas le cas de toutes les familles.

— Ce ne doit pas être facile tous les jours ! Et le travail ? Tu te plais toujours ici ?

— Oui ! D'ailleurs, la direction vient de me proposer un 35 heures, que je vais bien entendu accepter ! Je suis vraiment contente, car, avec ce salaire, je vais être beaucoup moins en galère !

— Toutes mes félicitations ! J'imagine à quel point cela doit te soulager ! Nous allons te laisser, les files d'attente en caisses commencent à s'allonger ! Bon courage et à bientôt !

Les deux amies se séparèrent à la sortie du supermarché. Chacune croulait encore sous les tâches à accomplir, et, même si elles appréciaient énormément passer du temps ensemble, les contraintes de la vie étaient prioritaires.

Lorsque Garance rejoignit son appartement, sa chatte, Chouquette, lui montra à quel point elle était heureuse qu'elle soit de retour. Elle grappilla ainsi quelques câlins, et Garance la tint au courant du programme du reste de la journée :

— Je vais cuisiner un bon petit lapin, et, dans quelques heures, quelqu'un que tu aimes tout particulièrement va venir dîner avec nous ! Ce qui veut dire, plein de caresses en perspectives pour toi, ma jolie !

Chouquette miaula de contentement et se fourra dans les pattes de sa maîtresse en s'y frottant allégrement.

Beaucoup de personnes se seraient senties stupides à communiquer de la sorte avec un animal, mais ce n'était pas le cas de notre détective amatrice. Pour elle, Chouquette était plus qu'un chat ! Elle était persuadée que sa petite boule de poils comprenait tout ce qu'elle lui disait ! Et sa théorie se montrait régulièrement criante de vérité. Ainsi, elle trouvait ça tout à fait banal de lui adresser la parole.

Garance actionna une playlist sur son enceinte portative et commença à préparer le festin qu'elle servirait au dîner. Peler et découper les légumes, la mettait en joie ! Elle fit saisir les morceaux de lapin avant d'y verser une bière Goudale millésimée et un bouquet garni. Quand ses légumes furent cuits, elle décida de les réduire en purée. L'association de la pomme de terre, du céleri, de la carotte et des panais constituerait un mélange des plus goûteux. Nul doute que cela s'accorderait à merveille avec son plat en sauce ! Elle espérait que Thomas se régalerait et qu'il serait sensible aux efforts qu'elle avait fournis pour lui. Un peu plus, et elle se serait presque imaginée comme sa femme, attendant impatiemment que son mari rentre du travail. Elle haussa les épaules devant la sottise inspirée par ses pensées.

La première journée de Thomas en tant que directeur de la PTS se déroula dans les meilleures conditions. Chacun des membres de l'équipe eut le loisir de prendre ses premiers repères. Ils testèrent certains appareils et matériels afin de voir s'ils étaient bien opérationnels et ils mirent en place certaines procédures pour ne pas perdre de temps dans leurs futurs dossiers.

Le capitaine Daumangère avait arrangé son bureau. Il s'y sentait bien, mais il n'était pas mécontent de se dire qu'il n'aurait pas à y demeurer constamment. Continuer, en parallèle, de battre le pavé avec le groupe d'investigation du commandant Cerdan, lui promettait toujours de l'action, et il en avait besoin. Il adorait réaliser des recherches sur les scènes de crimes, et maintenant, avec sa double casquette, il en profiterait deux fois plus. Peut-être (sans doute, même) que sa charge de travail serait décuplée, mais on n'obtenait jamais rien sans rien. Et puis, il était sûr qu'il pourrait compter sur Pascal pour l'aider au besoin avec la paperasse. Ce n'était pas la facette la plus passionnante du métier, mais elle était nécessaire.

Lorsque la nuit commença à tomber, il mit le cap pour son domicile. Il voulait prendre une bonne douche et se changer avant de rejoindre Garance. Son invitation l'avait touché. Son amie avait tenu à célébrer sa promotion, et ce, même s'ils avaient déjà eu l'occasion de le fêter plusieurs fois. Un dîner en tête à tête avec une femme aussi magnétique ne se refusait pas. Il avait toujours, dans un coin de sa tête et de son cœur, l'envie de pousser leur relation un peu plus loin. Néanmoins, il devait trouver le moment parfait. Quelque chose lui disait que ce ne serait peut-être pas ce soir, car la journée avait été longue et fatigante. Tous ces changements, ces nouveautés, et sa mini gueule de bois (qui dieu merci, avait fini par disparaître complètement) avaient eu raison de lui. Tout ce qu'il désirait, c'était passer un doux moment avec Garance. Pour les grandes révélations, il devrait encore attendre.

Chapitre 4

La soirée de la veille avait été une franche réussite. Garance avait reçu moult compliments de la part de son invité, qui s'était régalé. D'ailleurs, son plus beau remerciement avait été de le voir dévorer son assiette et de le resservir. Chouquette avait obtenu un nombre incommensurable de gratouilles, lorsque le policier s'était installé dans le canapé du salon avec Garance et qu'ils en avaient profité pour refaire le monde. Tous deux pouvaient parler pendant des heures sans jamais s'ennuyer ! Ils partageaient tellement de points communs et la même vision de la vie, qu'il était rare qu'ils ne soient pas d'accord sur quelque chose.

Garance était heureuse de voir à quel point son ami semblait encore plus épanoui depuis qu'il avait pris ses nouvelles fonctions. Thomas avait attendu cette promotion depuis si longtemps ! C'était fou de se dire qu'il avait atteint ses objectifs, et ce, sans avoir eu besoin de déménager.

Avant qu'il ne reparte chez lui, ils avaient convenu d'un rendez-vous pour tester les installations de la fête foraine. Thomas souhaitait en profiter dès que possible, car, pour le moment, les affaires étaient assez calmes. Cela lui semblait donc judicieux d'y aller rapidement, afin d'éviter une surcharge de travail qui le clouerait au bureau.

Après avoir rédigé quelques nouveaux articles sur le site, Garance enfila sa tenue de sport. Elle se rendait ce matin au cours de yoga de Lorina, et elle se doutait bien que son amie Solène devait trépigner d'impatience d'entendre comment s'était déroulée sa soirée avec le beau policier.

Elle s'était déjà installée sur son tapis depuis environ cinq minutes avant que la fleuriste n'arrive. Solène passait son temps à courir contre la montre. Même si les choses s'étaient arrangées depuis que sa boutique avait été reprise par Ryan Lefèvre, elle ne se ménageait guère.

— Alors ? Ce dîner ? lui demanda-t-elle immédiatement, sans ambages.

— Je vais bien, merci. J'espère que toi, également ! ironisa Garance, pour la mettre en rogne.

— Oui, bon ! Rhooo ! Arrête de me faire languir ! Est-ce qu'il t'a enfin embrassé ?

Le moins que l'on puisse dire, c'est que sa copine ne manquait pas de spontanéité. Solène avait son franc-parler et elle ne passait pas trois heures à tourner autour du pot !

— Pas du tout ! Combien de fois devrais-je te répéter que nous sommes simplement amis ?

— Bah, tu ne dirais pas non. Je sais qu'il te plaît ! Tu me l'as déjà avoué, et puis, outre ça, cela se voit comme le nez au milieu de la figure !

De nombreuses têtes se tournèrent vers elles. La discrétion n'était pas le point fort de leurs échanges. Mais, après tout, elles s'en moquaient complètement ! Les autres élèves du cours de yoga n'évoluaient pas dans le même monde qu'elles. Au début, Garance trouvait ça gênant, mais, depuis, elle s'y était habituée.

— Nous sortons ce soir ! annonça-t-elle gaiement.

— Ah bah, ça alors ! Vous n'arrêtez pas en ce moment !

— Disons que Thomas m'avait promis de m'accompagner à la fête foraine, mais, avec la mise en place des bureaux de la PTS, il n'en a pas eu le temps. Maintenant que l'inauguration est passée, il préfère profiter que les choses soient calmes avant d'être submergé par le boulot. Donc, on sort !

— Vous avez bien raison. J'en serais presque jalouse !

— Tu veux venir avec nous ?

— Non, je ne peux pas. J'ai promis à une de mes voisines de lui garder sa petite pour la soirée.

— On pourra toujours s'y rendre une nouvelle fois ensemble. Les attractions sont ouvertes jusqu'au vingt-huit octobre.

— Oui, pourquoi pas ? Cela dépendra de mon planning des prochaines semaines. En tout cas, je suis sûre que vous allez bien vous amuser. Il paraît que cette fête foraine est fantastique.

— J'en ai également entendu du bien. Et tu me connais, je vais joindre l'utile à l'agréable : de la détente en compagnie de Thomas, et un peu de boulot pour en parler sur le site du journal !

En arrivant au commissariat, Thomas avait encore du mal à réaliser qu'il n'était plus uniquement un simple capitaine. Maintenant, il portait une double casquette. Il passa saluer ses collègues de la PJ et effectuer un point avec Pascal sur les différentes affaires en cours, avant de rallier son bureau dans le bâtiment réservé à la PTS.

Son équipe était déjà sur le pied de guerre. Outre Pierre Berletin et Marlène Schneider, Thomas pouvait compter notamment sur Carine Bouyader, technicienne-biologiste, Erwan Kergoat, spécialiste en nouvelles technologies, Isidore Perrot pour la balistique et deux jeunes sortis de l'école de police : Romuald Vire et Tiffany Trinquet. Cette unité restreinte était suffisante pour le moment et cela convenait bien au directeur. Il devait tout d'abord créer une cohésion entre les membres ; ce qui faciliterait leur travail. Pour ce faire, il avait décidé d'apporter des viennoiseries pour le café matinal et rassembler tout le monde pour une réunion informelle.

— Merci, chef, pour les croissants ! s'exclama Romuald, qui en engouffrait un goulûment.

— Avec plaisir ! Si je vous ai tous conviés pour cette petite pause, c'est dans le but de clarifier le fonctionnement du labo et le rôle de chacun. Comme vous en avez sans doute conscience, nous sommes une toute nouvelle unité et, étant donné l'investissement humain et financier qui nous a été accordé, on attend de nous de bons résultats ! J'ai foi en nos compétences, qui, mises en commun, sauront se démarquer. Nous pouvons tous bénéficier des connaissances des uns et des autres. Même les petits nouveaux arrivés dans la profession vont nous permettre d'avoir un œil neuf sur certaines situations.

Romuald et Tiffany semblèrent surpris de ne pas être considérés simplement comme des bleus. En général, les nouveaux venus n'étaient pas toujours accueillis aussi chaleureusement.

— Marlène, j'aimerais que tu encadres Tiffany ; et Isidore, je souhaiterais que tu t'occupes de Romuald. C'est important qu'ils bénéficient d'une personne référente dans l'équipe à laquelle ils peuvent poser toutes les questions qui leur paraissent nécessaires. Je compte sur vous pour prendre cette mission avec le plus grand sérieux ! J'imagine que vous n'avez pas oublié vos propres débuts dans le métier !

— Oui, les miens n'ont pas été très évidents ! avoua Marlène. J'étais tombée dans un labo très macho et mes collègues n'avaient pas apprécié le vent de féminité que j'avais soufflé dans les locaux…

— C'est vrai que le milieu de la police reste assez masculin ! ajouta Carine. Heureusement, cela commence à changer !

— Pour ma part, j'aime beaucoup travailler avec des femmes ! expliqua Erwan. En général, elles sont beaucoup plus intuitives et mènent leurs analyses avec bien plus de sérieux.

— Je suis du même avis ! indiqua Pierre.

— Bon, eh bien, puisque nous sommes tous sur la même longueur d'onde, c'est parfait ! décréta le directeur. Maintenant, tous au boulot !

Isidore ne perdit pas une minute pour se charger de sa nouvelle recrue. Il était heureux que Thomas lui ait confié cette responsabilité. Il aimait beaucoup partager ses connaissances et prendre un jeune sous son aile lui paraissait une belle façon de transmettre son savoir. Son truc à lui, c'était la balistique et les traces d'éclaboussures de sang. Lorsqu'une victime se faisait éclater le carafon, il était capable de déterminer l'arme qui avait été utilisée, ainsi que tous les paramètres pouvant éventuellement mener jusqu'au meurtrier : angle de tir, distance du point d'impact... Cela demandait d'être observateur, et de maîtriser quelques formules mathématiques pas toujours très simples. Il espérait pouvoir éveiller un intérêt particulier chez le jeune bleu.

Marlène n'avait pas trop compris pourquoi Thomas lui avait affecté la recrue féminine. En effet, elle avait bien moins d'expérience que sa collègue Carine. Elle n'avait jamais eu l'habitude de guider qui que ce soit, et elle n'était donc pas tout à fait à l'aise avec cette décision. Néanmoins, elle choisit de considérer cette mission comme une marque de confiance de la part du directeur. Elle n'était pas sûre de réussir à l'attraper dans ses filets, alors, pour l'instant, elle se contentait de la moindre attention qu'il lui offrait.

Une fois dans son bureau, Thomas se félicita d'avoir trouvé une occupation chronophage pour Marlène. Il s'était dit que, si la technicienne se chargeait de prendre Tiffany sous son aile, elle aurait bien moins de temps pour tenter de le séduire. Ainsi, il retardait le désagréable moment où il ne pourrait plus éviter d'aborder ce point délicat avec elle.

La journée fila à toute vitesse, tant et si bien que la soirée commença à tomber sans qu'il s'en aperçoive. Il jeta un coup d'œil à l'heure et estima qu'il devait partir s'il ne voulait pas être en retard à son rendez-vous, à la fête foraine, avec Garance. Ce serait presque une grande première pour lui. Il ne se rappelait pas avoir déjà été dans ce genre d'endroit. Ses parents ne l'y avaient jamais emmené lorsqu'il était plus jeune, et il n'avait pas eu l'idée de s'y aventurer. Il ne courait pas après ce type de divertissement. Cela valait d'ailleurs, pour tous les lieux proposant des activités à sensations fortes : parc d'attractions en tête. Thomas avait des loisirs plus terre à terre : les jeux vidéo, la lecture, le bricolage, le dessin, le sport, et tout ce qui touchait, de près ou de loin, à l'informatique.

Il ne savait donc pas véritablement à quoi s'attendre pendant cette soirée, mais le seul fait de la passer avec Garance lui enlevait toute potentielle appréhension. Il était prêt à céder au petit grain de folie de la jeune femme, celui qui lui paraissait si rafraîchissant. Avec elle, il se sentait capable de sortir de sa zone de confort. D'ailleurs, il n'y avait qu'à ses côtés qu'il trouvait assez de courage pour s'en affranchir. Garance produisait cet effet magique sur lui.

La nuit prenait ses aises lorsqu'ils arrivèrent au guichet des admissions. Le lieu semblait déjà grouiller de personnes, attirant non seulement les Montjolièrains, mais également les habitants des villes alentour. L'ambiance était assez bruyante, entre les gens qui criaient dans les manèges à sensations fortes, les musiques des différents stands qui se mêlaient les unes aux autres, les annonces scandées au micro et le brouhaha général.

— Deux tickets pour ce soir, s'il vous plaît ! demanda Thomas à la jeune femme qui tenait la caisse.

— Souhaitez-vous y ajouter deux entrées pour le train fantôme ?

— Euh, hum…

Il se tourna vers Garance afin de solliciter son avis.

— Oh, oui ! J'ai absolument envie de l'essayer !

— Vous ne serez pas déçus ! lui assura l'employée. C'est une de nos attractions les plus appréciées ! Il faut simplement avoir le cœur bien accroché !

La jeune femme leur tendit leurs tickets et ils entrèrent dans le vaste espace qui avait été concédé aux forains pour y monter leurs installations.

— Nous allons bien nous amuser ! s'exclama Garance.

— Je dois t'avouer que c'est une première pour moi ! J'espère que je ne serai pas trop mauvais public !

— Je suis certaine que tu vas apprécier ! Tu verras, l'ambiance est très souvent bon enfant ! On se prend vite au jeu ! Par quoi veux-tu commencer ?

— Je préfère te laisser choisir ! Peut-être, simplement, quelque chose de classique pour débuter...

— Parfait ! Je connais un stand qui va te plaire et dans lequel tu n'auras pas de mal à exceller !

Chapitre 5

Garance attira Thomas jusqu'au stand de tir à la carabine. C'était un des grands classiques des fêtes foraines, et, étant donné le métier du jeune homme, il n'aurait sans doute pas de mal à atteindre sa cible. Cela sentait le retour avec quelques peluches dans les bras !

— Ah ! En effet ! Je crois que tu as trouvé l'activité parfaite pour me mettre doucement dans le bain ! lui dit-il, lorsqu'il vit où elle l'avait emmené. Par contre, je ne suis pas sûr que ce soit très fair-play de laisser un officier de police s'amuser à ce genre de jeu. À ce rythme-là, je risque de leur dévaliser leur fond de cadeaux.

— Pas la peine de le leur signaler ! Nous sommes là pour nous divertir, nous n'abuserons pas. Et puis, si tu casses la baraque, eh bien, tant mieux pour les lots que tu gagneras ! Je suis sûre que tu connais bien quelques gamins dans ton entourage qui seront heureux que tu leur apportes un nouveau doudou !

— La première sera pour toi !

Il lui offrit un clin d'œil, attrapa la carabine que le forain lui tendit et se mit en place pour effectuer son premier tir. Il devait en réaliser cinq d'affilée, pour pouvoir prétendre à un prix. Bien entendu, ce fut un jeu d'enfant. Thomas ne rata aucune de ses cibles et Garance put choisir la peluche qui lui faisait envie, parmi celles qui ornaient les côtés du baraquement.

— J'aimerais la chouette trop mignonne, là-bas ! indiqua-t-elle à l'homme qui gérait le stand.

— Une autre partie ? demanda-t-il à Thomas, après avoir donné le prix à Garance, qui serrait le petit animal, tout contre son cœur.

— Avec plaisir ! répondit-il.

Il se tourna vers son amie et ajouta :

— La seconde sera pour mon collègue, Armand.

N'importe qui aurait pu croire qu'il faisait preuve d'une trop grande confiance en lui, voire qu'il était assez pédant pour penser qu'il remporterait forcément la manche. Seulement, lorsque l'on faisait carrière dans les forces de l'ordre, savoir tirer était la moindre des choses. Sans cette compétence, il était impossible de faire long feu dans la profession. C'était une question de sécurité.

Sans surprise, Thomas gagna une fois de plus et laissa son amie choisir le cadeau qu'il offrirait au jeune papa.

— Les petits vont être ravis !

Ils remercièrent l'employé du stand et déambulèrent dans les allées à la recherche de leur prochain arrêt.

— Bon, maintenant que tu as commencé à te mettre dans le bain, j'ai bien une idée… Et si nous testions le derby ?

Voyant que Thomas semblait ne pas comprendre, Garance lui expliqua :

— Tu sais, c'est le truc qui simule une course hippique. Tu te places devant un plateau et tu es chargé de réaliser une épreuve pour faire avancer ton cheval vers la victoire. Là, par contre, on ne sera pas seuls ! Moins de chances de gagner ! Ça te tente ?

— Pourquoi pas ? Le défi me semble sympa ! J'aime lorsque tout n'est pas facile.

Ils jouèrent deux parties, qu'ils ne remportèrent pas, avant de repartir en goguette. Les attractions étaient tellement nombreuses qu'il pouvait être compliqué de devoir procéder à un choix.

— Tu as peut-être envie de tester une des machines à sensations fortes, Thomas ? Ce ne sont pas les options qui manquent. Si tu veux te retourner la tête, c'est le moment !

— Euh, non, merci. Ce n'est vraiment pas trop mon truc… Pour tout t'avouer, j'ai la peur du vide. Le train fantôme sera, je crois, la limite que je m'imposerai ce soir en matière de grand frisson.

— Je comprends, ce n'est pas trop ma came non plus. Par contre, je ne m'imaginais pas que tu souffrais du vertige !

— Nul n'est parfait ! Chacun possède ses failles. Je suis certain que tu en as, toi aussi, non ?

— C'est vrai. J'ai une peur bleue des serpents et je ne suis pas très à l'aise dans l'eau, car je ne sais pas nager…

— Pour le premier, ça ne se commande pas. Par contre, le second, ça pourrait se résoudre. Tu as déjà pensé à suivre des cours ?

— Oui, mais je n'ai jamais été assez en confiance pour y parvenir.

— Eh bien, je pourrais t'apprendre, moi !

— Ce serait vraiment gentil, mais tu risques de perdre ton temps. Je ne suis pas une élève facile.

— Comme je t'ai dit, je n'aime pas que les choses soient toujours simples.

Garance lui sourit et tâcha de changer la tournure de la conversation.

— J'ai bien envie d'une barbe à papa. Je t'en offre une ?

— Ah oui, tiens ! Pourquoi pas ? Ça fait une éternité que je n'en ai pas mangé !

— Eh bien, ce sera l'occasion, alors ! Et puis, ça nous permettra de prendre une petite pause avant de poursuivre. J'aimerais bien tester le palais des glaces et finir par le train fantôme, qu'en dis-tu ?

— Tout ce que tu voudras, du moment que l'on se tient éloignés de ces monstres de ferraille, qui font hurler les visiteurs !

En effet, il n'était pas évident de s'entendre parmi les cris poussés çà et là. Mais, les gens semblaient prendre beaucoup de plaisir à se faire peur, car ils avaient tous le sourire vissé aux lèvres en sortant des attractions.

— Ces manèges me foutent vraiment la frousse ! confessa le policier. Je ne comprends pas comment on peut s'imposer une telle torture ! Et puis, même si toutes les infrastructures sont vérifiées, je ne serais pas confiant de laisser ma vie entre les mains de ce genre de machines. Parfois, des accidents surviennent, et, quand cela arrive, ce sont souvent des graves.

— Oui, c'est vrai. Mais, tu sais, les gens aiment s'amuser et ils ne pensent pas forcément à ces « détails ».

Ils dégustèrent leurs barbes à papa tranquillement assis sur une table pique-nique, tout en regardant les usagers s'envoyer en l'air, dans le sens propre du terme.

— Je crois que j'aurais rapidement la nausée si j'avais le malheur de monter dans un de ces trucs-là ! constata Garance.

— Je n'ai pas envie de savoir l'impression que cela peut procurer. Tu diras peut-être que je ne suis pas courageux, mais, même si je n'avais pas le vertige, cela ne m'attirerait pas le moins du monde.

Leurs gourmandises finies, ils se levèrent, prêts à reprendre leurs aventures.

— Allons plutôt vers une attraction qui sera plus dans nos cordes ! On se tente le palais des glaces ?

— Avec grand plaisir ! Mais, promets-moi de ne pas t'éloigner de moi. Je ne veux pas te perdre.

Elle plongea ses yeux dans les siens et scella leurs mains.

— Comme ça, je ne risque pas de faire cavalier seul…

Une bouffée de chaleur s'empara du jeune homme. Sentir les doigts de Garance entrelacés aux siens lui provoquait un effet dingue. Toutefois, il ne laissa pas son trouble transparaître. Ce n'était pas la première fois qu'ils se touchaient, et cela ne voulait strictement rien dire. Alors, pourquoi son cœur s'emballait-il de la sorte dans sa cage thoracique ? Même en essayant de le contrôler, il n'y parvint pas.

Son amie l'attira vers le palais des glaces, et, sans crier gare, puisque c'était une attraction libre, ils s'y engouffrèrent.

— Ah oui ! C'est presque comme je l'avais imaginé ! décréta-t-il, au bout d'un instant. J'avais vu pas mal de ces trucs à la télé, mais c'est vrai que, dans la réalité, c'est encore plus angoissant.

Leurs images se reflétaient partout sur les miroirs qui les entouraient, et la pénombre des lieux mêlée à une mélodie stressante leur donnait une sensation d'enfermement. Ils tâtonnaient pour essayer d'avancer et trouver la sortie, mais ce n'était pas si évident que ça, même pour deux fins limiers. Ils avaient beau tenter la technique du labyrinthe, dite « de la main droite », qui consistait à suivre inlassablement les circonvolutions sans jamais cesser de toucher la paroi ; ils furent plusieurs fois bloqués.

— Bon, j'avoue, ce n'est plus si amusant que ça ! finit par décréter Garance. Je crois que j'ai besoin d'air !

Thomas se demanda si elle n'était pas en train de débuter une crise de claustrophobie. Il ne percevait pas bien son visage avec cette pénombre ambiante, mais le son de sa voix lui faisait prendre sa remarque au sérieux. Il devait trouver les moyens de la calmer, même s'il n'en menait pas plus large.

— Pas de panique. Nous avons bien avancé, la sortie ne devrait plus être très loin maintenant. Respire un bon coup, et puis je ne te lâche pas !

En effet, leurs mains étaient toujours jointes, et la grande paume chaude de Thomas procurait des effets relaxants sur le moral de Garance. Elle lui sourit pour lui montrer qu'elle remontait la pente. Ce n'était pas un manège de rien du tout qui allait lui faire peur ! Elle en avait vu d'autres ! Au moins, cela lui ferait un entraînement pour le train fantôme. Celui-ci ne devait pas être bien méchant. Juste un parcours avec quelques éléments de décors bien placés pour l'effet de surprise.

Comme l'avait prédit Thomas, ils finirent par, enfin, rejoindre l'extérieur. Ils poussèrent tous deux un soupir de soulagement.

— Eh bien ! C'était une sacrée expérience ! ne put s'empêcher de constater la journaliste. Je ne sais pas si c'est parce que je manque de pratique, ou bien si je suis une véritable poule mouillée, mais je n'ai pas très envie de recommencer !

— Une poule mouillée ? Toi ? Mais, tu veux rire, j'espère ? Est-ce que je dois te rappeler qui a fait face à autant de meurtriers avec un sang-froid sans faille, que cela en dépasse l'entendement ?

Il n'avait pas tort. Mais pour une raison qui lui était obscure, elle n'envisageait pas l'éventualité de comparer les deux expériences qui lui semblaient bien différentes. Pourtant, une attraction dans une fête foraine était bien moins dangereuse ! Les risques pour sa vie y étaient quasi nuls, alors que se retrouver devant une personne qui avait déjà tué quelqu'un sans ciller…

— Je trouve qu'au contraire, on ne s'en est pas si mal sortis pour des novices ! Le train fantôme sera peut-être plus tranquille. Il nous suffira de nous laisser porter !

— Oui, je crois que l'on fait bien de finir par ça. On a juste à poser nos fesses dans le wagon et faire semblant d'être effrayés par les décors ! rigola Garance.

Une petite queue s'était formée pour accéder à l'attraction. Ils apprirent rapidement que c'était tout simplement parce qu'elle venait d'ouvrir pour la soirée. Les forains attendaient une certaine heure pour la mettre en route, afin que l'ambiance nocturne soit à son apogée.

— Bon, eh bien, je pense que nous devrions faire partie de la première fournée !

— Tant mieux, je commence un peu à fatiguer. Je vais devoir songer à envoyer Miguel capturer quelques photos pour le journal, je suis sûre que ça rendra vraiment bien toutes ces lumières !

On les pria de s'installer dans les wagons et les forains veillèrent à la sécurité des visiteurs. Ils leur rappelèrent quelques notions de base, à savoir : rester assis en toutes circonstances. En se levant, ils prenaient le risque de se ramasser quelque chose sur le crâne, ce qui n'était pas le but du jeu.

— Pour celles et ceux qui se sentiraient trop frileux au cours du parcours, expliqua un des employés, je vous conseille de fermer les yeux jusqu'au retour à l'extérieur. Mais, pas d'inquiétude, tout se passera bien. Belle balade !

Et il appuya sur le bouton qui lança le train dans les entrailles de l'attraction.

Chapitre 6

Les deux amis étaient positionnés au milieu du convoi. Ils avaient volontiers laissé les places de devant aux familles et aux plus jeunes, dont certains étaient survoltés, tant ils étaient impatients de découvrir l'attraction. De toute façon, tout le monde verrait la même chose, alors cela n'avait guère d'importance à leurs yeux.

De l'extérieur, le manège leur avait semblé assez récent. Toutefois, le wagon grinçait légèrement, ce qui n'était pas pour rassurer Thomas, qui repensait à ce qu'il avait dit plus tôt à Garance, sur les vérifications de sécurité de ce type d'installation. Il s'en voulait. Il aurait dû se renseigner plus sérieusement sur tout ça : y avait-il des organismes chargés de contrôler que les forains prenaient bien toutes les précautions nécessaires ? Il se sentait tendu et, apparemment, sa compagne s'en rendit compte, car elle lui chuchota :

— Ne t'inquiète pas. Que pourrait-il bien nous arriver de fâcheux dans un petit train qui ne quitte pas la terre ferme et qui avance à cette allure ?

Effectivement, tout le long de ce parcours, pas de dénivelé de folie comme dans un grand huit, et la vitesse était très peu élevée, sans doute pour donner le temps aux passagers de se délecter de tous les décors mis en place.

— Tu as raison, je dois te paraître stupide à baliser pour un rien !

— Mais non, voyons ! C'est normal de ne pas être rassuré. Après tout, ce genre d'attractions est conçu pour ça, n'est-ce pas ? Faire jaillir des peurs pas toujours très cohérentes…

— Hum… Ne fais pas attention à moi. Profite du moment.

Il se renfrogna, tâchant de taire ses angoisses dignes d'un collégien. S'il souhaitait montrer à Garance qu'il était un homme solide à toute épreuve, sur lequel on pouvait s'appuyer en toutes circonstances, c'était plutôt loupé ! Il devait vraiment passer pour une lopette !

Comme si elle avait entendu les remontrances silencieuses dont il venait de s'accabler, elle posa la main sur la sienne pour lui signifier que ce n'était pas ce genre de balivernes qui lui ferait changer le regard qu'elle portait sur lui. Ils avaient cette façon de se comprendre sans avoir besoin de parler, et, instantanément, Thomas se sentit plus léger.

Les décors sur le parcours du train fantôme étaient étonnants. Alors que Garance s'était attendue à des embellissements plus proches du carton-pâte que d'autre chose, elle avait été épatée de constater qu'ils rendaient, au contraire, plus vrais que nature. Le diable était dans les détails : toiles d'araignées sur lesquelles, ces bestioles toutes velues, semblaient prêtes à vous tomber dessus ; boîtes qui s'ouvraient brusquement pour laisser place à des clowns sur ressorts à faire bondir n'importe quelle personne sujette à la coulrophobie[2] ; squelettes dont les os se percutaient, créant ainsi un son qui vous glaçait l'échine ; ou encore, pirates automates qui sortaient de nulle part, armés jusqu'aux dents.

— C'est très bien réalisé ! ne put s'empêcher de s'enthousiasmer Garance. Je ne m'attendais pas à une telle qualité dans les décors !

— Oui, je dois avouer que c'est plutôt pas mal ! Mais bon, de nous deux, je suis le trouillard de service, alors, j'imagine que je ne suis pas difficile à épater ! rigola le policier.

— Regardez ! Là-bas ! Waouh ! C'est trop bien imité ! J'hallucine ! entendirent-ils s'exclamer, les jeunes placés en tête du wagon.

Suivant les doigts qui pointaient dans ce qui était encore lointain pour eux, ils aperçurent un truc suspendu, à la façon des squelettes, un peu plus tôt. Alors que le train s'approchait de l'endroit en question, les élans d'admiration se transformèrent en cris de peur :

— Oh, mais ! Oh mon Dieu ! C'est horrible !

— Aaaah !

— Mamaaaaan !

---

[2] Peur phobique des clowns.

Bouche bée, Garance ne put, quant à elle, produire aucun son. À la place, elle serra la main de Thomas à lui en briser les doigts.

— Putain, c'est pas vrai ! laissa échapper ce dernier.

Un corps humain, bien réel, était suspendu au bout d'une corde… et il était prêt à parier que cette fois, il ne faisait pas partie du décor…

— Décidément, on ne peut pas dire que vos sorties se passent paisiblement ! se moqua le commandant Cerdan, que Thomas avait appelé tout de suite, dès qu'ils avaient pu reposer le pied à l'extérieur.

Les policiers étaient en train de fermer le périmètre, et Thomas avait demandé la venue de son équipe, en plus de celle de la PJ.

— Je vais finir par penser que c'est vous, mademoiselle, qui attirez la mort partout où vous vous rendez ! asticota-t-il Garance.

— Si vous croyez que cela m'amuse ! lui répondit-elle sèchement. Parfois, j'aimerais juste profiter de mes moments de loisir pour ce qu'ils sont. Mais apparemment, un petit malin en a décidé autrement !

— Peux-tu me décrire ce qu'il s'est passé, Thomas ? demanda-t-il à son capitaine.

Il lui raconta la scène, somme toute, plutôt simple et courte, puisque, mis à part le corps se pendant au bout de la corde, ils n'avaient rien vu de plus.

— Tu penses qu'il peut s'agir d'un suicide ?

— Ce n'est pas à exclure, mais, avec toutes les autres affaires auxquelles nous avons été confrontées ces derniers temps, je n'en mettrais pas ma main à couper. Je vais rassembler le personnel, de cette façon, nous pourrons essayer d'identifier la victime, si elle fait partie de leur effectif.

— Oui, bonne initiative. Je vais à l'intérieur, voir ce qu'en dit Pierre. Je te rejoins !

Le commandant s'engouffra dans l'attraction et Thomas se tourna vers Garance, d'un air abattu.

— Je suis désolé.

— Tu n'y es pour rien ! Comment aurions-nous pu deviner que nous allions découvrir un nouveau cadavre ?

— Oui, ce n'est pas quelque chose qui arrive souvent aux mêmes personnes… nous mis à part, vraisemblablement…

— À se demander ce qu'on a fabriqué pour que les meurtriers sèment leurs macchabées sur notre passage… enfin, s'il s'agit bien d'un crime. Après tout, c'est peut-être un bête suicide.

— C'est ce que nous allons essayer de déterminer. Tu ferais peut-être bien de rentrer. Je risque d'en avoir pour un bon moment. Et puis, ce n'est pas un endroit sûr pour toi. Si nous avons affaire à un homicide, je préférerais autant que tu te trouves en sécurité chez toi. Tu es venue en voiture ?

— Non, à pied.

— Alors je te commande un chauffeur. Pas question que tu rentres seule dans le noir. Et envoie-moi un message quand tu es arrivée, d'accord ?

Le voir si inquiet pour elle la touchait. Elle aurait bien voulu rester avec lui, mais elle savait que ce n'était pas sa place. Il la tiendrait au courant des événements, mais elle ne pouvait pas y assister. C'est dans ces moments-là qu'elle regrettait de ne pas faire partie « de la maison ». Elle rentra donc grâce au taxi que Thomas lui avait appelé.

— Salut, Pierre ! Alors, du nouveau ? lui demanda Pascal.

— Pas grand-chose, pour l'instant. Victime de sexe masculin, environ la soixantaine, la mort remonte au début de soirée, tout au plus. Le cou a été rompu lors de la pendaison, mais je dois vérifier s'il ne présente pas de traces de lésions antérieures qui expliqueraient le décès d'une autre manière.

— Pour toi, c'est un suicide ?

— Scientifiquement, je ne possède pas encore assez d'éléments sous la main pour te dire que oui ; mais j'imagine que si c'était le cas, il n'aurait pas eu le temps de ranger son matériel, et notamment le truc sur lequel il aurait dû monter pour mener à bien son entreprise. Je pencherais plutôt pour un meurtre déguisé en suicide. Mais, mal déguisé, si tu veux mon avis…

— Je vois… merci, Pierre. Je te laisse poursuivre. Tes collègues et toi, vous ne manquez pas de boulot !

— C'est le moins qu'on puisse dire !

Le commandant rejoignit le capitaine qui, avec l'aide de Sylvie, Jonathan et Armand, avait rassemblé les salariés de la fête foraine.

— Nous vous avons tous réunis pour vous tenir au courant des événements fâcheux qui se sont produits sur votre lieu de travail.

— Oui, on a bien vu qu'vous avez fait évacuer les clients et qu'vous avez bouclé le train fantôme ! concéda un homme d'une cinquantaine d'années.

Il arborait le teint buriné du grand air, et semblait en imposer, tel un chef de clan.

— Quelqu'un a une idée d'où est Ramón ? demanda une belle brune, dans la trentaine.

Les têtes se tournèrent dans tous les sens, mais, visiblement, celui qu'ils recherchaient était aux abonnés absents.

— Il est sûrement dans sa caravane ! tenta de l'apaiser une autre femme, qui paraissait avoir dans les mêmes âges.

— Arrête, Carmen ! Tu sais bien que ton père n'est pas du genre à s'enfermer dans son coin, tant que les portes de la fête ne sont pas clôturées !

— Elle a raison, concéda le quinquagénaire. Pouvez-vous nous en dire plus sur le cadavre que vous avez retrouvé ? demanda-t-il aux policiers.

— Pour le moment, nous ne disposons que de peu d'informations. Mais, il s'agit d'un homme, d'environ soixante ans, assez corpulent, brun, plutôt petit.

— Oh mon Dieu !

Celle qui s'inquiétait pour le dénommé Ramón posa une main devant sa bouche.

— Le portrait que vous venez de dresser ressemble fortement à la description de Ramón, leur expliqua le forain.

Je suis Mario Ortega, son meilleur ami. Quant à elle, ajouta-t-il en montrant du menton la femme choquée, c'est Mariela, son épouse.

Garance ne cessait de se demander ce qu'il pouvait bien se passer sur la place des lys. Depuis qu'elle avait quitté la fête, elle ressassait leur macabre découverte. Elle n'avait pas eu le temps de voir grand-chose, mais ce corps, pendouillant dans le vide, lui avait procuré une drôle de sensation. Elle avait du mal à imaginer que ce pouvait être un suicide. Une telle mise en scène serait vraiment bizarre, comme dernière volonté, mais, après tout, pourquoi pas ? Certaines personnes avaient de bien étranges idées… Néanmoins, quelque chose ne collait pas. La victime semblait assez petite, et, pour réussir à glisser la corde dans la structure du manège, il fallait automatiquement utiliser une échelle, seulement, elle n'avait rien repéré de tel, traînant dans le décor. Pour se pendre, l'homme aurait obligatoirement eu besoin de monter sur quelque chose pour atteindre son gibet ! Ce maigre élément orientait Garance vers un meurtre. Elle n'avait plus qu'à attendre les conclusions du légiste, que Thomas ne manquerait pas de lui partager.

L'heure tournait et elle ferait mieux de dormir, pourtant, elle n'y parvenait pas. Trop de choses encombraient ses pensées. Chouquette en profita pour sauter sur le lit de sa maîtresse et réclamer des câlins.

— Dis donc, toi ! Tu ne perds pas le nord, petite chipie !

Elle attrapa sa craquante boule de poils dans ses bras et lui claqua un gros bisou sur la tête.

— J'imagine que tu as envie de dormir avec moi ? Mais je te préviens, tu restes tranquille, hein ? Pas de réveils toutes les trois heures pour ta toilette, je te connais ! Sinon, tu retournes direct dans ton panier !

Grâce au doux ronronnement de Chouquette, Garance finit par rallier le monde des rêves.

Les premières investigations avaient mené les policiers tard dans la nuit. Lorsque Thomas avait finalement pu rejoindre ses pénates, il se sentait complètement lessivé de cette journée à rallonge. Dire que tout avait commencé si calmement ! Le début de sa soirée avait été particulièrement satisfaisant et il s'était même pris au jeu des différents stands de la fête foraine. Garance avait réussi à insuffler un vent de folie à cette sortie. Quel dommage que tout ça se soit fini en queue de poisson !

Si seulement ils avaient su qu'un cadavre se cachait sur le parcours du train fantôme, jamais ils n'y auraient mis les pieds ! Après le fiasco de sa tentative de déclaration aux Floralies, voilà que maintenant ils se retrouvaient dans une situation presque similaire ! Était-ce le destin qui essayait de faire comprendre aux deux jeunes gens que leur association était périlleuse ? Thomas n'avait pas envie d'y croire ! Pour cela, il se réfugia derrière son esprit cartésien. Ce n'était pas parce que les probabilités de tomber sur un macchabée étaient faibles que la récurrence des faits entretenait un quelconque rapport avec eux. C'était tout bêtement le hasard des coïncidences !

Les premières constatations du médecin légiste penchaient légèrement vers un acte criminel. Il en apprendrait plus dès demain lorsqu'il procéderait à l'autopsie. Ce qui était sûr, par contre, c'était que la victime était Ramón Cargol, le propriétaire des installations. Son meilleur ami Mario Ortega avait été identifier le corps, puisque la femme du défunt s'était complètement effondrée. Quelque chose laissait penser au directeur de la PTS que le meurtrier se trouvait dans l'entourage proche de Ramón. C'était bien souvent le cas, dans ce genre d'affaires, et, si Pierre confirmait l'homicide, cela ne ferait presque aucun doute. Thomas imaginait assez mal quelqu'un de l'extérieur se faufiler dans les installations et accrocher quelqu'un à une structure atteignant plusieurs mètres de haut.

Il pressentait que, pour répondre à ce mystère, ses collègues et lui allaient devoir supporter de longues journées d'investigations. Pour le moment, il devait surtout tâcher de recharger ses batteries qui étaient particulièrement à plat ! Demain commenceraient les choses sérieuses ! Et, comme il l'avait redouté, son équipe fraîchement formée n'avait pas eu le temps de prendre ses marques avant qu'un gros dossier ne leur tombe dessus ! C'est ce qu'on appelait, être plongés tout de suite dans le grand bain !

Chapitre 7

Thomas ne traîna pas dans son lit, car, dès potron-minet, il était déjà prêt à rejoindre son bureau. Il savait que Pierre aimait particulièrement travailler tôt le matin, parce qu'il avait des tendances insomniaques. Avec tout ce qu'il avait dû voir pendant ses trente ans dans le métier, ce n'était guère étonnant.

Thomas était admiratif devant de tels collègues. Que ce soit Pascal ou Pierre, ils montraient qu'il était possible de se forger une belle et longue carrière dans la police. Le jeune directeur de la PTS espérait pouvoir en dire autant d'ici vingt ans ! En tout cas, quand il dressait le bilan de ses dix premières années, il ne regrettait pas son choix. Pourtant, ses proches, surtout ses parents, n'en avaient pas mené large lorsqu'il leur avait parlé de ses plans professionnels. Catherine, sa mère, était inquiète, car c'était un métier très périlleux. Elle aurait préféré que son fils opte pour une voie plus simple, comme elle, avec la comptabilité. Jean-Luc, son père, était plus partagé entre la fierté de voir son enfant embrasser une activité vouée à la protection des civils, et ses craintes dues également à la dangerosité de ce type de fonction. Lui, qui exerçait l'architecture, avait cru que l'intérêt de Thomas pour le dessin l'amènerait à suivre un cursus artistique. Tout comme sa mère, il s'était complètement fourvoyé ! Finalement, seuls son frère, Cédric et sa sœur, Maeva, avaient trouvé ça cool à l'époque.

Dix ans plus tard, lorsqu'il regardait le chemin parcouru, il ne regrettait pas du tout. Certes, son métier n'était pas simple, mais il ne s'y ennuyait jamais. Il ne savait pas à l'avance de quoi la journée serait pavée. Et c'est en partie pour ça qu'il aimait tant son travail.

Quand il traversa la ville, encore endormie, il s'aperçut, en se garant sur le parking, qu'il avait vu juste : la voiture de Pierre était déjà là et les lumières jouxtant sa salle d'autopsie étaient allumées.

Le légiste appréciait bosser dans le calme, contrairement à ce que dépeignaient souvent les séries télévisées. Il n'écoutait pas du hard rock, ni même du jazz ou de la musique classique ; il préférait « écouter les corps ». Sa façon de procéder était quasi religieuse. Il œuvrait dans une parfaite maîtrise de ses mouvements, respectant le mort dans sa dernière demeure. Il avait déjà bien assez l'impression d'être parfois un boucher, pour en rajouter avec une attitude qui ne se prêtait pas à son activité.

Pierre avait effectué de brillantes études de médecine, mais, rapidement, il s'était aperçu que les vivants ne l'intéressaient pas. Ils sollicitaient bien trop intensément ses émotions, ayant besoin d'être rassurés et guidés. Alors, après son cursus de base, il avait fini par s'orienter vers la thanatologie. Ce fut le coup de foudre. Son expertise médico-légale lui donnait l'impression d'être aussi important, si ce n'est plus, qu'un docteur « classique ». Dans son métier, on cherchait la vérité, on rendait justice aux familles et on libérait l'âme des morts. C'était assez mystique, mais il adorait cette dimension presque ésotérique.

Thomas poussa doucement la porte de la salle d'autopsie, pour ne pas effrayer son collègue.

— Tu ne chômes pas ! constata-t-il, pour entamer la conversation.

— Non, je n'arrivais pas à dormir, alors, je me suis dit que je serais aussi bien ici, à m'occuper de ce pauvre type… Merci de m'avoir filé le badge magnétique pour entrer et les codes de l'alarme.

— Je t'en prie. Je commence à te connaître, depuis le temps que nous travaillons ensemble, même si avant, c'était à distance !

— Je n'ai pas perdu au change ! À peine l'équipe formée, nous voici déjà avec une affaire sur le dos !

— Est-ce que c'est un homicide ?

— Ça semble se confirmer, j'en ai bien peur. Tu vois ces traces, là, sur ses avant-bras ?

— Oui.

— Eh bien, ce sont des preuves de lutte. Mon petit doigt me dit que je vais très certainement pouvoir également isoler des fragments, sous ses ongles.

Il joignit le geste à la parole et attrapa un ustensile pour réaliser ses prélèvements.

— Bingo ! Avec un peu de chance, je vais en extraire de l'ADN ou bien des fibres textiles. Les morts aiment garder des souvenirs, c'est une aubaine pour nous !

— Bon, je te laisse avancer tranquillement. On se retrouve d'ici une demi-heure en salle de pause pour un café ?

— Ça marche, jeune padawan[3] !

Thomas sourit à ce surnom tout droit sorti de l'univers d'une série de films cultes[4] des jeunes années de Pierre. Le capitaine Daumangère ne les avait jamais visionnés ! Ni les plus anciens ni les plus récents. Ce n'était pas trop son truc, mais il se garderait bien de le confier au légiste. Il ne comptait pas enrayer les liens qu'il commençait à tisser avec le quinquagénaire.

Thomas profita du calme de ces heures très matinales, pour avancer quelques dossiers. C'était dingue, le nombre d'autorisations et de paperasses qui leur était infligé. Certes, il fallait un cadre, c'était indéniable ; mais parfois, la police ne possédait pas l'amplitude nécessaire pour agir aussi rapidement qu'elle le devrait, et ça, c'était la faute du parcours administratif, qui se révélait souvent bien trop lourd.

Une demi-heure plus tard, Thomas et Pierre étaient rassemblés devant un breuvage servi par la machine toute rutilante qui prenait place dans leur salle de pause. C'était un

[3] Personne qui n'a pas, ou, peu, d'expérience dans un domaine de compétence, mais qui est en cours d'apprentissage – faisant référence au terme s'appliquant aux apprentis Jedi.
[4] Star Wars – trilogie originale 1977/1983

modèle assez haut de gamme, offert par l'argent du contribuable. Cela pouvait paraître accessoire, mais, quand vous enchaîniez les heures à gogo, c'était plus qu'appréciable. La caféine coulait doucement dans leurs sangs, aidant leurs esprits à se fixer sur leurs objectifs.

— Alors, tu as un peu avancé ? demanda Thomas, curieux d'apprendre ce que l'étude du macchabée avait révélé.

— Oui, mais, je préfère ne rien te dévoiler pour le moment. J'ai besoin d'avoir une vision d'ensemble, car quelques détails me chagrinent.

Au lieu d'apaiser ses questionnements, cela ne faisait qu'attiser encore plus son intérêt. Toutefois, Thomas respectait la méthode de travail de Pierre et il n'était pas judicieux de le forcer à en dire plus.

Le directeur regarda son collègue et remarqua alors ses cernes cachés derrière ses lunettes. Pierre était à quelques années de la soixantaine, ce que ses cheveux gris confirmaient allégrement ; néanmoins, il ne semblait pas chercher à paraître plus jeune qu'il ne l'était, comme s'y essayaient parfois, les gens d'un certain âge. Thomas avait toujours trouvé ça ridicule. Vieillir faisait partie de la vie, et c'était même un privilège ! Alors, pourquoi vouloir gommer les effets du temps ? C'était eux qui prouvaient qu'on avait acquis la maturité nécessaire et la sagesse au travers des épreuves de l'existence. Pierre était de ceux qui l'avaient apparemment bien compris.

— Tu te fais à ta nouvelle routine à Montjoli ?

— Oui ! Ma fille habite à Blougain, du coup, je suis content, car je vais pouvoir profiter un peu plus de Dina et

Arnold, mes petits-enfants. Françoise aurait été satisfaite de la situation…

La femme de Pierre était morte quelques années auparavant. Thomas posa sa main sur l'épaule du légiste en guise de compassion.

— Je pense que tu as opéré le bon choix. Ça n'avait plus de sens que tu demeures loin des tiens.

Les yeux de Thomas balayèrent le plan de travail.

— Oh ! Il reste un peu de cake que Carine avait apporté ! Tu en veux un morceau ?

Après sa première séance de rédaction, Garance passa un coup de fil à Miguel.

— Je t'avais demandé d'aller prendre quelques clichés de la fête foraine hier, par SMS… Eh bien, tu peux oublier !

— Oh ! Ta soirée n'a pas été concluante ? Les attractions ne sont pas assez sensationnelles pour que l'on en parle dans le journal ?

— Ce n'est pas ça… Tu ne me croiras jamais ! … Un corps a été découvert sur le parcours du train fantôme.

— Quoi ? Non ! Tu me fais marcher, Garance ! Tu es au courant que nous ne sommes pas en avril ? Pour les poissons, tu es soit très en avance, soit très en retard !

— Ce n'est vraiment pas une blague, Miguel. Thomas et moi étions dans le wagon lorsque le cadavre a été trouvé.

— Oh ! Pu… ! se censura-t-il. La vache !

— Ouais. Encore des festivités qui ne feront pas long feu à Montjoli !

— Décidément, ça va devenir une habitude !

— Le mois de septembre avait été bien calme pourtant !

— Hum… eh bien, j'imagine que tu vas reprendre du service pour tes petites investigations non officielles ?

— Oh, tu sais ! Moi, je me contente d'écouter ce que découvre la police…

— Mais bien sûr ! Et la marmotte, elle met le chocolat dans le papier d'alu ![5]

— Arrête de te foutre de moi !

— Excuse-moi, mais tu m'as donné le fer pour te faire battre, aussi !

Garance rigola face aux gentilles moqueries de son camarade.

— Plus sérieusement, je suis navrée que tu ne puisses pas réaliser ces photos. Je suis sûre qu'elles auraient été exceptionnelles en plus ! C'est tellement dommage !

— Ouais, bah, y'aura sans doute d'autres occasions… Tiens-moi au courant si tu as besoin de moi ces prochaines semaines.

— Comme à mon habitude ! Merci encore, Miguel.

— J't'en prie !

Garance se sentait vraiment fautive de lui faire ainsi faux bond, mais, maintenant que la fête foraine avait été fermée de force, il n'y avait plus aucune raison d'en parler dans le journal. Enfin, si, mais pas en traitant le sujet de la même

---

[5] Référence à une publicité des chocolats Milka - 1998.

façon. Au lieu d'aborder le côté divertissant, ce serait le fait divers qui passionnerait les lecteurs. *Encore un nouveau meurtre à Montjoli !* penseraient les habitants. Ils auraient sans doute peur, bien entendu, mais ils ne pourraient pas non plus s'empêcher de s'y intéresser. La tendance au voyeurisme n'était pas près de s'éteindre !

La journaliste se doutait que Thomas devait déjà être reparti depuis longtemps. Avec tout ça, il lui serait difficile de le croiser autant que d'habitude. Toutefois, elle était certaine qu'il ne manquerait pas de lui parler du déroulement de l'enquête. Enfin, pour le moment, rien n'était officiel. Tant que l'autopsie ne statuerait pas pour une mort suspecte, ce n'en était pas une. Néanmoins, Garance était pratiquement sûre que cette personne ne s'était pas suicidée. Techniquement, c'était quasi impossible, et puis, qui aurait aimé une telle mise en scène en guise de baisser de rideau ?

Au fur et à mesure des heures qui s'écoulaient, Pierre et Thomas furent rejoints par le reste de leur équipe, et bien plus encore. En effet, Pascal, Sylvie, Jonathan et Armand vinrent aussi voir comment ils s'en sortaient.

— Vous tombez bien tous les quatre ! s'exclama Thomas. Pierre allait justement nous rendre ses conclusions.

— En effet ! confirma le principal intéressé. Et je suis certain qu'elles vont vous être utiles.

— Nous t'écoutons, Pierre !

— Notre victime est Ramón Cargol, soixante-quatre ans, propriétaire des installations foraines. Date estimée de la mort : seize octobre deux mille vingt aux alentours de vingt-deux heures, soit à peine une heure avant qu'il ait été retrouvé. Son cadavre montre des blessures *ante-mortem*. Ses avant-bras sont marqués par des ecchymoses, comme si on lui avait fortement attrapé les membres. J'ai également pu isoler des particules sous ses ongles, où de petites fibres s'y étaient logées. Je n'ai malheureusement pas pu en tirer grand-chose. Ramón avait affaire à une personne portant un pull, mais, rien d'étonnant, en cette saison. L'étude toxicologique n'a rien donné de probant à part une trace de somnifère et de quelques médicaments. Autrement, il n'a pas été drogué ni même empoisonné, par contre, sa nuque était brisée.

— Ce qui est normal pour un pendu, non ? intervint le jeune Romuald.

— Oui, sauf que, là, plusieurs vertèbres étaient cassées et qu'une coloration significative est apparue après, prouvant un coup violent. En d'autres termes, on lui a fracassé le cou avant de le mettre au bout de la corde.

— Ce n'est donc pas un suicide ? demanda Sylvie, pour confirmation.

— Absolument pas ! Je suis formel. Nous sommes bien face à un homicide.

— Eh bien… C'est reparti pour un tour ! ne put s'empêcher de lâcher le commandant Cerdan.

— J'ai, quant à moi, analysé la corde, expliqua Marlène. Je n'y ai retrouvé aucune trace d'ADN sur la partie en dehors de la boucle. Cela confirme bien le meurtre. Les suicidés ne prennent pas de gants, cela n'aurait aucun sens !

— J'ai mené des recherches qui m'ont permis de remonter jusqu'au fabricant, renchérit Erwan, mais celui-ci m'a assuré que c'est un modèle discontinué depuis des années. Ce qui veut dire que ce cordage n'a pas été acheté pour l'occasion, mais qu'il devait faire partie du matériel des forains depuis un moment.

— Les échantillons de sang montraient que monsieur Cargol suivait un traitement pour une spondylarthrite ankylosante, ajouta Carine.

— C'est quoi, ce truc ? demanda Tiffany.

— Il s'agit d'une affection de la colonne vertébrale, assez mal connue et difficilement diagnostiquée. En gros, la personne souffre de crises qui rendent le bas du dos pratiquement paralysé. C'est sacrément handicapant.

— Et encore plus lorsque vous travaillez dans un domaine aussi physique que celui des forains… devina Jonathan.

— Est-ce que vous pensez que le mobile du meurtre pourrait être en rapport avec cette maladie ? s'interrogea Armand.

— Nous devons tout envisager ! affirma Pascal.

Thomas opina. Rien ne devait être laissé au hasard.

— Bravo ! Super boulot ! encouragea-t-il son équipe.

— Très bien. Tous ces éléments sont déjà un très bon point de départ ! se félicita le commandant Cerdan. Maintenant, nous allons pouvoir passer aux interrogatoires. Thomas ? Toujours prêt à jouer sur les deux tableaux ?

— Plus que jamais, chef !

— Très bien, alors je te veux en binôme avec Sylvie. Jonathan et Armand, vous commencerez par procéder à une enquête de voisinage. On ne sait jamais, quelqu'un a peut-être vu ou entendu quelque chose de suspect. Allez ! Au boulot !

Chapitre 8

— Nous avons bien affaire à un homicide ! confirma Thomas à Garance, au téléphone.

— Je m'en doutais ! L'inverse m'aurait paru étrange.

— Oui, je suis d'accord. Cela veut dire que le plus difficile est devant nous.

— Tu penses que c'est une personne de l'entourage proche, qui a fait le coup ?

— C'est fort probable. Je ne vois pas un quelconque client mécontent se donner autant de mal pour exécuter le patron.

— Ah ! C'est que cet homme était le chef d'entreprise ?

— Oui. Apparemment, il était connu et respecté dans la profession. Je te tiens au courant, dès que j'en apprends plus.

— Très bien, je te remercie.

Garance se demandait comment elle allait pouvoir intervenir dans l'enquête, sans se faire remarquer. Le commandant Cerdan l'avait à l'œil, et il n'appréciait pas particulièrement qu'elle marche sur les plates-bandes de la police. Comme chaque fois, elle allait devoir se montrer discrète. Ça, elle en faisait son affaire !

Sous couvert de son métier de journaliste, elle pouvait se permettre pas mal de libertés, ce dont elle tenait bien à profiter. Elle trouverait bien une façon de rencontrer les forains, sous prétexte de recueillir leurs impressions sur la situation. Ils seraient sans doute heureux d'être entendus, car, bien trop fréquemment, cette communauté n'était pas très bien vue. Les gens avaient tendance à se méfier d'eux, bien souvent à tort. Ils étaient bosseurs et ne comptaient pas leurs efforts pour proposer d'agréables lieux de divertissement au public.

Ainsi, Garance était prête à rivaliser d'ingéniosité pour grappiller quelques informations. Jusqu'à maintenant, ses petites enquêtes menées en parallèle de la police avaient porté leurs fruits. Plus d'une fois, elle avait été en mesure d'aider les forces de l'ordre. Et puis, surtout, le fait d'avoir découvert un cadavre, une fois de plus, l'impliquait personnellement dans la recherche de la vérité. Elle ne pouvait pas fermer les yeux et passer à autre chose. Beaucoup auraient dit d'elle qu'elle était butée ou têtue, mais elle se considérait plutôt comme obstinée. Concrètement, c'était du pareil au même, mais cela la rassurait de maîtriser le vocabulaire qui la concernait.

Pascal Cerdan ne savait plus trop s'il devait être consterné ou satisfait de se retrouver avec une nouvelle affaire d'homicide sur les bras. Toutefois, il était rasséréné d'avoir maintenant à sa disposition, une équipe technique et scientifique. Thomas n'avait pas encore eu trop le temps de prendre ses aises dans sa fonction de directeur, mais, au moins, cela le mettrait tout de suite dans le bain ! La procureure avait bien fait d'insister pour obtenir ce labo de la PTS, et cela se vérifiait aujourd'hui avec l'apparition de ce cadavre. Quoi qu'il en soit, Pascal était content de pouvoir continuer à compter sur les compétences du jeune capitaine pour poursuivre les enquêtes sur le terrain.

Cerdan avait bien la ferme intention de boucler cette affaire le plus rapidement possible. Sa compagne, l'avocate Vanessa Larivière, avec laquelle il avait emménagé le mois dernier, ne manquerait pas d'être étonnée par l'ouverture de ce dossier criminel. Le commandant finissait par se poser la question de savoir si la ville de Montjoli restait sûre. Tous ces assassinats commençaient à prendre la forme d'une vague de violence inquiétante. Les gens devenaient-ils fous ?

Sylvie était contente de continuer à travailler avec Thomas. Depuis que celui-ci avait été promu, elle avait craint que cela ne l'éloigne de son ancienne équipe, mais, bien au contraire, leur complicité était toujours de mise.

— Pas trop dégoûtée de devoir être mon binôme ? lui demanda-t-il, alors qu'ils étaient en voiture, sur le chemin de la fête foraine.

— Non, pourquoi ?

— Je ne sais pas… enfin… Nous n'avons jamais parlé ouvertement de ma nomination en tant que directeur de la PTS. Avec ton ancienneté, tu étais en droit d'y prétendre…

— Tu me connais, Thomas ! La paperasse et moi, ça fait deux ! Je dois déjà m'en coltiner pas mal au quotidien, alors, ce n'est pas pour m'en rajouter. Et puis, je ne suis pas aussi passionnée que toi par tous les éléments scientifiques. Moi, ce qui me plaît, c'est le terrain. Rien de mieux que les interrogatoires ! Non ! Ce poste ne m'intéressait pas et Pascal l'a bien compris d'ailleurs, puisqu'il ne me l'a même pas proposé. De toute façon, je lui aurais ri au nez. La vérité, c'est que je suis très contente pour toi. Tu méritais cette promotion et je suis persuadée que tu seras parfait dans ce job. Le seul truc qui m'aurait vraiment fait chier, c'est que tu ne veuilles pas continuer à travailler avec nous, lors des investigations.

— Je n'allais pas me priver de ça ! Quand Pascal m'a demandé si je désirais poursuivre et endosser les deux casquettes, je me suis senti soulagé. Beaucoup de directeurs de PTS ne se cantonnent qu'au labo, et moi, j'avais besoin de pouvoir m'échapper du bureau, de temps en temps.

— Ouais, tu es un électron libre !

Il lui sourit, heureux de voir à quel point elle le connaissait si bien.

— Sinon, ça avance avec ta journaliste ?

— Oh ! Euh… pour tout t'avouer, non. Enfin, on est toujours amis, mais je ne sais pas si cela ira plus loin.

— Tu n'en as plus envie ?

— Si, au contraire ! C'est juste que ce n'est jamais le bon moment pour lui parler de mes sentiments. C'est un peu délicat de sortir, d'un coup, un refrain romantique, lorsque l'on est resté aussi longtemps coincé sur celui de la simple camaraderie.

— Je comprends. Je suis sûre que tu trouveras un moyen d'arriver à tes fins. Après tout, ce n'est peut-être qu'une question de timing. Le destin se chargera de votre histoire, si elle doit exister !

— Et toi, les choses s'arrangent à la maison ?

— Oh ! Moi, tu sais… Helena est partie vivre en colocation avec des copines. Ce n'est pas évident de voir son bébé quitter le nid. Violaine semble aller mieux. Depuis sa rupture avec Pablo, elle en voulait au monde entier. Mais, maintenant que la rentrée est passée, elle paraît apaisée. Pourvu que ça dure ! Ensuite, ma belle-mère a entamé ses démarches pour vendre sa propriété et venir s'installer à Montjoli. Quant à Victor, les choses sont tendues. Les affaires ne marchent pas terribles à cause de la covid.

— Hum… c'est sûr que nous sommes en plein dedans. Si l'épidémie persiste, je ne serais pas étonné que nous soyons confrontés à un deuxième confinement.

— Pourvu que non ! Surtout que cela ne donne aucun résultat pour arrêter les meurtriers ![6] Que penses-tu de ce nouvel homicide ?

---

[6] Voir Les enquêtes de Garance – Tome 3 – Confinement fatal.

— Pour le moment, pas grand-chose. C'est même plutôt opaque. Mais, avec nos interrogatoires, nous ne pourrons qu'éclaircir les choses.

— Alors, lançons-nous dans l'arène !

Ils sortirent de voiture et allèrent frapper à la porte de la caravane de Mario Ortega.

Alors que ses collègues travaillaient principalement sur la nouvelle affaire d'homicide qui venait de tomber, Isidore Perrot, spécialiste en balistique, planchait sur un cambriolage qui avait eu lieu dans une bijouterie de la ville. Les individus avaient fait feu pour apeurer le propriétaire et son équipe de vente, mais, heureusement, il n'y avait pas eu de blessés. Par contre, les voleurs n'avaient pas été très intelligents de s'être servis de leurs armes, non seulement, parce que cela avait averti les policiers plus rapidement, mais également, car Isidore allait se faire un malin plaisir de les traquer grâce à son art. À trente-huit ans, cela faisait huit ans qu'il exerçait ce métier, et il était devenu sacrément calé. Il pouvait rester des heures à étudier la moindre trace laissée sur une douille ou le plus petit impact créé dans un mur. Bien entendu, il avait embarqué dans ses recherches, Romuald, dont il était l'encadrant. Il passa de nombreuses heures à lui expliquer les rudiments, puisqu'apparemment, l'école de police n'avait pas fait grand cas de sa spécialité. Il lui semblait important d'initier la nouvelle génération, de l'intéresser, voire, de la captiver, afin que les forces de l'ordre ne se retrouvent pas en pénurie d'experts, dans les prochaines décennies. Il avait conscience que ce n'était peut-être pas la discipline la plus attirante du métier, mais c'était mieux que l'entomologie médico-légale[7]. Aussi, Isidore donnait de sa personne pour inspirer sa jeune recrue.

— Là, tu vois, cette strie sur la balle ? Eh bien, rien qu'en l'observant, je peux te dire que les voleurs ont recouru à une arme à canon rayé et non pas lisse, comme c'est le cas sur les fusils.

— Waouh ! C'est trop cool !

— Chacune marque les munitions d'une façon qui lui est propre, comme une sorte de carte d'identité. Pour procéder à des comparaisons, on utilise le système ibis. L'ensemble des balles et des projectiles trouvés sur les scènes de crime sont numérisés et enregistrés dans cette base de données, qui permet, parfois, de relier plusieurs affaires entre elles.

Le jeune Romuald paraissait complètement happé par le discours de son professeur. Isidore était satisfait de l'effet produit. La transmission des savoirs semblait bien amorcée.

— Je suis contente que tu aies pu venir !

Avant de se lancer dans son enquête, Garance avait dû répondre à l'invitation de sa sœur. Cette dernière lui avait envoyé un SMS en lui expliquant qu'elle devait absolument la voir, alors, elle n'avait pas eu le courage de lui opposer résistance. Et puis, Axelle devait vraiment avoir quelque

---

[7] Étude des insectes dans le cadre des enquêtes, notamment utile pour la datation des cadavres

chose d'important à lui dire pour la prévenir ainsi, au dernier moment.

— Je t'en prie ! Ça semblait urgent ?

Elles s'étaient rejointes au salon de thé, et Axelle avait déjà un café crème et une part de flan posés devant elle.

— Tu prends quelque chose ?

— Oui, je vais commander au comptoir, je reviens.

Garance voulait éviter des pas inutiles à Oriane, la propriétaire des lieux, qui était enceinte, et avait de plus en plus de mal à tenir boutique.

— Tu en as encore pour longtemps avant l'accouchement ? s'enquit-elle.

— Normalement, deux mois, je suis supposé donner naissance aux alentours de Noël.

— Courage ! Ça va arriver vite !

— Merci ! Que puis-je te servir ?

— Je prendrai un chaï latte, et deux financiers, s'il te plaît.

Oriane s'occupa de sa commande et la remercia de s'être déplacée pour la chercher elle-même au comptoir.

— Pas de soucis ! Si je peux alléger un peu ta peine.

La journaliste retourna près de sa sœur et s'installa avec ses gourmandises. Axelle lorgna le contenu des douceurs qu'elle venait de rapporter et celle-ci lui donna un des gâteaux.

— J'en avais pris un de plus pour toi ! Je sais que, tout comme moi, tu en raffoles !

— Tu es adorable, ma Garance ! Merci !

— Alors, de quoi voulais-tu me parler ?

— J'ai une grande nouvelle à te dévoiler. Quelque chose d'extraordinaire !

Un bonheur immense s'empara des yeux d'Axelle. Garance ne l'avait pas vue aussi extatique depuis l'annonce de son mariage.

— Maxime et moi avons obtenu l'agrément ! Nous allons pouvoir devenir parents !

— Oh ! Mais c'est merveilleux ! Cela veut dire que c'est pour bientôt ?

— Non. Déjà, nous sommes chanceux, car nous avons attendu moins longtemps que la majeure partie des gens. À la base, la demande peut prendre jusqu'à neuf mois, mais, dans les faits, c'est souvent plus, faute de personnel. Ensuite, l'agrément ne nous certifie pas le placement d'un enfant, mais c'est une première étape. Il nous est accordé pour cinq ans, alors espérons que d'ici là, nous serons effectivement devenus parents !

Garance avait conscience que le parcours de sa sœur et son mari était semé d'embûches, mais elle était loin de penser que les choses étaient si compliquées. Pourquoi exiger autant de garanties et prendre autant de précautions pour confier un bambin à un couple si soudé, alors que tellement de personnes en mesure de procréer concevaient des gosses pour les mauvaises raisons ? Quand un foyer s'agrandissait naturellement, on ne vous demandait pas si vous étiez capables de recevoir convenablement le nouveau venu ! Pourquoi perdre autant de temps, tandis que tant de petits bouts de chou attendaient des parents ? Quel gâchis ! Pourquoi retarder le bonheur ?

— Je suis vraiment heureuse pour vous ! lui dit-elle, en attrapant la main d'Axelle. Merci d'avoir partagé cette nouvelle avec moi !

— Et toi ? Tu as beaucoup de boulot ?

— Ne me le fais pas dire ! Un nouveau meurtre a eu lieu à Montjoli…

Chapitre 9

— Quoi ? Mais ! Ce n'est pas possible ! Cela fait à peine deux mois que le précédent crime a eu lieu !

— Je sais, c'est complètement dingue. Et pourtant, c'est bel et bien la réalité… Nous étions à la fête foraine l'autre soir, avec Thomas, et, au détour d'un virage dans le train fantôme, nous avons découvert le corps sans vie d'un homme, qui pendouillait au bout d'une corde.

— Oh, mon Dieu ! Ça a dû être horrible !

— Je ne te le fais pas dire… La situation a tendance à se répéter, mais je peux t'assurer que l'on ne s'y habitue pas !

— J'imagine que ton ami Thomas est sur le pont ?

— Plus que jamais, surtout qu'il vient d'être promu au poste de directeur de la police technique et scientifique de la ville.

— Waouh ! C'est génial pour lui, ça ! Et sinon, il te procure toujours autant d'effet ?

— Oui, malgré les mois qui défilent, mon attirance pour lui ne faiblit pas.

— Tu devrais vraiment passer à l'action ! Mais qu'est-ce que tu attends ? Que quelqu'un d'autre lui mette le grappin dessus ?

— Je… c'est compliqué ! Enfin bref, je vais être pas mal occupée avec toute cette histoire, les prochaines semaines, alors je n'ai pas le temps de penser à ça.

— C'est toi qui vois, mais ne viens pas pleurer ensuite, parce qu'il se sera trouvé une copine !

Garance avait la sensation de se situer au sein d'un casse-tête sans fin. Elle avait bien conscience qu'Axelle avait raison et qu'elle devait se décider à changer les choses, mais ce n'était pas pour autant qu'elle se sentait capable de passer à l'action. Thomas était tellement important dans sa vie qu'elle redoutait de le perdre en tentant quelque chose de plus intime avec lui. Peut-être que la solution serait qu'elle arrête de réfléchir autant et qu'elle agisse avec la spontanéité, qui pourtant, d'habitude, ne lui manquait pas !

Elle prit congé de sa sœur et passa chercher une boîte d'antalgiques à la pharmacie. Alors qu'elle patientait dans la queue pour accéder au comptoir, elle aperçut une femme qu'elle avait déjà cru voir, le soir du meurtre. Armée de son culot, Garance s'avança vers elle et lui demanda :

— Vous faites bien partie des personnes travaillant à la fête d'automne, n'est-ce pas ? Il me semble vous avoir rencontré à la billetterie ?

— Euh, oui, effectivement… lui répondit son interlocutrice, surprise d'être approchée de la sorte.

— Je suis Garance Prévost, la journaliste de *Montjoli Infos*, le quotidien en ligne. Je ne sais pas si vous le connaissez ?

— Oh ! Si ! Je le consulte régulièrement lorsque nous travaillons dans les parages.

— Écoutez, je ne vais pas tourner autour du pot. Je faisais partie des personnes qui se trouvaient dans le wagon du train fantôme, lorsque le corps de Ramón Cargol a été découvert. Je serais très intéressée par une interview avec les membres de votre communauté. J'aimerais que chacun puisse s'exprimer sur ce qu'il s'est passé.

— Vous savez, moi, je ne suis qu'une simple employée ! Mais, je peux tout de même en parler avec les autres, afin de voir s'ils souhaiteraient participer. En tout cas, pour ma part, je ne serai pas contre. Cependant, je dois retourner au campement, car nous sommes interrogés en ce moment même par la police. Ils m'ont autorisé à effectuer cette course rapide, puisque c'était un besoin urgent, mais je ne dois pas traîner.

— Je comprends, pas de souci. Puis-je vous donner ma carte ? Ainsi vous pourrez facilement me recontacter pour me dire ce qu'il en est ?

La jeune femme opina, attrapa le carton que lui tendait la journaliste, finit sa transaction et s'en alla.

Jonathan et Armand menaient une enquête de voisinage. La grande place des lys, où était installée la fête foraine, se trouvait aux abords de bon nombre d'habitations et plusieurs d'entre elles jouissaient d'une vue directe sur les infrastructures. Avec un peu de chance, peut-être que quelqu'un avait aperçu ou entendu quelque chose de suspect, le soir du meurtre.

Armand, en tant que spécialiste en psychologie, savait pertinemment qu'ils allaient faire face, en partie, à des personnes dont les préjugés seraient nombreux. En effet, la communauté gitane souffrait d'une réputation pas toujours très heureuse. Ses membres étaient très souvent qualifiés de voleurs, de menteurs et autres sobriquets négatifs. Ces généralisations abusives reposaient sur le schéma « si un seul d'entre eux est un voyou, alors ils le sont tous ». C'était aussi stupide que de dire « si un seul Montjolièrain est un criminel, alors ils le sont tous ». Néanmoins, les préjugés de tous bords prospéraient ! Qu'il était difficile de changer la façon de penser des gens et de leur ouvrir les yeux !

Effectivement, les deux policiers purent constater promptement que les craintes d'Armand étaient fondées. Ils durent entendre de nombreux témoignages dont les propos étaient très proches du racisme. Chaque fois, ils avaient dû remettre leurs interlocuteurs sur les rails. Le sujet était sensible, c'était le moins que l'on puisse dire !

— Tous les ans, c'est la même chose ! Ils s'installent sur la place et ils font comme chez eux ! Ils laissent traîner tout un tas de bordel autour de leurs roulottes ! Ça ne fait vraiment pas propre ! Et puis, c'est sans compter tout le capharnaüm que leur fête créée. Je me demande comment la municipalité peut accepter un tel foutoir !

Les habitants de Montjoli n'étaient pas très doux avec les personnes qui avaient choisi un autre mode de vie que la sédentarité. Jonathan ne comprenait pas comment les gens pouvaient être aussi hypocrites, alors qu'ils étaient bien contents de profiter de ce genre d'événement pour se divertir ! C'était un peu comme ceux qui critiquaient le végétarisme, tout en consommant eux-mêmes des fruits et des légumes ! Pour faire simple : l'hôpital qui se foutait de la charité !

Thomas et Sylvie avaient réussi à rassembler, avec l'aide de Mario Ortega, l'équipe qui travaillait pour feu Ramón Cargol. Puisque la saison arrivait à sa fin, ils étaient bien moins nombreux que d'habitude. Ils ne faisaient pas fonctionner toutes les attractions en même temps, et ils avaient abandonné l'installation de certaines. Ils n'étaient donc qu'une dizaine à œuvrer, pour que tourne la fête foraine.

La majeure partie des salariés étaient issus de la famille du propriétaire. Ainsi, Ramón s'était entouré de sa femme, Mariela Cargol ; sa fille Carmen Ramirez ; son frère Tito Cargol accompagné de son épouse, Dolores ; son neveu Fraco Jimenez ; son beau-frère, Salvadore Rivas ; et enfin sa petite cousine Tayssa León. Seuls son meilleur ami, Mario

Ortega ; l'employée de la billetterie, Indra Serrano ; et le jeune qui s'occupait notamment du stand de derby, Lorenzo Fernandez, n'étaient pas apparentés, de près ou de loin, avec Ramón.

Ils allaient amorcer les premiers interrogatoires, lorsqu'Indra leur demanda l'autorisation de se rendre rapidement à la pharmacie. Elle avait un besoin urgent d'ordre médical et les policiers n'avaient d'autre choix que d'accepter. Après tout, les dommages avaient déjà été causés, et elle était probablement incapable d'en provoquer d'autres toute seule.

— Nous allons procéder à des entretiens individuels, leur expliqua Thomas. Aussi, Mario nous prête sa caravane pour que cela soit plus simple. Nous souhaiterions commencer par vous, Mariela.

— Le patriarche n'est même pas encore refroidi, qu'il se prend pour le chef du clan ! siffla Fraco entre ses dents, mais assez fort tout de même pour que les officiers l'entendent.

— Quant aux autres, veuillez ne pas quitter le campement ! précisa Sylvie.

Mariela Cargol les suivit donc dans l'antre de Mario, qui, bien entendu, leur laissait les lieux afin que tout soit mené de façon confidentielle.

— Madame Cargol, tout d'abord, nous souhaitons vous présenter toutes nos condoléances, commença Thomas. Nous vous assurons que nous allons déployer tous les moyens nécessaires pour arrêter la personne qui a assassiné votre époux.

— Merci. Je suis tellement dévastée par sa subite disparition. Mon Ramón était un homme solide, une véritable force de la nature ! Jamais il n'aurait attenté à ses jours !

— Depuis combien de temps étiez-vous mariés ? demanda Sylvie.

— Deux ans.

— Excusez-moi d'avance pour mon manque de tact, mais vous étiez bien plus jeune que lui.

— En effet, je n'ai que trente-deux ans. Je suis sa troisième épouse.

— Et cette différence d'âge n'a jamais causé problème entre vous, ou au sein de la famille ?

— Carmen, sa fille, a eu un peu de mal à s'y habituer au début. C'est que je suis plus jeune qu'elle, de trois ans. J'imagine que, voir son père avec une femme de notre génération, cela a dû la perturber. Mais, avec le temps, elle a fini par m'accepter.

Thomas opina, tout en griffonnant quelques notes, puis reprit les rênes de la conversation.

— Est-ce que vous envisagez que l'un d'entre vous ait pu tuer votre mari ?

— Nous sommes un groupe très uni, comme c'est souvent le cas chez les gitans. Vous savez, pour nous, la famille, c'est vraiment sacré. Je ne pense pas que qui que ce soit lui voulait du mal.

— Et parmi les employés ?

— C'est également peu probable à mon avis. Mario est son meilleur ami depuis de très nombreuses années, quant à Indra et Lorenzo, ils sont jeunes et l'admiraient beaucoup. Tout le monde l'appelait « le patriarche », un terme inspirant le respect.

— Je vois… Les expertises médico-légales nous ont révélé que votre mari souffrait de spondylarthrite ankylosante. Malgré ça, à soixante-quatre ans, il travaillait toujours. Ne souhaitait-il pas se ménager ? Il devait beaucoup peiner, au jour le jour, avec un métier aussi physique, non ?

— Il vivait avec cette maladie auto-immune depuis tellement longtemps qu'elle faisait partie de lui. Il en bavait, bien entendu. Lorsqu'il était en crise, il lui était difficile de se lever le matin, pourtant, jamais au grand jamais, il lui était venu l'idée de prendre sa retraite… jusqu'à récemment. Il l'évoquait, mais, comme quelque chose de lointain.

— Et il avait envisagé des plans pour faire perdurer l'entreprise ?

— Quelques-uns, mais rien de très clair et de très défini.

— Il en avait parlé à quelqu'un ?

— Oui, aux principaux intéressés.

— Bon, ce n'est pas qu'on n'aime pas jouer aux devinettes, mais, si vous pouviez être plus précise, nous perdrions moins de temps ! s'énerva quelque peu Sylvie.

— Ah, euh, bien sûr, pardon. Afin de lui succéder, Ramón avait envisagé quatre possibilités. Son frère, Tito ; sa fille, Carmen ; mon frangin, Salvadore ; ou bien son meilleur ami, Mario.

— Et, pourquoi pas, vous ?

— Oh, non ! Je ne me sentais pas l'envie de prendre la tête de l'entreprise. C'est un travail monstrueux et je ne suis pas assez qualifiée pour ça.

— Même en tant que veuve du patron ?

— Cela ne change rien ! Je me contente d'aider sur les stands, c'est bien suffisant !

— Est-ce que vous vous souvenez de la dernière fois où vous avez vu votre mari ?

— Oui, c'était au dîner, aux alentours de 18 h. Nous mangeons assez tôt, car, la semaine, nous ouvrons les attractions à 20 h, alors que, le week-end, nous commençons dès 14 h.

— Pourquoi ne pas opter pour des journées complètes ?

— Nous suivons les instructions données par la mairie. De toute façon, même si nous le voulions, ce serait compliqué de faire autrement. Comme je vous l'ai dit, nous sommes en fin de saison et nous tournons donc à effectif réduit.

— Vous n'avez pas trouvé ça bizarre de ne pas recroiser votre mari pendant ce laps de temps ?

— Non, une fois venue l'ouverture des portes, il était sur tous les fronts. Quant à moi, j'étais assignée aux auto-tamponneuses pour la soirée, un poste qu'il est difficile de quitter, car très fréquenté.

— Très bien, nous vous remercions, madame Cargol. Pouvez-vous demander à Carmen de nous rejoindre ?

Elle sortit de la caravane et les deux capitaines en profitèrent pour échanger leurs impressions.

— Trente-deux ans d'écart, on est d'accord pour dire que ça fait beaucoup, non ? remarqua Sylvie. Son mari était deux fois plus âgé qu'elle !

— L'amour se moque bien de ce genre de données. Mais, c'est sûr qu'il devait y avoir un fossé générationnel entre eux.

— Tu crois que cette union était purement intéressée ?

— Vu ses réponses, je ne pense pas, non. Elle ne semblait pas le moins du monde attirée par la reprise de l'entreprise.

— La diriger, peut-être pas, mais la valeur marchande, c'est peut-être une autre histoire !

— J'ai hâte de voir ce que nous dira la fille de la victime…

Chapitre 10

Garance avait été chanceuse, en rencontrant la jeune Indra. Elle avait conscience que les policiers devaient être sur le coup et qu'il lui serait un peu compliqué d'enquêter en parallèle, de façon tout à fait discrète. Aussi était-elle capable de prendre son mal en patience. Elle savait pertinemment que les interrogatoires ne dureraient pas des semaines et qu'une fois qu'ils auraient recueilli les informations nécessaires, ils traîneraient beaucoup moins sur place et laisseraient les forains vaquer à leurs occupations.

En attendant, elle utilisa les réseaux sociaux de son journal afin de lancer un appel à témoins. Elle souhaitait retrouver les personnes présentes sur les lieux ce soir-là. Peut-être que quelqu'un parmi eux aurait vu ou entendu quelque chose d'intéressant. Et cela faisait également partie de sa manière d'obtenir des renseignements.

La magie d'Internet opéra des prodiges, car, à peine une heure plus tard, elle avait déjà quelques contacts à exploiter.

Elle réussit notamment à apprendre, grâce à la maman d'un des enfants ayant trouvé place dans le wagon, qu'ils avaient perçu des bruits venant de l'attraction, environ une heure avant qu'elle n'ouvre. Ils avaient attendu devant assez tôt, les petits désirant absolument être les premiers à monter dans le train.

— Quels types de sons, exactement ? avait demandé Garance.

— Un raclement, comme si l'on traînait quelque chose de métallique sur le sol, puis une sorte de friction, qui, maintenant que nous sommes au courant de ce qu'il s'est passé, pourrait correspondre à de la corde crissant contre les armatures du toit. Sur le coup, cela ne m'avait pas semblé bizarre. Je croyais tout simplement que les forains finissaient de préparer les derniers décors… Quand j'y repense, cela me glace le sang !

Elle remercia la femme pour son témoignage et contacta le jeune homme qui lui avait donné son numéro de téléphone en message privé.

Il lui expliqua qu'il faisait partie du groupe se trouvant en tête de wagon.

— Ce que j'ai à vous dire… je préférerais vous en parler de vive voix.

— Très bien. Alors, donnons-nous rendez-vous au bar PMU, en fin de journée.

— Hum ! Non, j'aimerais un endroit plus discret. Pourquoi pas le skate park, plutôt ? Vers 18 h ?

— Très bien, à ce soir.

Elle se demandait bien pourquoi il prenait toutes ces précautions. Avait-il vu quelque chose d'important ? Peut-être même le tueur ? Elle avait hâte d'en apprendre plus…

Carmen Ramirez n'était pas très à l'aise de se retrouver de la sorte, devant deux policiers. La mort de son père l'avait choquée et elle n'avait pas de très bons souvenirs des forces de l'ordre, avec qui, parfois, les rapports avaient été conflictuels. Régulièrement, les habitants des villes où ils se produisaient leur envoyaient les flics pour leur faire peur, et il était arrivé quelques fois où les choses ne s'étaient pas très bien terminées.

— Madame Ramirez, quelles étaient vos relations avec votre paternel ? lui demanda Sylvie.

— Elles étaient excellentes. Je le secondais du mieux que je pouvais et il avait confiance en moi. J'ai toujours vécu auprès des attractions. Je ne connais pas d'autre mode de vie que celui-là.

— Est-ce que votre papa vous avait parlé d'éventuellement lui succéder à la tête de l'entreprise ?

— Vaguement, mais il m'avait bien dit qu'il devait procéder au meilleur choix pour la société, et que ce n'est pas parce que j'étais sa fille que j'hériterais forcément « du trône ».

— Et comment avez-vous perçu cette précision ?

— Je savais qu'il me tiendrait ce discours. Je le connaissais assez pour anticiper ce qu'il pensait. En fait, il avait beau m'aimer, il restait cantonné par une idée stéréotypée selon laquelle ce genre de business devait être géré par un homme.

Comme si les femmes n'avaient pas la poigne nécessaire ! À vrai dire, je m'en foutais un peu.

— Pourquoi ?

— Quand il a épousé Mariela, j'ai pris ça comme un affront. Le voir remplacer maman par quelqu'un de plus jeune que moi, ça avait du mal à passer. Je pensais qu'il avait agi de la sorte pour me peiner, ou, au mieux, pour prouver à tout le monde qu'il était encore assez séduisant pour attraper dans ses filets, une compagne ayant la moitié de son âge ! En fait, j'ai rapidement compris qu'il était vraiment amoureux et que Mariela le rendait heureux. Alors, j'ai fini par accepter leur relation. De toute façon, depuis son mariage, il m'impliquait de moins en moins dans les décisions de l'entreprise. Du coup, moi aussi, j'ai pris du recul. Je croyais être totalement sortie de la course pour lui succéder, avant qu'il ne me révèle le contraire.

— Et, c'était quand ?

— La semaine dernière.

— Il vous a dit quels étaient vos concurrents ?

— Oui. Mario, Tito et Salvadore. Que des hommes, quoi !

— Parmi tous les membres de votre famille et vos employés, connaissez-vous quelqu'un qui aurait voulu du mal à votre père ?

— Personne ne s'oppose au patriarche. C'est la règle. Alors, si quelqu'un possédait des griefs à son encontre, je doute qu'il l'ait partagé avec tout le monde…

— Et de vos trois adversaires, est-ce que vous en imaginez un capable de l'assassiner pour prendre sa place ?

— Je suppose qu'ils seraient ravis de se retrouver à la tête de l'entreprise, mais de là à tuer…

— Où étiez-vous vers 22 h, ce soir-là ?

— Je tenais la grande roue.

— Avez-vous aperçu votre père entre l'heure du repas et ce moment-là ?

— Hum… non, je ne crois pas me souvenir l'avoir vu. Il devait sans doute vérifier les derniers détails des attractions en cours d'ouverture.

— Mis à part le train fantôme, d'autres stands ouvrent en décalé ?

— Oui, le Spinning Raft et le Turbo 360.

— Et sinon, vous n'avez rien remarqué de particulier ou d'étrange ?

— Non, rien de pertinent, par rapport à d'habitude.

Ils la remercièrent et demandèrent à rencontrer Tito. Ce serait le dernier de la journée, car le temps avait filé à toute allure.

Garance se rendit, comme prévu, au skate park. Cela lui rappela la fois où elle y avait épié des suspects lors de l'enquête du meurtre du boulanger[8]. Elle n'avait aucune façon de reconnaître le jeune homme avec qui elle avait conversé au téléphone, mais étant donné qu'elle était la seule femme approchant la trentaine et sans skate à son bras, elle se dit qu'elle serait facilement repérable pour son interlocuteur.

---

[8] Voir Le fournil infernal – Les enquêtes de Garance – Tome 2.

Effectivement, elle n'eut pas bien longtemps à attendre avant qu'un ado d'environ dix-sept ans ne vienne l'aborder.

— Vous êtes la journaliste ?

— Oui, c'est bien ça.

— Allons nous asseoir, là-bas ! lui proposa-t-il, en lui montrant un banc, un peu à l'écart.

Il tripotait son écharpe avec des gestes désordonnés. Garance comprit tout de suite qu'il n'était vraiment pas à l'aise. Mais, était-ce simplement dû au fait qu'il soit jeune, ou bien cela entretenait-il un rapport avec ce qu'il avait à lui révéler ?

— Tu m'as confié détenir des informations ? le pressa-t-elle gentiment.

— Euh... oui. Je... je crois que j'ai vu quelque chose, avant de monter dans le wagon.

— Je t'écoute. N'aie pas peur.

— C'est que... j'étais en train de fumer un joint, derrière l'attraction...

— Je ne suis pas flic. Alors, personnellement, je m'en fous de ce que tu consommes. La seule chose qui m'intéresse, c'est ce que tu as découvert.

— J'suis pas très sûr, parce que... c'était pas le premier pétard de la soirée que je m'envoyais. Aussi, dans ces cas-là...

— Ça peut altérer ta perception. Je comprends. Mais, écoute, pour le moment, toutes les informations sont bonnes à prendre. On ne sait jamais ! Tu as peut-être vu un truc important qui pourrait aider à coincer le tueur.

— Oui, c'est pour ça que j'ai quand même répondu à votre publication sur les réseaux.

— Et du coup ?

— Ah, euh, bien sûr ! Pardon ! Donc, j'étais en train de fumer derrière l'attraction et j'ai cru apercevoir quelqu'un.

— Tu pourrais m'en dresser un portrait ?

— Bah, il faisait nuit et la personne portait un sweat à capuche. En plus, elle était de dos.

— Une description physique globale, peut-être ?

— Euh, taille moyenne, pas très corpulente.

Elle ne désirait pas vexer l'ado qui avait effectué la démarche de la contacter, mais le peu de renseignements qu'il lui avait fourni ne lui permettrait pas d'aller bien loin.

— J'suis désolé de n'pas être capable de vous en dire plus…

— Ce n'est pas grave, c'est déjà très bien. Merci d'avoir répondu à mon appel à témoins. Et si par hasard quelque chose te revient, ou bien, si l'un de tes potes se souvient de quelque chose, je te confie ma carte, n'hésite pas à me donner un coup de fil, d'accord ?

Il agita la tête de façon positive et Garance l'abandonna pour rejoindre son appartement. Elle espérait qu'elle pourrait éventuellement voir Thomas, si celui-ci ne rentrait pas trop tard.

— C'est moi, chérie !

Armand déposa les clés de sa voiture dans le vide-poche de l'entrée, enleva manteau et chaussures, puis alla retrouver sa petite famille. La soirée venait de débuter, ce qui voulait dire qu'il éprouverait la joie de passer quelques instants avec ses enfants avant qu'ils ne se couchent.

Sa femme, Morgane allait de mieux en mieux. Après la naissance d'Alizée, la jeune maman s'était enfoncée dans la dépression post-partum, mais, grâce à l'aide de sa psy, elle remontait la pente. Armand était heureux de voir que les séances avec sa consœur lui étaient bénéfiques.

— J'ai cuisiné des lasagnes pour ce soir ! lui annonça-t-elle, toute joyeuse.

— Hum ! J'en salive d'avance ! Comment s'est passée ta journée ?

— Très bien ! Pendant que Léo était à l'école et la petite à la sieste, j'ai eu le temps d'étendre une lessive et préparer le repas. Et ce matin, j'ai même emmené Alizée avec moi chez la psy, et elle a été adorable. Et toi ?

— On a procédé à une enquête de voisinage avec Jonathan. Pas le truc le plus intéressant du monde, mais, c'est nécessaire.

— C'est affreux, ce qui est arrivé à cet homme. J'espère que vous arrêterez vite le coupable.

— Bon ! Assez parlé de boulot ! Je connais une petite femme et deux beaux enfants qui ont bien besoin d'un gros câlin !

Et il attrapa son épouse dans ses bras, qui partit dans un grand éclat de rire.

Thomas poussa un soupir de soulagement en rentrant chez lui. La journée avait été longue et les premiers interrogatoires n'avaient pas apporté beaucoup d'eau à leur moulin. Il prit une bonne douche pour se délasser un peu, puis ouvrit le frigo à la recherche d'un plat préparé. Cette fois, il ne se sentait pas le courage de cuisiner, bien qu'il adore ça. Il passa la barquette saumon/riz à l'oseille au micro-ondes et se servit un verre de cola. Rien n'était plus déprimant que mettre la table quand il dînait seul. Toutefois, c'était son presque quotidien depuis qu'il était célibataire. Il préférait partager les repas avec Garance, mais il ne pouvait pas s'incruster à tout bout de champ.

Il décida de se sustenter avant d'aller lui rendre visite, en espérant qu'il ne soit pas trop tard pour la déranger. La connaissant, il se doutait qu'elle serait heureuse d'apprendre les quelques petites bribes d'informations qu'ils avaient réussi à grappiller. Et peut-être, qui sait, qu'elle aussi n'avait pas résisté à l'envie de fouiner.

Lorsqu'il toqua doucement à la porte, il se surprit à imaginer qu'elle serait peut-être en nuisette sexy, mais c'est une Garance, vêtue d'un pyjama en pilou-pilou, qui lui ouvrit. Même avec une tenue désuète, elle était époustouflante, surtout avec ses cheveux, qui s'emmêlaient sur le haut de sa tête. Il avait une furieuse envie d'y glisser ses doigts et de l'attirer à lui pour happer ses lèvres dans un baiser sensuel.

— Ah ! Thomas ! Je ne pensais plus te voir à cette heure-là !

— Excuse-moi ! J'aurais dû t'envoyer un SMS avant de me pointer de la sorte…

— Oh, non ! Ce n'est pas grave ! Entre !

Elle se replia sur le côté pour le laisser passer, et en profita pour lui mater les fesses.

Un miaulement sonore parvint jusqu'à leurs oreilles. En quelques secondes, Chouquette avait rejoint sa cible. Comme à son habitude, la petite chatte chouina pour que Thomas la prenne dans ses bras. Il s'exécuta sans se faire prier plus longtemps.

— Tu as dû rentrer tard, j'imagine ! Cette première journée d'interrogatoires a été fructueuse ?

— Pas vraiment. Disons que nous avons récolté quelques informations potentiellement intéressantes, mais, tant que nous n'avons pas entendu tout le monde, il est un peu délicat de se rendre compte de leur réel attrait.

— Je comprends.

— Et toi ? Est-ce que tu as laissé traîner tes oreilles, comme à ton habitude ?

— Hum…

— Ne me mens pas, Garance ! Tu sais que je lis en toi, comme dans un livre ouvert !

— Oui, bon ! D'accord ! J'ai peut-être rencontré, par hasard, un membre du groupe des forains… et j'ai peut-être aussi lancé un appel à témoins afin de recueillir des infos, par-ci, par-là…

— J'en étais sûr ! Et ça t'a donné quelque chose ?

— Eh bien, un ado a cru voir quelqu'un derrière l'attraction, mais cette personne portait un vêtement à capuche. Sinon, une mère a également entendu des bruits suspects, une heure avant l'ouverture du train fantôme. Donc, rien de très déterminant.

— De notre côté, nous avons interrogé la veuve et la fille de la victime. Outre quelques tensions qui existaient entre les deux jeunes femmes et une histoire de succession à la tête de l'entreprise, cela ne nous a pas donné grand-chose non plus !

— Ce ne sont que les premiers instants de l'enquête. Il vous reste encore pas mal de monde à questionner, non ?

— Oui, un peu moins d'une dizaine de personnes.

— Eh bien, s'ils ont quelque chose à se reprocher, ils réussiront bien à se trahir, à un moment donné.

Ils passèrent une demi-heure supplémentaire à discuter de tout et de rien, avant que chacun ne finisse par retrouver son lit.

Chapitre 11

Jonathan était en repos et cela tombait bien, car il comptait en profiter pour mettre à exécution une petite surprise qu'il avait prévue pour sa compagne, Émilie. Depuis de nombreux mois, la jeune femme espérait donner une nouvelle impulsion à son activité complémentaire de couturière indépendante, mais elle n'en avait pas eu la possibilité. En effet, son frère, Noah, avait squatté la pièce qui lui servait à entreposer son matériel, qu'elle n'avait jamais eu le loisir de déballer depuis son emménagement. Ça, plus le fait qu'elle travaillait à plein temps dans une boulangerie de la ville, lui avait fait délaisser ses bobines. Et puis, elle ne se voyait pas quitter son emploi sans être sûre de réussir à engranger des revenus. Elle n'avait pas l'intention de vivre sur les deniers de son conjoint, souhaitant garder une certaine autonomie financière.

Le lieutenant avait toutefois envie d'inciter Émilie à réaliser ses rêves, au lieu de toujours repousser ses désirs. Il savait que, s'il ne l'aidait pas à prendre son envol, elle ne s'en donnerait pas les moyens. Aussi, profita-t-il du fait que Noah avait déménagé dans son propre appartement, pour réorganiser totalement l'endroit. Après un rapide saut dans un magasin vendant des meubles en kit, il revint chez eux pour monter le long et large plan de travail, ainsi que les caissons de rangement qui constitueraient l'espace dédié à l'activité de sa bien-aimée. Puis, le livreur sonna à sa porte. Il ne pouvait pas mieux tomber ! La réception de la nouvelle machine à coudre d'Émilie était l'ultime pièce qui manquait pour conclure cette transformation. Il disposa, çà et là, quelques décorations et installa le stock de tissus, les bobines de fil et tout le reste du matériel dans les tiroirs. Ces derniers avaient été abandonnés dans des cartons, depuis l'emménagement de la jeune femme. Il était grand temps qu'elle puisse bénéficier d'un espace qui lui était dédié, lui permettant d'imaginer des créations et d'enfin se consacrer à cette activité qui lui plaisait tant.

Après autant d'efforts, le résultat était à la hauteur des espérances de Jonathan, et il était impatient de voir quelle serait la réaction de sa petite amie. Il croisait les doigts pour qu'elle n'interprète pas mal sa surprise, comme une façon de lui dicter sa vie ; mais pour ce qu'elle était, c'est-à-dire, une manière de l'encourager à poursuivre ses projets. Au pire, il lui expliquerait sa vision des choses. Elle pouvait tout à fait s'investir dans son entreprise, tout en continuant à être salariée à la boulangerie. Cela lui permettrait de tester son activité en douceur, tout en s'assurant un revenu. Ainsi, si les clients devenaient réguliers, elle pourrait ensuite procéder au choix qui lui incomberait.

Thomas et Sylvie ne perdirent pas de temps pour rejoindre le campement des forains. Ils disposaient encore de pas mal de suspects à interroger et ils désiraient avancer dans leurs investigations. Comme la veille, ils prirent leurs quartiers dans la caravane de Mario et reçurent Tito Cargol, le frère de la victime.

— Est-ce que des tensions existaient entre vous et votre frère ? lui demanda Sylvie, de but en blanc.

— Non, nous nous entendions plutôt bien. Enfin… comme deux frangins, quoi ! Il éprouvait beaucoup de tendresse pour moi. J'étais son cadet, de douze ans ! J'ai toujours travaillé avec lui, et cela a considérablement soudé nos liens.

— Avez-vous déjà remarqué des frictions entre Ramón et d'autres personnes de votre communauté ?

— Pas particulièrement. Nous sommes un groupe très uni. Vous savez, vivre sur la route, gérer les galères et travailler dur, cela forge le caractère. Si nous n'évoluions pas en bonne harmonie, nous n'aurions jamais été capables de faire perdurer cette entreprise aussi longtemps !

— Justement, en parlant de votre business, nous avons appris que Ramón envisageait de se retirer et de céder la place à l'un d'entre vous. Vous faisiez partie de sa liste restreinte, et nous serions curieux de savoir ce que vous en pensiez ?

— Je ne suis pas certain qu'il aurait véritablement pris sa retraite. Mon frère était un vrai bosseur. Il n'imaginait pas son existence autrement que telle qu'elle était. Je suis persuadé que, si on lui avait retiré son travail et ses responsabilités, il aurait dépéri.

— Pourtant, il souffrait d'une affection auto-immune qui ne devait pas être facile à gérer tous les jours. Ne croyez-vous pas qu'il était arrivé à bout, et que ses douleurs l'avaient incité à revoir ses priorités ?

— C'est une théorie, mais cela reste peu probable ! Il ne se montrait jamais faible devant qui que ce soit, et je pense que sa fierté en aurait subi un coup s'il avait avoué baisser les bras face à la maladie.

— Alors pourquoi avait-il décidé d'envisager son remplacement ?

— Je n'en sais rien, et je fus le premier surpris ! Comme si cette idée était sortie de nulle part, sans crier gare ! Lorsqu'il m'en a parlé, j'imaginais tout bêtement qu'il allait me nommer, mais apparemment son choix n'était pas complètement arrêté.

— Cela vous a mis en colère ?

— J'étais déçu, surtout qu'avec ma femme, Dolores, nous nous sommes toujours donnés à fond. Mais il faut croire que ce n'était pas suffisant à ses yeux. Je comprends qu'il ait envisagé Carmen comme successeur, puisque c'était sa fille ; mais, Salvadore ou Mario, c'était plus obscur pour moi. En tout cas, si c'est une façon détournée de me demander si j'ai tué mon frère, vous faites fausse route. Jamais je ne lui aurais fait le moindre mal !

— Avez-vous croisé Ramón avant l'ouverture du train fantôme ?

— Non ! Et pourtant, c'était moi qui étais responsable de l'attraction ce soir-là.

— Avez-vous procédé à des vérifications de dernière minute ?

— Bien évidemment ! Mais c'était bien avant l'ouverture. Il devait être aux environs de 20 h 30 lorsque j'ai fini.

— Et vous vous y prenez toujours aussi tôt d'habitude ?

— C'est assez fluctuant. Cela dépend de la charge de travail que je dois fournir en amont. En ce moment, puisque nous ne sommes pas beaucoup, il est préférable d'anticiper certaines choses.

— Vous confirmez donc qu'à 20 h 30, rien de suspect ne se trouvait sur le trajet du train fantôme ?

— Tout à fait !

— À vos yeux, est-ce que vous connaissez quelqu'un qui pouvait en vouloir à la victime au point de la tuer ?

— Pas que je sache, non. Ramón était aimé de tout le monde et respecté, non seulement au sein de notre communauté, mais également dans la profession.

Les deux capitaines donnèrent congé à Tito et s'apprêtaient maintenant à recevoir Salvadore Rivas, le frère de Mariela.

Garance revenait d'interview au côté de Miguel. Ils s'étaient rendus ensemble sur les lieux d'un cambriolage, au sein d'une bijouterie de la ville. Le propriétaire s'était fait braquer ; et lui et sa femme, avec laquelle il tenait boutique, étaient traumatisés, sans parler de leurs deux vendeuses qui avaient été placées en ITT.

— Le monde ne tourne franchement pas rond, si tu veux mon avis, Garance !

— Les gens sont devenus fous ! Je ne sais pas si c'est la pandémie qui leur a tapé sur le système, mais j'ai comme l'impression que les choses empirent de jour en jour.

— Ah oui ! C'est vrai que tu m'avais vaguement évoqué un nouvel homicide ?

— C'est ça ! Encore un de plus ! Je n'avais jamais entendu parler d'autant d'actes de violence à Montjoli que depuis ces derniers mois ! J'ai le sentiment que nous sommes entrés dans une sorte de cercle vicieux, et que plus jamais nous n'en ressortirons ! C'est très inquiétant...

— Je suis d'accord avec toi ! Néanmoins, c'est le genre de récit qui passionne l'opinion publique. S'il n'y avait pas eu autant de crimes, peut-être que ton journal numérique n'aurait pas obtenu un succès aussi fulgurant...

— Tu as sans doute raison. Et c'est vrai que les lecteurs sont à la recherche d'histoires à sensations fortes. D'ailleurs, je le remarque très clairement lorsque je consulte les statistiques du site. Les articles correspondants aux meurtres et aux faits divers sont beaucoup plus sollicités que les autres.

— Et ensuite, on s'étonne que les émissions de téléréalité passionnent les foules !

— C'est aussi la raison pour laquelle les tabloïds pour lesquels tu bosses ne font jamais faillite !

— C'est tout à fait vrai ! Une chose est sûre, tu as bien fait de lâcher le quotidien papier pour lequel tu travaillais, car il a fini par mettre les clés sous la porte.

— Oui, finalement, la liquidation de l'entreprise s'est passée rapidement. Mon ancienne collègue, Marie, a dû quitter la ville pour trouver un nouvel emploi. Pour l'instant, ce n'est que du temporaire, et je ne te cache pas que si *Montjoli infos* tourne toujours aussi bien dans les prochains mois, je pourrais enfin t'embaucher pour de bon, ce qui est également mon plan d'action concernant Marie. Mais, ne mettons pas la charrue avant les bœufs ! Pour le moment, rien n'est encore joué.

— Je trouve ça génial, que tu te projettes de la sorte. Je serais plus que content de travailler avec toi sur le long terme.

Miguel n'avait jamais dissimulé aux yeux de Garance qu'il aspirait à décrocher un contrat pérenne. Il en avait marre de devoir jongler entre ses différents employeurs. Surtout, il souhaitait tirer un trait sur l'activité de paparazzi. Cela ne lui avait jamais vraiment plu de devoir traquer les célébrités, et de s'asseoir sur leurs droits à la vie privée. Mais, comme tout un chacun, il se devait de payer ses factures. Il ne rêvait pas de gagner des milles et des cents, mais, s'il obtenait juste un salaire décent pour pouvoir vivre correctement, cela lui conviendrait parfaitement.

— Pour en revenir à ce nouveau meurtre, qu'est-ce que ça donne ?

— Pour le moment, l'enquête n'en est qu'à ses balbutiements. Les policiers procèdent aux interrogatoires des principaux suspects, et ils espèrent pouvoir disposer de quelques pistes le plus rapidement possible.

— Est-ce que tu t'en mêles encore, comme les fois précédentes ?

— D'après toi ?

— Évidemment ! Ma question était tellement stupide ! As-tu déjà récolté quelques informations ?

— Quelques-unes, oui. Toutefois, pas de quoi deviner qui a fait le coup !

— Bon, je dois filer ! Si tu as besoin de moi, surtout n'hésite pas ! À bientôt !

Avant de rentrer chez elle, Garance décida de passer rapidement par la boutique de fleurs où travaillait sa meilleure amie, Solène Dalmain.

Elle avait l'impression que cela faisait des semaines qu'elle ne l'avait pas vue ! Pourtant, les deux jeunes femmes essayaient de trouver régulièrement du temps pour réaliser des activités ensemble. Outre le yoga qu'elles pratiquaient en club, elles aimaient également aller au cinéma, en virée shopping, ou tout simplement déjeuner ou boire un verre dans un des cafés de la ville.

— Ah ! Garance ! Ça me fait plaisir de te voir ! Quel bon vent t'amène ?

— J'avais envie de passer papoter quelques minutes, et, comme j'étais dans les parages, j'en ai profité ! Est-ce que je t'avais raconté qu'un nouveau crime a été commis à Montjoli ?

— Non ! Quand ça ?

— Il y a deux jours, lorsque Thomas et moi sommes allés à la fête foraine.

— Ne me dis pas que c'est encore vous qui avez découvert le cadavre ?

En guise de réponse, Garance haussa les épaules tout en ouvrant ses paumes vers le ciel.

— Décidément ! Du coup, je ne pense pas beaucoup me tromper en affirmant que je ne vais pas te voir des masses, ces prochaines semaines ! J'imagine que, comme à ton habitude, tu vas mettre ton grain de sel dans l'enquête, n'est-ce pas ?

— Tu sais à quel point je ne peux pas m'en empêcher ! Après tout, je suis un peu concernée, puisque j'étais là lors de la découverte de ce pauvre homme.

— Il est mort dans quelles conditions ?

— Nous l'avons retrouvé pendu à l'intérieur d'une attraction. Mais, il a été établi formellement que ce n'est pas un suicide.

— C'est encore du travail pour Thomas, ça !

— Oui, je peux te dire qu'il n'a pas eu beaucoup de temps pour s'habituer à ses nouveaux collègues de la PTS ! Ils ont tout de suite été plongés dans le grand bain !

— Tu m'étonnes ! On se voit toujours demain matin, au yoga, comme prévu ?

— Bien entendu ! J'en ai rudement besoin ! Je ne sais pas toi, mais parfois, mon corps me fait comprendre qu'il est impératif pour lui de s'étirer.

— Moi, il me réclame plutôt cruellement du repos ! rigola-t-elle.

— C'est vrai que tu passes de longues heures debout !

— Oui, mais je ne me plains pas. Si j'étais vendeuse dans un grand magasin, j'effectuerais bien plus de pas que je n'en réalise ici !

— Ryan n'est pas là aujourd'hui ?

— Si, mais il est sorti pour un rendez-vous fournisseur.

— Je vois que, comme tu me le disais la dernière fois, les affaires marchent bien ! Tant mieux ! Vous méritez votre succès ! Bon, je vais te laisser ! À demain, Solène !

Une fois de retour chez elle, Garance fulminait de ne pas pouvoir mener son enquête à sa guise, tant que les policiers seraient sur les lieux du crime. Aussi, décida-t-elle de commencer par ce qui était à sa portée : des recherches documentaires, grâce à Internet. C'était fou, ce que l'on pouvait trouver parfois, rien qu'en fouinant dans les méandres du Web. Elle comptait là-dessus pour recueillir quelques informations potentiellement intéressantes. Et, effectivement, ses efforts se révélèrent payants…

Chapitre 12

Salvatore Rivas ne semblait pas impressionné d'être face à deux personnes représentant les forces de l'ordre. À seulement vingt-six ans, il avait déjà eu affaire à la police à de nombreuses reprises. Néanmoins, chaque fois, il en était ressorti sans aucune poursuite. En effet, il s'était mis à dos une bande rivale qui, dès qu'elle le pouvait, donnait son signalement pour tout un tas de trafics dans lesquels il n'était pas impliqué. Heureusement que les officiers effectuaient leur boulot consciencieusement, car, autrement, il serait le propriétaire d'un casier judiciaire long comme le bras. Alors oui, Salvatore n'appréciait pas particulièrement la présence des enquêteurs, mais il savait qu'ils s'intéressaient à eux pour une raison tout à fait légitime : retrouver le meurtrier de son beau-frère.

— Monsieur Rivas, vous êtes le frère de Mariela, l'épouse de la victime. Pouvez-vous nous raconter comment vous en êtes arrivé à travailler pour Ramón ?

— Eh bien, c'est tout bête : ma sœur est tombée amoureuse de lui et ils ont fini par se marier. Comme je ne savais pas trop comment prendre ma vie en main, et que c'est Mariela qui s'est toujours occupée de moi, je l'ai tout simplement suivie.

— Est-ce que son époux vous a tout de suite accepté ? N'a-t-il pas rechigné à vous donner un emploi ?

— Il n'a eu aucun souci à m'intégrer dans sa famille. De toute façon, par extension, j'en faisais désormais partie. Il m'a pris sous son aile et me considérait un peu comme son fils.

— Au point d'envisager de vous mettre à la tête de son entreprise ?

— Il l'avait effectivement évoqué. Mais, connaissant Ramón, ce n'était que des paroles en l'air ! Il était bien trop fier de son bébé pour le confier à qui que ce soit !

— Mais, s'il en avait eu le temps ? Auriez-vous aimé être le dirigeant d'une telle société ?

— Cela aurait été un honneur ! Vous savez, j'ai bientôt trente ans et ce genre d'opportunités, dans le monde où nous évoluons, est assez rare. Alors, bien entendu que je n'aurais pas décliné la proposition !

— Vous considériez-vous comme légitime ?

— Outre l'aspect familial, ce qui avait de l'importance pour Ramón, c'était la vision du travail. Je suis jeune, et j'avais beaucoup d'idées pour améliorer notre business et le développer encore plus. Je crois que c'est quelque chose qui lui plaisait et qui aurait pu faire pencher la balance en ma faveur. Je n'étais peut-être ni son frère ni son enfant, mais, face à son ami Mario, je n'avais pas à rougir !

— C'est une impression, ou vous ne portez pas Mario dans votre cœur ?

— Non, ce n'est pas le problème, mais je n'apprécie pas tellement sa façon de vouloir s'imposer, maintenant que Ramón n'est plus là ! Et je ne suis pas le seul à le penser !

— J'imagine que vous parlez de Fraco… nous l'avons entendu hier, prononcer une réflexion à ce sujet.

— Effectivement, Fraco fait partie de ceux qui ne confèrent aucune légitimité à Mario, en tant que nouveau chef de clan. Une chose pourra changer la donne : l'ouverture du testament. J'espère que mon beau-frère avait pris ses dispositions !

— Diriez-vous que son attitude pourrait être liée avec le meurtre de monsieur Cargol ?

— Est-ce que vous êtes en train de me demander si Mario aurait tué son meilleur ami ?

Sylvie haussa les épaules.

— Je ne peux pas dire que cela ne m'a pas effleuré l'esprit, mais, je ne pense pas qu'il aurait été capable d'aller jusque-là, simplement pour s'emparer de sa place.

Après quelques questions supplémentaires, Thomas et Sylvie autorisèrent Salvadore à retourner à ses occupations, et ils poursuivirent directement avec l'audition de Fraco Jimenez, le neveu de la victime.

Garance avait encore du mal à y croire ! Ce qu'elle avait découvert sur Ramón Cargol soulevait pas mal d'interrogations. Apparemment, son entreprise n'était pas tout à fait aussi bien portante qu'il le laissait entendre. En effet, elle avait été placée en redressement judiciaire. Cette donnée, qui pouvait paraître insignifiante, en disait peut-être long sur ce qui avait pu causer la mort de son dirigeant. Les salariés de la société étaient-ils au courant de cette procédure ? Si oui, comment avaient-ils pris la chose ? Avaient-ils peur pour leurs emplois ? Est-ce que cela allait sonner la fin de leur activité ?

Garance essaya de se mettre dans la peau d'un des forains, et de s'imaginer ce qu'une telle nouvelle avait pu provoquer. Était-ce une donnée idéale pour nourrir un mobile de meurtre ? Parfois, il suffisait d'un petit détail pour faire exploser les ressentiments latents.

Elle poursuivit ses recherches, mais, ne disposant pas des patronymes des autres membres, elle ne put procéder que par regroupement d'informations. Elle était tombée sur un article où étaient cités quelques-uns d'entre eux, notamment celui du frère de l'épouse, ce qui lui permit d'obtenir son nom de naissance.

Ainsi, elle envoya une requête à propos de Mariela Rivas. C'est de cette façon qu'elle apprit que la famille de la jeune femme avait péri dans un incendie. Seuls son frère et elle avaient été épargnés par les flammes. Mariela avait vingt ans, et elle s'était retrouvée responsable de Salvadore, qui n'avait que quatorze ans. Ces deux-là avaient hérité d'un joli pactole, puisque leurs parents dirigeaient une société d'entretien de locaux qui s'était taillé une belle réputation dans leur région d'origine. Les adelphes avaient donc vécu, pendant de nombreuses années, comme des sédentaires. Ensuite, Garance n'avait pas dégoté d'informations supplémentaires sur eux, jusqu'à l'article qui les mentionnait aux côtés de Ramón Cargol.

Fraco Jimenez entra dans la caravane et prit place face aux enquêteurs. Ceux-ci lui posèrent les questions habituelles, puis rentrèrent un peu plus dans les détails. Sylvie l'interrogea notamment sur la réflexion qu'il avait laissée échapper la veille, et qui lui avait paru assez cinglante :

— Est-ce que vous vous entendez bien avec Mario ?

Fraco fronça les sourcils, mais finit par répondre :

— Bien entendu ! Pourquoi cette question ?

— Ce n'est pas l'impression que j'ai eue hier, lorsque vous avez grogné, je cite « *Le patriarche n'est même pas encore refroidi, qu'il se prend pour le chef du clan !* »…

— J'ai dit ça sous le coup de l'émotion ! Ça ne vous arrive jamais, à vous, de prononcer des mots qui dépassent votre pensée ?

— Cela ne répond pas à ma question ! Y a-t-il des tensions entre Mario et vous, oui ou non ?

— Pas du tout ! Je suis juste un peu déçu de son attitude. Depuis que Ramón est mort, il a tendance à vouloir tout gérer ! Je ne sais pas ce qui lui prend, mais sa prétention au poste de chef est malvenue. Pour le moment, ce qui est important, c'est de découvrir qui a tué mon oncle !

— Quelles étaient vos relations avec lui ? demanda Thomas.

— Il était comme un père pour moi, toujours prêt à me tendre la main lorsque j'en avais besoin. Quand ma mère est morte, il m'a tout de suite ouvert sa porte. Je n'avais qu'elle dans la vie et, à l'époque, j'étais encore jeune et perdu.

— Avez-vous aperçu votre oncle, une fois la fête foraine lancée ?

— Maintenant que j'y pense, non, c'est vrai. Parfois, il passait nous voir pour s'assurer que tout se déroulait bien, mais pas ce soir-là. Sur le coup, je n'y ai pas prêté attention…

Lorsqu'ils finirent par le laisser partir, les deux enquêteurs étaient un peu dépités. Ils n'avaient pas recueilli d'informations déterminantes, et, le pire, c'était que les personnes interrogées ne possédaient pas de mobiles solides pour s'en être prises au « patriarche ».

— Je commence à me demander si nous ne faisons pas fausse route ! s'inquiéta Sylvie. J'ai l'impression qu'aucun d'entre eux ne détestait notre victime ! Et si nous nous étions mis le doigt dans l'œil ? Après tout, n'importe qui aurait pu se faufiler parmi la foule et perpétrer ce meurtre, non ?

— Je reste sur mon idée que c'est forcément quelqu'un qui connaissait bien les lieux et les habitudes de chacun. Déjà, pour pendre le corps, il devait savoir où trouver de la corde et une échelle. Ensuite, il devait être assez malin pour ne pas se faire choper par Tito, qui vérifiait les installations… Non, à mon avis, notre criminel est bien parmi eux, seulement, il cache bien son jeu, c'est tout !

— Oui, tes arguments sont cohérents. C'est vrai que cela n'aurait pas de sens que l'assassin vienne avec son propre matériel ! Cela ne serait pas passé inaperçu ! se moqua-t-elle.

— Donc, tu vois ! Notre coupable se trouve forcément parmi eux !

C'est à ce moment-là qu'entra, dans la caravane, Dolores Cargol, la femme de Tito.

— Madame Prévost ? C'est Indra Serrano, de la fête foraine.

Garance ne s'attendait plus au coup de fil de la jeune employée de *La Fiesta Cargol*.

— Merci de me rappeler ! lui dit-elle, afin de l'inciter à parler.

— J'ai pu m'entretenir avec les autres et ils sont d'accord pour vous accorder des interviews. Comme certains sont déjà passés entre les mains des policiers, ils sont disponibles pour vous rencontrer.

— C'est parfait ! Merci d'être mon intermédiaire.

— Mariela et Carmen, la femme, et la fille de Ramón, sont disposées à vous rejoindre demain, en début d'après-midi. Où souhaitez-vous les recevoir ?

Garance regrettait de ne pas posséder un bureau en ville, dans ces moments-là. Aussi, les bars étaient ses lieux de prédilection pour mener ses interviews.

— Qu'elles me retrouvent au café, sur la place de la mairie, disons, vers quatorze heures trente.

— Très bien, je leur passe le message.

— Merci beaucoup, Indra.

Garance était surexcitée d'avoir trouvé un moyen de court-circuiter la police, et d'entendre, également, les proches de la victime. Bien entendu, elle devrait être prudente, car l'assassin était peut-être parmi eux, mais, elle était habituée à ce genre de situation. En attendant cette première rencontre, elle s'attela à l'écriture d'autres articles pour le journal.

Émilie rentra du travail en milieu d'après-midi. Jonathan se sentait comme un gosse qui guettait le père Noël.

Après l'avoir embrassée, il lui prit la main et lui annonça :

— Ferme les yeux, j'ai une surprise pour toi !

La jeune femme s'exécuta et il l'attira derrière lui, en direction de la chambre, transformée en atelier. Une fois qu'ils furent devant la porte, il l'invita à les rouvrir.

— Après toi ! lui dit-il, en l'incitant à entrer dans la pièce.

— Qu'est-ce que tu as fabriqué ? lui demanda-t-elle, avant même d'avoir tourné la poignée.

Lorsqu'elle découvrit l'endroit entièrement redécoré, elle posa une main sur sa bouche, de stupeur.

— Mais ! Mais, c'est complètement fou ! Tu... tu as préparé tout ça pour moi ?

L'émotion était palpable à travers son regard et dans ses mots. Émilie était touchée par l'attention de son petit-ami.

Jamais quelqu'un n'avait réalisé quelque chose d'aussi adorable pour elle. Elle n'en croyait pas ses yeux !

Elle ressentait déjà au fond de son cœur qu'il était le bon, celui avec lequel elle pourrait s'engager sans avoir peur du lendemain, mais ce geste lui prouvait qu'elle ne se trompait pas. Elle lui sauta dans les bras et l'embrassa passionnément.

— Je… Ce que tu as réalisé pour moi dépasse mes rêves les plus fous ! Merci, mon chéri !

— Ça veut dire que tu vas pouvoir te relancer dans ton entreprise de couture ?

— Oui ! Comment faire autrement, alors que mon petit-ami vient de m'installer une pièce parfaite, avec tout le matériel nécessaire !

— Je suis content que ça te plaise. J'avais peur que tu le prennes mal.

— Au contraire, c'est tout à fait ce dont j'avais besoin pour oser avancer sur ce projet ! Cela fait trop longtemps que je le repousse. Je vais tenter d'y travailler pendant mes moments de liberté, et tâter le marché.

Jonathan arracha Émilie du sol et la fit tournoyer dans ses bras.

Chapitre 13

Dolores Cargol était une belle femme qui approchait de la cinquantaine. Avec ses longs cheveux bruns qui lui tombaient dans le dos, elle aurait pu faire tourner les têtes en quelques pas de danse. Néanmoins, elle arborait un regard sérieux et semblait préoccupée. Quelque chose paraissait l'irriter. Sans doute la situation. Thomas et Sylvie n'allaient pas tarder à le découvrir, puisqu'elle allait devoir répondre à leurs questions.

— Madame Cargol, que pouvez-vous nous dire sur feu votre beau-frère, Ramón ?

— C'était un homme droit et qui ne se laissait pas faire. *La fiesta Cargol* était toute sa vie ! Cette entreprise, il l'avait bâtie de ses mains et il en était fier !

— Avait-il de bonnes relations avec vous tous ?

— Les meilleures qui soient ! Même si parfois, il était un peu dur dans ses décisions, en fin de compte, elles s'avéraient toujours sensées.

— Comment avez-vous réagi lorsque vous avez appris qu'il envisageait de céder sa place à la tête de la société ?

— J'ai trouvé ça étrange. Il ne me semblait pas prêt à prendre sa retraite. Ce n'était pas son genre. Mais, après tout, il avait tout de même soixante-quatre ans, alors, il était sans doute temps d'y songer !

— Saviez-vous que votre mari était en lice pour lui succéder ?

— Il m'en avait parlé, oui.

— Comment a-t-il réagi au fait que son frère hésitait entre lui et d'autres personnes ?

— Il a un peu tiqué au départ, mais, ensuite, il m'a dit qu'il finirait bien par s'apercevoir qu'il était le meilleur candidat. Tito et moi avons beaucoup donné pour *La fiesta Cargol*, et Ramón en était conscient. Il aurait sans doute légué les rênes à Tito.

— Lui connaissiez-vous des ennemis ?

— Non, il était très respecté dans le métier et au sein de notre clan. Je ne vois vraiment pas qui aurait souhaité lui faire du mal. D'ailleurs, ce meurtre est totalement illogique, si vous voulez mon avis !

— Tito nous a confié qu'il était responsable du train fantôme ce soir-là. Est-ce qu'il s'en occupait souvent ?

— Pas toujours. Mis à part quelques points stratégiques, comme la billetterie, nous tournons dans les diverses attractions. Cela permet de toucher à tout et de ne pas nous lasser.

— Donc, n'importe qui était au courant d'où se situait le matériel utilisé pour chacun des stands ?

— Euh, oui. Cela fait partie des bases du métier.

La suite de l'entrevue ne leur apporta pas plus de précision, et comme la nuit tombait déjà, ils décidèrent de rentrer au commissariat et de revenir le lendemain pour finir d'entendre les quatre personnes manquantes.

Garance possédait un agenda bien chargé, aussi, choisit-elle de s'octroyer le restant de la journée afin de se détendre un peu. Elle commença par s'offrir quelques soins du visage : gommage, masque et crème hydratante, puis elle appliqua un vernis coloré sur ses ongles. Elle adorait changer régulièrement de manucure, et tentait de l'assortir à ses humeurs du moment. Ces derniers temps, elle ressentait une attraction immodérée pour la teinte bordeaux. Cela tombait bien, car elle se mariait parfaitement avec ses vêtements d'automne à base de jaune moutarde, de vert et d'orangés.

Elle se prépara ensuite un plateau télé à déguster devant une comédie romantique pleine de guimauve, comme elle les aimait tant. Son petit côté fleur bleue la perdrait, elle le savait. Puisque sa vie personnelle était fade et plate, elle rêvassait grâce aux fictions ou en lisant des romances. Elle n'avait pas besoin d'un homme pour se sentir bien, mais une présence masculine, douce et réconfortante lui manquait parfois. Dès qu'elle pensait au fait d'être en couple, c'était le visage de Thomas qui lui venait en tête. Pourtant, elle aurait pu continuer à s'accrocher au passé et se revoir aux bras de son ex, le bel acteur écossais, Logan MacLean[9]. Mais non ! Thomas était le seul qui était capable de faire émerger de nouveau sa libido en berne. Depuis qu'elle connaissait le capitaine, elle avait développé pour lui des sentiments intenses. Elle avait découvert un garçon sincère, généreux et intelligent, toujours prêt à lui prêter main-forte et très prévenant. Et, physiquement, il disposait d'attraits tout aussi remarquables que sa précédente conquête. Elle adorait se plonger dans ses grands yeux chocolat et se délecter de sa voix sensuelle.

Chouquette vint se coller à sa maîtresse sur le canapé en miaulant, ce qui la fit sortir de sa rêverie. Pourtant, les gamelles de la demoiselle étaient remplies ! Ce n'était donc pas son ventre qui l'avait amenée jusqu'ici, mais bien un manque cruel d'attention. C'est qu'elle savait comment arriver à ses fins, la maline !

— Toi aussi tu veux regarder un film à l'eau de rose ? demanda Garance, à sa boule de poil.

Celle-ci lui donna un léger coup de tête pour lui faire comprendre qu'en effet, elle comptait bien s'installer dans le moelleux des coussins, même si c'était juste pour y piquer un petit roupillon. Elle était tellement craquante que Garance finissait par tout lui céder : un comble, pour quelqu'un comme elle, ayant tendance à la maniaquerie ! Depuis que Chouquette avait débarqué dans sa vie, elle s'apercevait qu'elle était un peu plus relax avec sa propension à tout vouloir contrôler. Elle caressa son pelage chaud, et le sourire

---

[9] Voir *Les enquêtes de Garance* - Tome 4 - *Grabuge au château*.

aux lèvres, grignota ses victuailles tout en visionnant son programme.

Quelques heures après avoir quitté les lieux de la fête foraine, Sylvie arriva chez elle, exténuée. Tous ces interrogatoires lui demandaient une telle gymnastique intellectuelle, qu'elle se sentait lessivée. Elle n'était pas mécontente de pouvoir déconnecter d'avec son travail, même si elle savait que les choses tourneraient en douce dans son esprit, comme le bon vin qui avait besoin d'être décanté.

Victor était à la maison, car c'était la fermeture hebdomadaire de son restaurant. Alors, elle le trouva aux fourneaux, mitonnant le repas du soir.

— Hum ! Quelle délicieuse odeur ! Qu'est-ce que tu nous prépares ?

— Un osso buco et un gratin de légumes. Comment s'est passée ta journée, ma libellule ?

— Fatigante. Mais, nous avançons dans les interrogatoires. Violaine est rentrée ?

— Oui, elle est dans sa chambre à écouter sa musique, tu la connais !

— J'espère qu'elle n'a pas encore mis le volume à fond. Je n'arrête pas de lui répéter qu'elle va finir par endommager son ouïe !

— Tu sais bien que les ados ne prêtent jamais attention à ce que les adultes leur disent… Au fait ! J'ai eu des nouvelles de maman !

Sylvie, qui avait dû supporter sa belle-mère plus que de raison ces derniers mois à cause d'une stupide blessure, n'était pas pressée de la voir réapparaître. Seulement, la vieille dame s'était mise en tête de se séparer de son habitation principale pour venir s'installer définitivement à Montjoli.

— Elle a obtenu le résultat de l'estimation qu'elle avait demandé à plusieurs agences et elle a fixé son prix. Elle a décidé d'essayer de vendre par elle-même, dans un premier temps. Et, si elle n'y parvient pas, alors, elle fera appel à un professionnel.

Sylvie était presque soulagée de ce choix. En effet, cela lui garantissait encore quelques bons mois de tranquillité, car Micheline ne serait sans doute pas très douée pour gérer, seule, une transaction immobilière. Ce n'était pas comme vendre un vêtement sur une plateforme dédiée à la seconde main !

— C'est bien qu'elle veuille se débrouiller. Elle pourra en tirer une certaine fierté, lorsque l'affaire sera conclue.

— Tu la connais. Elle a toujours aimé être indépendante… Enfin !

— Sinon, tu as bien profité de ton jour de repos ?

— Oui, mais je n'ai pas pu m'empêcher de travailler un peu. Le comptable et moi avons analysé la situation, et, comme tu le sais, les chiffres ne sont pas au beau fixe. Cette épidémie nous aura vraiment plombé jusqu'au bout ! Aussi, je me pose pas mal de questions. Je me demande si, à terme, je vais pouvoir garder le restaurant…

— Mais ! C'est ton bébé, cet endroit ! Tu ne vas pas tout lâcher à cause d'une petite difficulté qui, de toute manière, va finir par se calmer ! Cette pandémie va bien s'essouffler un jour ! Et quand tout sera rentré dans l'ordre, tu te mordras les doigts d'avoir cédé ton affaire ! Tu dois prendre le temps de bien y réfléchir avant de décider quoi que ce soit !

— Oui, tu as raison. Je vais peut-être, pour le moment, simplement me séparer de quelques collaborateurs dont les contrats se terminent. Cela suffira peut-être à redresser la barre, et, à une éventuelle amélioration, d'apparaître…

— C'est ça, accroche-toi ! Je suis sûre que les choses vont finir par s'arranger. Tu ne vas pas baisser les bras maintenant, après tous les efforts et les sacrifices que tu as déjà accomplis !

Victor avait de la chance d'avoir, pour compagne, une femme aussi forte et déterminée que Sylvie. Elle était toujours prête à l'épauler, et ce, malgré les soucis inhérents à son travail, qui ne manquaient pas d'obscurcir son esprit. Cela faisait vingt-quatre ans qu'ils étaient mariés et après deux enfants, une entreprise, un métier éreintant et un achat immobilier, ils s'aimaient encore. Alors, même s'il leur arrivait de rencontrer des divergences, cet amour était leur bien le plus précieux.

Thomas était en train de se détendre après une longue journée, lorsque son téléphone vint briser sa douce sérénité. C'était sa sœur, Maeva.

— Tu es au courant ? lui demanda-t-elle, rageusement.

Sa frangine n'était pas du genre à s'énerver pour un rien, mais il ne voyait pas du tout de quoi elle lui parlait ni pourquoi elle semblait si remontée.

— Qu'est-ce qui se passe ? Rien de grave, j'espère ? Tu parais bien agacée ?

— Je t'assure qu'il y a de quoi ! C'est papa ! Quelqu'un a déclenché une procédure judiciaire contre lui, dans le cadre de ses fonctions professionnelles !

Jean-Luc, leur père, était un architecte assez réputé dans la région et il n'avait jamais connu de tels déboires. Thomas attendait que sa sœur veuille bien lui en dire plus, mais cela ne sentait pas très bon.

— C'est une histoire de dingue ! Papa ne sait plus trop comment gérer le truc. En fait, des travaux ont eu lieu dans une grosse maison pour la découper en plusieurs appartements. Seulement, il y a eu des soucis pendant la réhabilitation et un voisin a porté plainte. Le nom de papa était indiqué sur les plans du projet, avec son tampon et son numéro d'architecte, mais il m'a juré n'avoir jamais été en contact avec le propriétaire !

— Quoi ? Mais, c'est complètement hallucinant, cette histoire ! Maman et Cédric sont au courant ?

— Oui, je les ai prévenus également.

— Comment une telle entourloupe serait-elle possible ?

— Je soupçonne une usurpation d'identité… Ça devient de plus en plus courant, malheureusement, et pas uniquement pour soutirer de l'argent !

— Ça paraît gros, non ? Tu ne crois pas que papa a pu mentir, car il n'assume pas ses erreurs ?

— Franchement, je pense qu'il dit la vérité. Il avait l'air réellement secoué, et je ne l'imagine pas se cacher pour une faute qu'il aurait commise… Je tablerais plutôt sur une personne qui n'a pas voulu sortir le chéquier, car les services d'un architecte lui semblaient trop chers. Mais comme, dans ce cas-là, c'était une obligation, il a trouvé un moyen de la contourner !

— Et tu penses que ça va être facile de prouver qu'il n'est pas impliqué là-dedans ?

— Je ne sais pas. Je manque encore de trop d'informations pour avoir une vision globale des faits qui lui sont reprochés. En tout cas, j'ai bien l'impression que ça va être un peu délicat de démontrer que c'est le propriétaire de la maison qui a falsifié les papiers… Je te laisse imaginer dans quel état est papa…

— Tu vas le défendre ?

— Je ne sais pas. Je pourrais, mais j'ai peur que cela soit mal interprété. Je suis encore jeune pour la profession et je n'ai pas envie que cela me porte préjudice pour le reste de ma carrière.

— Je comprends, tu as raison de te préserver. Les gens ont vite fait de jaser.

— Oui, du coup, je vais peut-être plutôt lui conseiller une consœur, comme maître Larivière.

— Je la connais ! C'est la compagne de mon commandant.

— Eh bien, elle est très compétente et je crois qu'elle réussirait largement à prouver l'innocence de papa… Je vais les mettre en contact. Bon, je te tiens au courant, de toute façon. Je te laisse, il est tard et tu dois être épuisé.

— Merci de ton appel, petite sœur.

— Je t'en prie. Prends soin de toi !

Thomas se demandait pour quelle raison quelqu'un avait utilisé l'identité de son père dans ce genre d'histoire, mais il était si fatigué qu'il n'arrivait plus tellement à penser. Il n'avait même plus la force d'envoyer un SMS à Garance ! Elle ne lui en voudrait sûrement pas. Alors, il se contenta d'aller se coucher. Demain, il devait encore interroger quatre personnes, en espérant que certaines se révèlent plus bavardes que les précédentes, car, pour le moment, pas l'ombre d'une piste, et, surtout, aucun mobile. C'était plutôt inhabituel…

Chapitre 14

Garance tomba du lit. Ce matin, elle avait cours de yoga, et chaque fois que c'était le cas, cela l'emplissait d'énergies positives, rien que d'y penser ! Elle adorait cette discipline, et sa professeure, Lorina, était patiente et très pédagogue. Grâce à elle, elle avait accompli de très nombreux progrès et acquis une souplesse insoupçonnée. Pourtant, avant de s'y mettre, elle était loin de se considérer comme sportive. D'ailleurs, outre cette activité, elle n'était pas le moins du monde friande d'autres pratiques physiques. Et puis, c'était lors de ces cours qu'elle avait rencontré Solène. Les deux jeunes femmes n'avaient pas tardé à devenir amies, et, dorénavant, elles étaient inséparables.

Justement, Solène installa son tapis à côté de celui de sa copine. Elle arborait des joues rosies, sans doute de s'être hâtée afin d'arriver à l'heure. Elle courait toujours après le temps. Toutefois, Garance perçut autre chose que de l'empressement sous le teint rougi de sa peau. Elle était en train d'élaborer ses propres hypothèses, lorsque la principale intéressée brisa le silence :

— Tu ne sauras jamais ce qu'il vient de se passer !

Son ton était un mélange entre l'excitation et la peur. Garance commençait à craindre qu'il ne lui soit arrivé quelque chose de grave.

— J'ai bien quelques idées, mais je préfère que tu me racontes. Je risquerais de m'imaginer des trucs très éloignés de la réalité, et tout ce qui m'importe, c'est que tu ne sois pas blessée.

— Bon, donc, je te retrace les faits rapidement. Je suis passée au magasin tout à l'heure, et Ryan était là. J'étais en train de décharger du matériel dans l'arrière-boutique et placer des fleurs en chambre froide, et je ne sais pas comment, mais… quelque chose a dérapé.

— Ah, flûte ! Tu as glissé ? Tu ne t'es pas fait mal, au moins ?

— Non, Garance ! Quand je dis que ça a dérapé, je parle de la situation… avec Ryan !

La jeune femme mit quelques secondes à comprendre là où sa copine voulait en venir. Elle s'exclama alors, soudainement :

— Solène ! Tu es en train de m'avouer que vous vous êtes embrassés ?

Des têtes se tournèrent vers elles et Garance leur lança :

— De quoi j'me mêle ? Vous n'avez jamais entendu quelque chose de plus palpitant dans votre vie, ou quoi ?

Les curieux finirent par se détourner et elles purent reprendre leur discussion :

— Alors ?

— Oui. Nous nous sommes embrassés. C'était complètement irrépressible et imprévu. Nous n'avons rien vu venir !

— Et, c'était comment ? Vous en avez parlé, après ?

— C'était tendre et passionné… mais, non, ensuite, j'ai filé sans demander mon reste !

— Mais, Solène !

— Je sais !

— En tout cas, tu m'épates ! Jamais je n'aurais été capable d'autant de spontanéité ! Tu m'as grillée !

— C'est clair, que, toi, ça fait des mois et des mois que tu tournes autour du pot avec Thomas…

— Toi au moins, tu as été droit au but ! rigola Garance.

— Oui, mais je te laisse imaginer les conséquences potentielles, derrière… C'est mon patron ! Et s'il m'en tenait rigueur ?

— Il faut être deux pour un baiser, et, apparemment, c'était le cas. Et puis, même si l'un de vous décide que c'était une erreur, je pense que vous êtes assez adulte pour gérer la situation, non ?

— Oui, tu as raison. Mais tout de même, ça me met mal à l'aise…

— Tu l'as apprécié, ce baiser ?

— Pas qu'un peu !

Lorina demanda le silence, et leur cours débuta.

Marlène et la jeune Tiffany travaillaient sur des indices prélevés sur la scène de crime de la fête foraine. Une trace, qui leur restait à déterminer, avait été trouvée sur le sol, aux abords du lieu où avait été découvert le corps.

— Pour identifier de quoi il s'agit, nous allons effectuer diverses analyses. Parfois, des éléments aussi insignifiants se révèlent essentiels dans la poursuite de l'enquête. À ce stade, nous n'en avons encore aucune certitude, mais c'est la raison pour laquelle nous devons traiter chaque indice avec le même sérieux. Tu comprends ?

— Absolument. Les instructeurs nous en avaient un peu parlé, à l'école de police.

— Oui, eh bien, laisse-moi te dire que rien de tel que le terrain ! C'est maintenant que tu vas apprendre des choses, alors, tu vas devoir être attentive, si tu souhaites acquérir le maximum de compétences et devenir un élément indispensable au service.

Tiffany avait bien l'intention d'emmagasiner le plus possible de connaissances et d'informations en tout genre lors de son année en tant que stagiaire. Si elle voulait être titularisée, elle n'avait pas le choix.

Pour elle qui sortait des quartiers qu'on nommait « sensibles », entrer dans la police était un véritable engagement pour son avenir. Elle avait été témoin de situations pas très glorieuses, notamment quand son grand frère était tombé le nez dans le trafic de drogues. Avec un « s », car, une seule n'avait pas été suffisante…

Au sein de la cité, c'était comme ça que cela se passait. Soit, tu suivais, soit, tu raquais. Dylan était rentré dans le moule… jusqu'à ce qu'il y laisse sa peau. Un soir, un échange avait mal tourné et il s'était pris une balle perdue. Leur mère n'avait jamais pu s'en remettre. Aussi, ce jour-là, Tiffany avait décidé qu'elle ne resterait plus impuissante face à ce fléau. Elle avait procédé à des recherches sur Internet pour savoir comment intégrer la police et elle avait bossé le concours comme une dingue pour le décrocher. Lorsqu'elle avait réussi, la fierté dans le regard de sa maman avait valu tous ses efforts. Aujourd'hui, elle mesurait la chance dont elle disposait, après avoir tout entrepris pour s'offrir une carrière ; même si elle n'était certainement plus la bienvenue dans la cité qui l'avait vue grandir.

— Bon, on les lance, ces analyses ? lui demanda Marlène, impatiente de lui montrer quelques ficelles.

La jeune bleue lui répondit d'un hochement de tête accompagné d'un sourire qui voulait tout dire.

Pendant ce temps-là, Thomas et Sylvie se trouvaient de nouveau chez les forains pour leurs dernières salves d'interrogatoires.

— Pourvu que les ultimes membres de *La fiesta Cargol* puissent nous apporter des éclaircissements sur ce qui a bien pu se produire ! espéra Sylvie.

— Je t'avouerais que, pour le moment, je n'ai toujours pas la moindre idée de qui a pu faire le coup…

— C'est vrai que c'est une des rares fois où nous sommes totalement dans le flou à ce point !

Ils reçurent tout d'abord Tayssa León, la petite cousine de Ramón.

— Est-ce que vos relations étaient au beau fixe, avec Ramón ?

— Tout à fait ! Je vais bientôt avoir trente ans, et il m'aidait à prévoir une fête pour l'occasion. Il était très gentil.

— L'avez-vous déjà surpris à se disputer avec l'un d'entre vous ?

— Euh… euh, oui, un jour… avec Mario.

— Vous voulez bien nous raconter ?

— Je devais le rejoindre pour regrouper nos idées et dresser une liste d'invités pour ma célébration, mais Mario était avec lui, dans sa caravane. Le ton est monté, mais je n'ai compris qu'une phrase. Mario a dit quelque chose comme « *tu ne vas tout de même pas mettre cet incapable à la tête de l'entreprise ?* », et puis il est sorti tellement en furie qu'il ne m'a même pas vue.

— Et hormis cette altercation ?

— Rien de particulier. Nous nous entendons tous bien en général.

— Depuis combien de temps travaillez-vous pour *La fiesta Cargol* ?

— Ça va faire cinq ans.

— Ce n'est pas un métier trop dur pour une jeune femme de votre âge ?

— Non. Et puis je ne suis d'ailleurs pas la benjamine ! Je vous l'ai dit, nous sommes un bon groupe, et tout le monde s'entraide. Franchement, je pense qu'il y a pire comme milieu professionnel.

— Est-ce que Ramón s'était confié à vous, à propos de son envie de prendre sa retraite ?

— Pas du tout ! Et je ne l'aurais même pas appris, si nous ne parlions pas de tout entre nous.

— Croyez-vous qu'une des personnes en lice, pour accéder à la place de chef, aurait été capable de tuer Ramón ?

— Je ne sais pas. Après… l'avidité des hommes se contrôle-t-elle toujours aussi facilement ?

— Avez-vous vu Ramón, entre vingt et une heures et vingt-trois heures, le soir de sa mort ?

— Non.

— À quel stand étiez-vous assignée ?

— À la vente de la barbe à papa et au palais des glaces.

Ils remercièrent Tayssa et demandèrent à écouter Mario.

Garance profita d'un petit moment de creux dans son emploi du temps pour aller rendre visite à Marianne, sa mère. Celle-ci était secrétaire dans une entreprise de plomberie. Elle y gérait les rendez-vous, les devis, la facturation et tout ce genre de joyeusetés.

— Ah, ma chérie ! Que me vaut le plaisir de ta venue ?

— Je passais juste pour prendre des nouvelles.

— C'est gentil, ça, ma fille. Nous ne te voyons pas beaucoup ces derniers temps.

— Oui, je sais, je suis désolée ! Avec tous ces meurtres dans les parages, ça m'occupe pas mal !

— Combien de fois devrais-je te dire, Garance, que tu n'es pas enquêtrice ! Regarde où ça t'a menée ! Tu as failli te retrouver plus d'une fois dans un cercueil ! Tu ne penses donc pas à ta pauvre mère ?

— Je suis prudente, maman. C'est toi qui as tendance à tout amplifier. Cela fait partie de mon travail de journaliste de chercher la vérité.

— Oui, eh bien, tu devrais plutôt laisser ça à la police ! Ils sont sans doute bien plus compétents !

Cette petite réflexion piqua Garance au vif. Sa mère avait peut-être raison, mais elle n'y mettait pas les formes ! C'était du Marianne tout craché ! Elle ne prenait jamais de gants pour vous dire ce qu'elle pensait de vous.

— Et quand est-ce que tu comptes arranger un peu tes cheveux ! Ça ne devient plus possible, cette tignasse ! Tu veux que je te prenne rendez-vous chez le coiffeur ?

— Non, maman ! Ils vivent leur vie et c'est très bien comme ça ! De toute façon, j'aurais beau leur offrir n'importe quel traitement, ils ne te satisferont jamais.

Marianne haussa les épaules, vaincue.

— Comment va papa ?

— Oh, tu sais ! Il est pas mal fatigué avec le rythme éreintant de l'usine. Les années passant, c'est de moins en moins facile pour lui. Je crois qu'il regrette de ne pas s'être reconverti pendant qu'il en était encore temps.

— Il n'est jamais trop tard ! Il pourrait demander à bénéficier d'une formation !

— Évidemment, vous, les jeunes, vous trouvez ça toujours simple, mais tu sais, nous ne sommes pas habitués à tous ces dispositifs !

— Eh bien, ce serait le moment d'en profiter, tu ne penses pas ?

— Tu lui en parleras, et tu verras bien ce qu'il t'en dira !

— Bon, maman, je vais te laisser, j'imagine que tu croules sous le travail.

— Oui. À bientôt, ma chérie. Et n'hésite pas à passer manger à la maison un de ces jours. D'accord ? Et, tu peux venir avec un ami, si des fois…

C'était la façon à peine détournée de sa mère, pour lui demander si elle avait un homme dans sa vie. Aussi, ne lui offrit-elle pas le plaisir de tomber dans son traquenard, et lui répondit simplement :

— Ça marche, maman. Embrasse papa pour moi !

Mario s'assit face aux enquêteurs. C'était étrange pour lui d'être interrogé de la sorte, dans sa propre caravane. Néanmoins, il savait qu'il serait confronté à ce cas de figure. Nul ne pouvait échapper aux ordres de la police.

— Merci encore de nous avoir prêté votre habitation, monsieur Ortega. Nous imaginons à quel point la perte de votre meilleur ami a dû perturber toute votre communauté.

— C'est le moins qu'on puisse dire. Ramón était un vrai pilier pour *La fiesta Cargol*! Il a sué sang et eau pour cette entreprise. C'était son projet le plus ambitieux, le travail de toute une vie…

— D'où la raison pour laquelle il avait autant de mal à s'en séparer!

— On ne jette pas au feu des décennies de labeur acharné. La retraite, ce n'est pas une finalité pour tous. Certains préféreraient mourir plutôt que d'arrêter de bosser…

— Et c'est justement ce qui est arrivé à votre ami…

— Oui, ma formulation était un peu maladroite…

— Vos rapports avec lui étaient-ils bons ?

— Ramón était comme un frère ! Bien entendu que nous nous entendions bien !

— Jamais de dispute ?

— Ça a bien dû se produire quelques fois, mais c'était extrêmement rare.

— Vous souvenez-vous de la dernière fois où ce fut le cas ?

— Euh, honnêtement ? Non.

— Alors, laissez-nous vous raviver la mémoire. Quelqu'un dit vous avoir entendu hausser le ton face à Ramón, sans doute au sujet de sa succession à la tête de la société, car vous auriez déclaré, je cite : « *tu ne vas tout de même pas mettre cet incapable à la tête de l'entreprise ?* ». Cela vous revient-il ?

— Euh, effectivement. Nous avons eu quelques mots à propos de ce sujet délicat, mais, rien qui m'aurait poussé à vouloir sa mort, si telle est votre question !

— Le souci, monsieur Ortega, c'est que votre comportement ne laisse pas deviner la même chose. Il semblerait que vous ayez tendance à prendre le commandement du campement depuis la disparition de votre ami.

— Je souhaite simplement nous permettre de continuer à nous organiser de la façon la plus judicieuse. J'ai peut-être donné cette impression de vouloir remplacer Ramón, mais, croyez-moi, ce n'est pas pour en recueillir les lauriers ! Non, je désire juste que tout le monde bénéficie d'un cadre dans lequel évoluer le plus sainement possible.

— Connaissiez-vous des ennemis potentiels à Ramón ?

— Aucun. Ce n'était pas un mauvais bougre et il était honnête en affaires. La personne qui l'a tué devait nourrir de sacrées motivations…

— Il n'avait pas de relation cachée, ou de double vie ?

— Ça ne risquait pas ! Avec Mariela à son bras, il avait tiré le gros lot ! Je pense qu'elle lui suffisait largement, et puis ce n'était pas un homme qui courait après les femmes.

— Il s'est pourtant marié à trois reprises ! ne put réprimer Sylvie.

— Un malheureux concours de circonstances…

— Donc, en tant que meilleur ami, et confident, vous n'avez rien à nous avouer, qui, chez Ramón, mériterait notre attention particulière ?

— Non, je ne vois pas. J'ai eu beau retourner tout ça dans ma tête des dizaines de fois, je ne comprends pas comment quelqu'un a pu vouloir le tuer…

Chapitre 15

Garance arriva la première au lieu de rendez-vous fixé, pour y interviewer Carmen et Mariela.

— Merci d'avoir accepté de me rencontrer ! leur dit-elle, lorsqu'elles prirent place à ses côtés.

De nombreuses têtes s'étaient retournées sur leur passage, mais la journaliste ne savait si c'était parce qu'elles étaient très belles, ou bien à cause de leurs origines qui intriguaient. Les langues avaient tendance à se délier facilement lorsqu'on était confronté à des mœurs qu'on ne connaissait pas.

Toutes trois se présentèrent, et après quelques banalités échangées, en vinrent au sujet qui les intéressait. Garance était impatiente de pouvoir, enfin, poser toutes les questions qui lui brûlaient les lèvres.

— Est-ce que des animosités existaient entre Ramón et certaines personnes ?

— Non, mon mari était gentil et il n'était pas du genre à chercher des noises à qui que ce soit. Il jouissait d'une belle notoriété dans la profession et y était respecté. Il exerçait depuis longtemps et il veillait à garder de bonnes relations avec les élus des communes où nous travaillions.

— Je suis d'accord avec Mariela ! Je ne lui connaissais pas de détracteurs en particulier. Papa suivait les consignes qu'on nous imposait et gérait notre affaire d'une main de maître. Je ne comprends toujours pas comment quelqu'un a pu s'en prendre à lui !

— J'ai procédé de mon côté à quelques recherches, et je me suis aperçue que votre société a été mise en redressement judiciaire.

La réaction de Mariela ne se fit pas attendre.

— Quoi ? Mais ! Je n'étais pas au courant ! Vous êtes sûre de ça ? Et toi, Carmen ? Ton père t'en avait parlé ?

Les deux femmes semblaient aussi surprises l'une que l'autre. Se pouvait-il que Ramón ne leur ait pas communiqué une information si importante ? Pourquoi le leur avoir dissimulé ? Par fierté mal placée ?

— Pas le moins du monde ! Je croyais, au contraire, que tout fonctionnait bien pour nous ! Pourquoi nous a-t-il caché qu'il avait des problèmes ?

Carmen semblait abattue, des larmes aux portes de ses paupières.

— Nous avions l'habitude de tout nous confier, ajouta Mariela. Je pensais qu'il pouvait tout me dire ! Apparemment, je me suis trompée. Je ne m'intéresse que très peu à tout ce qui est administratif dans notre activité, ainsi, il devait se douter que, ne m'en parlant pas, je n'apprendrais rien, seule

Les enquêtes de Garance – Tome 6 Fête foraine funeste

de mon côté. Si ça se trouve, il ne m'a rien dit à cause de mon indifférence pour la gestion du business… Oh ! Mon Ramón !

Mariela était secouée, mais tâchait de ne pas laisser ses émotions déborder.

— Pensez-vous qu'il se serait confié au sujet de ce souci auprès de quelqu'un d'autre ?

— Peut-être à son frère, Tito, ou bien à son meilleur ami, Mario… Je ne vois qu'eux, si vraiment il s'est ouvert sur le sujet. Toutefois, jamais rien n'a fuité au sein de notre groupe, alors, je doute que quelqu'un soit au courant. Nous avons tendance à beaucoup partager, et ce genre de nouvelles ne serait pas passé sous les radars !

— Où étiez-vous, le soir du meurtre ?

— Je m'occupais de la grande roue ! répondit Carmen.

— Moi, je gérais les auto-tamponneuses, compléta Mariela.

— Et vous n'avez pas vu Ramón, durant les heures qui ont précédé sa mort ?

— Non. Parfois, il venait nous saluer sur les stands ; mais suivant la fréquentation et les soucis potentiels, ce n'était pas systématique.

— Du coup, vous n'avez pas trouvé ça étrange, qu'il ne soit pas dans les parages.

— Du tout. Et puis, lorsque nous sommes ouverts, nous sommes focalisés sur les clients. Une bêtise peut vite arriver et les conséquences peuvent être graves.

— Ramón vous avait-il parlé de quelque chose qui sortait de l'ordinaire ? Je ne sais pas. Une personne, un événement ?

— À part de son potentiel départ en retraite, non, rien de particulièrement marquant.

— J'imagine que c'était plutôt normal qu'il envisage de se retirer.

— Détrompez-vous ! Ramón n'était pas de ceux-là ! C'était un bourreau de travail ! Au contraire, cette nouvelle nous a pris par surprise.

— Et vous avez obtenu une explication ? Pourquoi avait-il fini par y songer ?

— Il ne nous a pas donné de véritable motif, mais il souffrait de spondylarthrite ankylosante, et je me demande si ce n'était pas devenu ingérable pour lui…

— En tant qu'épouse, vous n'avez rien vu venir ? Il devait se plaindre, avec la douleur, non ?

— Pas le moins du monde ! C'était un roc, mon Ramón ! Il n'était pas du genre à gémir. Nous ne parlions que très peu de sa maladie, il ne voulait pas qu'elle le définisse.

Garance comprenait pourquoi cet homme, à la tête d'une entreprise conséquente, ne souhaitait pas se montrer faible devant les siens. C'était une attitude assez normale. Lorsque l'on souffrait d'une affection ou d'un handicap, on ne désirait pas attirer la pitié. Il était déjà assez difficile de vivre avec ce genre de problème, pour, en plus, subir les regards désolés et les réflexions compatissantes.

— Pouvez-vous m'en dire plus sur cette histoire de retraite ?

— Papa hésitait entre plusieurs d'entre nous pour reprendre son affaire : Tito, son frère ; Mario, son meilleur ami ; Salvadore, le frère de Mariela ; et moi.

Carmen expliquait les choses avec froideur, comme si cela lui était bien égal.

— Auriez-vous souhaité succéder à votre père ? lui demanda la journaliste.

— Cela m'aurait fait plaisir qu'il me choisisse, c'est vrai ! Mais, je ne pense pas qu'il serait allé jusque-là. J'avais beau être sa fille, je n'étais qu'une femme. Il était assez habitué au vieux modèle qui consiste à croire que « le sexe faible » ne peut pas gérer une entreprise. D'où le pourquoi il m'avait mis, façon de parler, en concurrence avec trois hommes…

— Cela vous a-t-il contrarié ?

— Non, pas plus que ça. Je le connaissais assez bien pour m'y attendre !

— Et vous, Mariela ? N'avez-vous pas été attristée qu'il n'ait pas envisagé le fait de vous choisir comme successeur ?

— Absolument pas ! Comme je vous l'ai expliqué plus tôt, je ne suis vraiment pas attirée par ce type de responsabilité.

Les trois jeunes femmes discutèrent encore quelques instants, avant que chacune ne reprenne le cours de sa vie. Garance avait appris quelques éléments intéressants lors de cette interview, et, comme à son habitude, elle les écrivit sur des post-it qu'elle épingla ensuite sur le tableau de liège qui trônait dans son bureau. Elle aimait visualiser ses avancées, et cette technique lui permettait de remettre les choses en perspective. Au fur et à mesure, le rectangle s'étofferait de nouvelles données et cela la mènerait, peut-être, jusqu'à l'assassin.

La jeune Indra Serrano se retrouvait devant les deux capitaines pour son interrogatoire. C'était une grande première pour elle, qui n'avait jamais eu l'occasion de se frotter, de près ou de loin, à la police. À vingt-trois ans, elle était assignée au guichet de la fête foraine. Elle était donc le premier contact qu'avait la clientèle et son rôle était important.

— Mademoiselle Serrano. Où étiez-vous, le soir de la mort de votre patron ?

— Comme toujours, je tenais la billetterie. C'est un des rares postes que nous ne faisons pas tourner.

— Et pourquoi est-ce vous qui occupez ce poste ?

— Je parle plusieurs langues étrangères, ce qui est très pratique. Outre le français, je maîtrise l'anglais, l'espagnol, l'allemand, l'italien, le portugais, le japonais et je possède quelques notions de chinois également.

Thomas et Sylvie étaient impressionnés.

— Je suis aussi titulaire d'un BEP vente action marchande, ajouta-t-elle.

— Je comprends mieux pourquoi vous avez été choisie pour tenir cet endroit stratégique… Avez-vous remarqué rôder une ou plusieurs personnes étranges, près de la fête, le soir du meurtre ?

— Vous savez, des gens bizarres, ce n'est pas ce qui manque ! Notre activité attire toute sorte d'individus. Cela va de la famille, au groupe d'amis qui souhaite se lancer des défis. Nous recevons même parfois des enterrements de vie de garçons ou de jeunes filles. Nous sommes une sorte de terrain de jeu à ciel ouvert, alors…

— J'imagine.

— D'ailleurs, il me semble vous avoir vu ce soir-là ?

Thomas rougit légèrement, comme pris en faute avant de lui répondre :

— Oui, effectivement, j'étais présent, avec une amie.

— Je me disais bien que j'avais croisé votre tête quelque part, avant la macabre découverte.

— Bon, recentrons-nous sur vous, si vous le voulez bien ! intervint Sylvie. Avez-vous vu monsieur Cargol après le dîner ?

— Non. Il n'est pas passé me demander le nombre d'entrées, ce qui est assez étrange d'ailleurs, car c'est une donnée sur laquelle il appréciait disposer d'une visibilité.

— Vous n'utilisez pas un système informatique pour le suivi de ces données chiffrées ?

— Pas encore. Il était prévu que nous mettions ça en place, mais finalement, ce n'était pas pour cette année. Et puis, Ramón aimait bien gérer les choses à sa manière. Un peu à l'ancienne, quoi !

— Est-ce que vous lui connaissiez des ennemis ?

— Vous voulez rire ? Même ses concurrents ne rentraient pas dans cette catégorie ! Je crois que Ramón vivait tellement dans un état d'esprit apaisé, qu'il ne se souciait pas des potentielles rivalités ou jalousies qui pouvaient poindre autour de lui.

— Est-ce que vous entendez par là qu'il suscitait l'avidité ?

— Clairement ! Il était à la tête d'une entreprise qui tenait la route, avait épousé une femme magnifique, travaillait avec sa fille capable de prendre sa relève… Sa vie présentait des atouts qui pouvaient faire saliver !

— Et vous pensez à quelqu'un en particulier ?

— Mario, sans doute. Salvadore, sûrement. Tito, forcément.

Thomas n'était guère étonné. Ces trois-là étaient dans leur collimateur. Il n'était pas surprenant, notamment, que la situation professionnelle de Ramón ait pu attirer les convoitises, et c'était peut-être cette jalousie qui avait poussé au meurtre. Mais pour quelle obscure raison ? Ramón était-il arrivé à une décision pour son successeur ? Et si oui, avait-il fait inscrire celle-ci quelque part dans son testament ?

Jonathan et Armand, après leur enquête de voisinage qui n'avait pas été très fructueuse, avaient été chargés des recherches documentaires à propos de Ramón Cargol et de sa clique.

— Fouillez-moi nos archives, mais également celles de la presse, et Internet ! Nous trouverons peut-être des choses que nos suspects ne nous disent pas ! leur ordonna Pascal.

Ils se mirent immédiatement au travail et décidèrent de débuter par celles du journal local. Cependant, puisque le quotidien papier avait fermé ses portes, ils durent se rendre à la bibliothèque municipale pour les consulter. Heureusement que tout avait été numérisé !

Paméla, une des documentalistes, les installa dans la salle prévue à cet effet et leur donna quelques tuyaux pour mener leurs recherches à bien. Ils avaient la possibilité de saisir des mots-clefs, des dates, des noms. L'outil était plutôt bien conçu. À eux deux, ils finiraient bien par mettre la main sur quelques informations intéressantes, même si cela allait peut-être leur prendre du temps.

Garance fut étonnée d'avoir de nouveau des nouvelles de la jeune Indra, en fin d'après-midi.

— Madame Prévost ? Je vous recontacte, car je crois que vous allez pouvoir venir nous interviewer dès demain. En effet, la police a presque terminé ses interrogatoires… J'en sors et il ne restait plus qu'une personne derrière moi. Les autres sont d'accord pour vous recevoir. Cela vous intéresse toujours ?

— Mais, bien entendu ! Merci beaucoup Indra ! C'est très gentil de votre part d'avoir pensé à me prévenir.

— Je vous en prie. Quelque chose me dit que les flics ne sont pas très satisfaits de ce qu'ils ont récolté. La femme n'avait pas l'air très commode d'ailleurs…

Garance sourit à l'évocation de Sylvie, la coéquipière de Thomas, qui n'était, en effet, pas très connue pour sa douceur.

— Ne vous tracassez pas. Si vous êtes innocente, vous n'avez aucune raison de les craindre. Ils accomplissent seulement leur devoir.

— Je sais, mais… Je n'avais encore jamais vécu ça avant et c'était quand même plutôt impressionnant.

— Je comprends.

— Bon, je ne vous retiens pas plus longtemps. Si vous le pouvez, passez vers dix heures.

— Très bien, à demain, Indra.

Chapitre 16

Le moment était venu pour Sylvie et Thomas d'entendre le dernier suspect, qui se trouvait également être le plus jeune de tout le groupe. Lorenzo Fernandez n'avait que dix-neuf ans, mais il était déjà bien intégré à l'équipe de *La Fiesta Cargol*, pour laquelle il travaillait depuis l'an passé.

— Monsieur Fernandez, quelles étaient vos relations avec votre patron ?

— Plutôt bonnes. Il était assez cool comme type. Il a bien voulu m'embaucher malgré le fait que je n'avais aucune expérience. Franchement, ça m'a tiré de la merde. C'est triste, ce qu'il lui est arrivé.

— L'avez-vous déjà surpris à se disputer avec quelqu'un ? Que ce soit une personne de votre groupe, ou bien de l'extérieur ?

— Euh… non. Non, j'crois pas !

— Vous souvenez-vous l'avoir vu, quelques heures avant sa mort ?

— Pendant le dîner.

— Il était comme d'habitude ?

— Ouais, j'ai rien remarqué de particulier. Enfin, si ! Attendez ! Laissez-moi réfléchir…

Il se frotta le menton, puis reprit :

— Maintenant que j'y repense, si ! Il a eu quelques mots avec Tito. Il était sujet d'incompétence. Ramón a dit à Tito qu'il « n'avait pas les épaules ».

— C'était dans quel contexte ?

— Je ne sais pas bien, mais j'imagine que c'était à propos du commandement des troupes…

— Qui avait accès au matériel de maintenance ?

— Tout le monde. Comme nous voguons de poste en poste, les uns, les autres, nous sommes tous amenés à nous en servir.

— À ce propos, c'était justement Tito qui était au train fantôme ce soir-là, est-ce que vous l'avez aperçu près de l'attraction avant qu'elle n'ouvre ?

— Oui, vers vingt heures trente environ. Il en sortait. Je suppose qu'il avait procédé aux vérifications habituelles. Ensuite, non, je ne l'ai pas revu dans le coin avant vingt-trois heures.

Ils le remercièrent, et, quelques instants plus tard, rassemblèrent leurs affaires et quittèrent les lieux. Ils avaient fini de recueillir tous les témoignages dont ils avaient besoin, mais le sentiment qu'ils avaient à l'issue de cette lourde tâche n'était pas très positif. En effet, malgré quelques pistes intéressantes, qu'ils tenteraient d'explorer plus en profondeur, ils n'avaient pas obtenu d'éléments déterminants dans l'enquête.

— J'ai comme l'impression que nous avons légèrement tourné en rond lors de ces dix interrogatoires… releva Sylvie, dépitée.

— Tout comme toi, je reste sur ma faim. C'est très bizarre comme sentiment. Dans un sens, ils savaient tous des choses, mais, dans l'autre, ils ne nous ont rien offert de concluant.

— Tu crois qu'ils essaient de brouiller les pistes, voire de couvrir quelqu'un ?

— Ce serait un peu tordu…

— En même temps, nous en voyons tellement des vertes et des pas mûres !

— Rentrons et tentons de procéder à des recoupements. Peut-être que Jonathan et Armand auront trouvé des infos qui éclaireront certains points.

Ils mirent le cap sur le commissariat.

L'interphone de Garance vrombit. Elle fronça les sourcils. Elle n'attendait personne. Serait-ce un de ces représentants, parfois collant, qui essaierait de lui vendre un truc dont elle n'avait pas l'utilité ? Pour en être certaine, elle alla répondre.

— Garance ! C'est Solène ! J'te dérange pas ?

— Jamais ! Je t'ouvre.

Quelques minutes plus tard, sa meilleure amie se trouvait sur le pas de sa porte.

— Que t'arrive-t-il ?

— C'est que j'ai besoin d'une excuse, maintenant, pour venir te rendre visite ? demanda-t-elle, joueuse.

— Non, bien sûr que non ! Mais tu n'as pas trop de temps de libre habituellement...

— Bon, j'avoue. C'est à cause de... tu sais quoi...

— Tu veux dire, le baiser que tu as échangé avec Ryan ?

— Ouais...

— Alors, qu'est-ce qu'il t'a dit ?

— Eh bien... rien, justement ! Toute la journée, j'ai attendu que le sujet arrive sur le tapis, et rien ! Nada ! Que dalle ! Comme s'il ne s'était rien passé ! C'est quel degré d'indifférence, ça, hein ?

— Hum...

— Tu n'trouves pas ça dingue ? insista-t-elle pour faire réagir sa meilleure amie.

— Si... si, c'est sûr que c'est une attitude un peu, comment dirais-je ? Puérile ?

— Carrément. Il me snobe, le gars, quoi ! C'est pas possible ! Qu'est-ce que j'ai fait pour mériter ça ? C'est que j'embrasse si mal que ça ? J'avais mauvaise haleine ? Bref, j'sais pas, moi !

— Calme-toi ! Si ça se trouve, c'est complètement l'inverse.

— Dis plutôt qu'il se sent hyper mal à l'aise et qu'il préfère donc oublier la chose !

— On n'en sait rien ! Ça l'a peut-être trop chamboulé et il est un peu perdu ? Ou alors, il ressent vraiment un truc pour toi, mais ne voit pas comment gérer ça, car tu es son employée !

— Ouais, bah, je n'crois pas, moi. Ça s'trouve, il va finir par me virer ! Mais, qu'est-ce qui m'a pris de l'embrasser, aussi ? Je suis tellement crétine !

— Non, je pense plutôt que le terme correct, c'est « amoureuse » !

Les yeux de Solène s'arrondirent, comme si l'on venait de lui annoncer que les extra-terrestres avaient débarqué à Montjoli.

— Noooon ! T'es à côté de la plaque !

— Est-ce que tu es heureuse de le voir ?

— Oui

— Ton cœur s'emballe dès qu'il est dans les parages ?

— … on peut dire ça comme ça.

— Tu penses à lui, même lorsqu'il n'est pas à tes côtés ?

— Hum.

— Tu imagines ce que cela pourrait être, de partager plus de moments du quotidien avec lui ?

— C'est possible…

— Tu es amoureuse, ma cocotte !

Vaincue, Solène soupira :

— Merde ! Qu'est-ce que je vais bien pouvoir faire ?

— T'inquiète, belette ! Ce n'est pas une maladie ! Tu vas te laisser porter et voir où cela te mène.

— Je crois que j'aurais bien besoin d'un verre…

Garance alla lui servir un petit remontant et la rejoignit. La soirée risquait d'être intéressante.

Une fois que Thomas et Sylvie eurent présenté leur compte rendu oral à leur commandant, le capitaine Daumangère regagna le bâtiment de la PTS. Avec un peu de chance, son équipe aurait peut-être mis à jour certains détails dans les éléments qui avaient été relevés sur la scène de crime. Et puis, d'autres enquêtes étaient également en cours, mais moins prioritaires, puisqu'il ne s'agissait pas d'homicide. Toutefois, Thomas se devait de s'assurer que ses collègues avançaient efficacement. La procureure, Elizabeth de Brignancourt, ne tarderait pas à leur réclamer des comptes. Comme elle était à l'origine de la création de ce nouveau bureau, elle attendait des résultats ! Sans doute devait-elle, elle aussi, faire part de leurs progrès à ses supérieurs.

— Alors, les gars ? Tout marche comme vous le souhaitez ? demanda-t-il à Isidore et Romuald.

— J'apprends tout un tas de trucs fascinants, chef ! s'enthousiasma le bleu.

— Tu m'en vois ravi !

— Isidore est vraiment un passionné ! Je ne pensais pas que sa spécialité était aussi cool !

— Je suis content de te transmettre mon savoir ! C'est toujours sympa de former de jeunes recrues, surtout lorsqu'elles sont réceptives.

— Et donc, cela donne quoi, cette histoire de braquage ?

— Les voleurs ont utilisé un neuf millimètre.

— De l'assez classique en somme…

— Oui, mais, ce qui est intéressant, c'est que nous avons pu procéder à des recoupements avec d'autres affaires similaires, à propos de cambriolages qui ont eu lieu dans la région avec la même arme…

— Donc, nous sommes face à des récidivistes.

— C'est ça ! Mais, on va finir par les coincer ! Nous avons remarqué que les précédentes bijouteries auxquelles ils se sont attaqués, tout comme celle de Montjoli, distribuaient une sorte rare de perles de Tahiti. Apparemment, seules quelques boutiques sont agréées. Ce type de produit coûte un rein, et il semblerait que nos voleurs le sachent. D'après nos recherches, il ne reste plus qu'un magasin dans le coin qui en possède. Nous pouvons donc nous attendre à ce qu'elle soit la prochaine sur leur liste.

— Super ! Beau boulot ! Nous allons communiquer toutes ces infos à nos collègues de la PJ et ils pourront monter une opération « coup de filet ».

Isidore et Romuald se frappèrent dans la main de satisfaction et Thomas se dirigea vers les quartiers de Marlène.

Il trouva la jeune femme et Tiffany en plein travail. La petite nouvelle tirait un peu la langue, très concentrée sur sa tâche. Penchée sur un microscope, elle prenait des notes.

— Comment vont nos têtes chercheuses ?

Marlène papillonna des cils et rejeta sa crinière en arrière, dans un geste qu'elle espérait sensuel.

— Très bien, Thomas. Nous sommes en train d'analyser plusieurs traces retrouvées près du corps de la victime.

— Et vous en êtes arrivées à quelques conclusions ?

— Pas encore. Il nous reste pas mal d'éléments à isoler pour les examiner correctement. Et du côté des interrogatoires, ça a donné quelque chose d'intéressant ?

— Pas vraiment. Nous allons procéder aux recoupements entre ce que nous avons entendu, ce que les recherches documentaires auront apporté et ce que vous aurez à nous révéler.

Marlène s'approcha de Thomas et posa sa main sur son avant-bras.

— Ne t'inquiète pas, chef. Je suis sûre que nous finirons par découvrir le coupable. Ce sera une belle récompense, pour ta première grosse affaire à la tête de notre bureau. Il faudra qu'on fête ça…

Thomas, mal à l'aise, se défit de l'emprise de sa collègue. Marlène n'avait pas encore laissé tomber ses tentatives de séduction. Il espérait qu'elle se lasserait rapidement de le sentir si peu réceptif. Si seulement Garance et lui étaient en couple, elle comprendrait qu'elle ne l'intéresse pas ! Aussi, décida-t-il de ne pas trop traîner sur le territoire de la belle brune, et alla voir si Carine disposait de quelques nouveautés à lui fournir.

La biologiste était en train de taper un rapport sur son ordinateur. Les lunettes vissées sur le nez, elle arborait un air très professionnel. Elle pouvait sembler un peu froide lorsque l'on ne la connaissait pas, mais elle se révélait rapidement être une femme généreuse et dont l'intelligence forçait l'admiration.

— Oh ! Thomas ! J'étais justement en train de remplir de la paperasse. Tu tombes bien !

— Tu as découvert quelque chose d'intéressant ?

— Oui. J'ai affiné les analyses de son sang. Comme l'avait fait remarquer Pierre, il y avait bien des traces d'un traitement médicamenteux, mais aussi celui d'un somnifère. Or, celui-ci était encore trop concentré pour qu'il n'en ait ingéré qu'une dose commune.

— Il aurait été drogué à son insu, tu penses ?

— Ça m'en a tout l'air. J'imagine que le meurtrier a dû glisser la substance dans une boisson ou un plat, puis a attendu qu'il fasse effet.

— Ensuite, il n'avait plus qu'à le récupérer et l'attacher au bout de la corde !

— Je pense que c'est une description assez réaliste, de comment les choses ont dû se dérouler… En n'oubliant pas le moment où on lui a brisé la nuque.

— Déplacer un corps de cette corpulence, ça a dû être sacrément laborieux… et peu discret…

— Oui, je me demande bien comment le meurtrier a procédé pour réussir à le pendre dans un endroit si difficile d'accès.

— Merci, Carine. Bon boulot !

Le commandant Cerdan n'était pas mécontent de rentrer chez lui. L'enquête d'homicide à la fête foraine suivait son cours et les techniciens de la PTS lui avaient fourni des informations capitales dans le cadre du cambriolage de la bijouterie. Aussi, avait-il dû prendre des décisions rapides concernant une opération « coup de filet ». Il avait désigné une équipe pour mener à bien la mission et avait placé la prochaine boutique susceptible de subir un braquage sous surveillance rapprochée.

Vanessa était rentrée avant lui et préparait le dîner. Une odeur de sauce tomate embaumait l'appartement. Pascal se rendit compte qu'il avait une faim de loup.

— Je pourrais manger un bœuf !

— Ça tombe bien ! Je cuisine des pâtes à la bolognaise.

— C'est parfait ! Tout comme toi ! ajouta-t-il, en l'embrassant dans la nuque.

— Je suis contente que tu sois rentré. Une de mes consœurs m'a confié une affaire qui risque d'être passionnante !

— Ah ? Tu m'en dis plus ?

— Un architecte qui clame une usurpation d'identité. Un type aurait déclaré des travaux en utilisant son nom, sauf que tout ne s'est pas passé comme prévu et que, maintenant, un voisin porte plainte. Enfin, bref, un truc un peu louche.

— Je vois ! Tu crois qu'il dit vrai ?

— Je n'en sais rien, mais c'est le père de cette avocate qui est incriminé. Elle m'a dit être la sœur d'un de tes gars, Thomas, celui avec lequel nous avons dîné la dernière fois. Alors, je lui fais confiance.

— Oh ! Je vois… J'imagine que c'est malin de sa part de ne pas le représenter.

— Effectivement, elle adopte la bonne attitude. Ce n'est pas défendu, mais c'est déconseillé. Elle est encore jeune. Elle fait bien de préserver sa carrière de potentiels ragots. Les réputations sont vite construites dans notre métier.

— Et à Montjoli, en général !

— Oui, les gens ici ont la langue bien pendue.

— Et pas que la langue, pour certains ! ironisa le commandant.

— Quelle idiote ! C'est vrai ! Mon choix de mot était un peu hasardeux… Ça avance votre histoire ?

— Pas des masses, mais, ça suit son cours.

— Au fait ! Une certaine Nathalie a téléphoné. Elle souhaitait te parler, mais, quand je lui ai dit que je pouvais te faire passer un message, elle n'a pas insisté. C'était qui ? Une collègue ?

Pascal était devenu livide. Cela faisait un moment qu'il n'avait pas eu de nouvelles de cette femme… son ex-épouse… Mais que lui voulait-elle ?

Chapitre 17

Garance avait consolé son amie une bonne partie de la soirée, si bien que, exténuée, Solène avait fini par passer la nuit chez elle. Installée sur le canapé, elle avait dormi tout son saoul. Même Chouquette, qui était une noctambule et s'était levée plusieurs fois, ne l'avait pas sortie de la brume cotonneuse dans laquelle elle avait été totalement plongée. Heureusement, elle ne travaillait pas ce matin, ce qui lui donna l'occasion de récupérer un peu de toutes ses émotions avant de devoir reprendre le chemin du magasin.

Alors qu'elles étaient attablées devant un bon petit déjeuner, Solène avait l'air inquiète.

— Je ne sais pas comment je vais gérer la chose avec Ryan dans les prochains jours ! déclara-t-elle, entre deux gorgées de café. Je ne crois pas que je serai assez forte pour garder tout ça pour moi. J'ai envie de le secouer et de lui demander où j'ai merdé.

— Tu devrais prendre ton mal en patience. Le brusquer ne te mènera à rien de bon.

— C'est sûr que, toi, tu es la reine de ce côté-là ! Des mois et des mois que tu en pinces pour Thomas, et tu n'as toujours pas levé le petit doigt. Je suis incapable de comprendre comment tu y parviens, mais il me reste des leçons à apprendre, c'est certain !

Solène soulevait un point sensible. Garance luttait contre ses sentiments pour le beau policier, c'était un fait, seulement, elle ne savait pas trop comment elle allait encore pouvoir continuer à n'être que son amie. Chaque fois qu'elle profitait d'un moment avec lui, son esprit dérivait vers des pensées un peu moins sages… Souvent, elle laissait son imagination divaguer sur une potentielle romance avec lui. Elle s'accordait le droit de visualiser ce que pourrait être leur vie à deux. Pourtant, elle était loin de passer à l'action, pour que ses désirs deviennent des réalités !

— Hey, oh ! Y'a quelqu'un ?

Solène était en train d'agiter sa main devant la figure de son amie, signe que Garance était encore partie très loin dans ses rêveries.

— Tu as raison ! s'exclama-t-elle. Je suis une cruche, d'attendre que Thomas me tombe dans les bras sans rien entreprendre pour ça ! Je devrais me lancer !

Toutefois, à peine cette phrase prononcée, Garance se dégonflait déjà. C'était vraiment plus facile à énoncer qu'à mettre en pratique !

— Voilà ! C'est cette attitude de battante que je veux voir ! s'enflamma sa copine. Surtout que tu sais prendre des risques ! Pour preuve : regarde comme tu t'empêtres dans des situations parfois inextricables, avec ces histoires de meurtres ! Je suis persuadée que tu es capable de venir à bout d'une timidité mal placée. Il te plaît et vous vous connaissez bien. Alors finalement, les conséquences, en cas de refus, seraient minimes pour toi. Au pire, il te dira gentiment que tes sentiments ne sont pas partagés, mais, à mon avis, tu dois plutôt t'attendre à ce qu'il te saute dessus à la minute où tu vas lui avouer craquer pour lui.

Si seulement sa meilleure amie avait raison ! Cela conforterait Garance dans l'idée de se jeter à l'eau.

Pascal avait souffert d'insomnie. Il avait ressassé l'histoire du coup de fil de son ex-femme, que lui avait rapporté sa compagne. Aussi, il n'avait fait que se tourner et se retourner sous la couette, avant de se lever aux aurores, n'en pouvant plus de rester dans le lit. Vanessa avait bien essayé de le retenir, mais il n'était vraiment pas d'humeur et l'avait gentiment repoussée, lui conseillant de finir sa nuit.

Pourquoi Nathalie avait-elle été tentée de le joindre sur son numéro fixe ? Cela faisait un moment qu'il n'avait plus eu de nouvelles d'elle, à part par le biais de leur progéniture : Guillaume et Sophie. Sa brusque réapparition dans sa vie, même si ce n'était que loin, à l'horizon, le mettait un peu mal à l'aise.

Est-ce que les enfants avaient avoué à leur mère qu'il vivait avec une autre femme ? Et si elle avait simplement passé ce coup de téléphone, dans le but d'entendre la voix de sa compagne ? C'était ridicule et sans doute bien différent de la réalité, mais il ne pouvait s'empêcher de se poser des questions, d'autant plus que Nathalie aurait tout aussi bien pu le contacter sur son portable, si vraiment cela avait été urgent.

Quand il repensait à leur séparation, il avait bien conscience qu'il en avait été le déclencheur. C'est son attitude qui avait poussé Nathalie à lui demander le divorce. Elle se sentait laissée de côté, presque transparente, alors qu'à l'époque, il ne respirait que pour son travail. Aujourd'hui, cela n'avait guère changé, mais Vanessa comprenait très bien qu'il soit souvent retenu ou l'esprit ailleurs. Était-ce seulement parce que c'était le tout début de leur histoire, ou bien, puisqu'elle était avocate, savait-elle que leurs métiers étaient très envahissants et composait-elle avec ?

En tout cas, même si Nathalie et lui avaient vécu de belles années ensemble et avaient fondé une famille, Pascal n'était pas trop attiré par cette espèce de tendance qui consistait à garder des relations suivies après un divorce. Il avait eu du mal à se remettre de leur séparation, mais, maintenant qu'il avait tourné la page et était de nouveau tombé amoureux, il ne tenait plus à entendre parler régulièrement d'elle. Et puis, ce ne serait pas très sympa vis-à-vis de Vanessa. Parfois, il était important de savoir laisser le passé derrière soi. Encore fallait-il que celui-ci veuille bien rester à sa place…

Solène venait de partir, quand quelqu'un frappa à la porte de l'appartement de Garance. Pensant que c'était son amie qui avait oublié quelque chose, elle l'ouvrit à la volée alors qu'elle était en petite tenue, sortant précipitamment de la salle de bain.

— Oh ! Euh ! Garance ! Désolé de te déranger ! bredouilla promptement Thomas, tout en rougissant jusqu'aux oreilles.

Elle se mit rapidement à couvert derrière le vantail tant ce moment de pure gêne la prit par surprise. Mais quelle idée avait-elle eu, aussi, de répondre alors qu'elle était en sous-vêtements ! Elle vivait dans une résidence ! N'importe qui aurait pu passer dans le couloir et la voir ainsi dénudée ! Pour atténuer le malaise, elle se força à lui expliquer, pour sa défense :

— Solène vient de partir à l'instant, je pensais que c'était elle qui revenait !

— Tu es chez toi, tu n'as pas à te justifier…

— Oui, mais… Bref, donne-moi trente secondes, que j'enfile un peignoir !

Elle repoussa légèrement la porte pour rejoindre la salle d'eau, et, une fois qu'elle fut emmitouflée dans le moelleux de sa robe de bain, repassa chercher Thomas qui attendait calmement dans couloir. Enfin, tout du moins, en apparence, car, intérieurement, il était en train de se battre contre ses pulsions qui lui chuchotaient à l'oreille de coller son corps contre celui de la jeune femme.

— Je suis vraiment désolée pour le spectacle ! lui stipula-t-elle, une nouvelle fois, alors qu'elle leur préparait une boisson chaude. Ne va pas croire que c'est une habitude, chez moi, de jouer les exhibitionnistes !

— C'était loin d'être déplaisant ! tenta-t-il de la rassurer.

Il aurait bien eu envie de lui dire qu'il serait heureux de voir ce spectacle quotidiennement, mais cela aurait été déplacé. Et puis, c'était tellement plus agréable d'admirer le corps d'une belle demoiselle pleine de vie, que celui d'un macchabée, comme dans son milieu professionnel !

Garance n'avait pas à rougir de sa plastique, néanmoins, comme toutes les femmes, elle se trouvait toujours des défauts : des jambes pas assez longues, des hanches un poil trop larges, des seins qui manquaient de fermeté… Cependant, malgré ces imperfections, dont la majeure partie était imaginaire d'ailleurs, le peu que Thomas avait eu le loisir de découvrir ne l'avait pas déçu. Bien au contraire, il avait beaucoup apprécié les formes sensuelles du corps de son amie. Cela lui offrirait, à coup sûr, de nombreuses occasions de fantasmer. Comme s'il avait besoin de ça !

— Vous avez trouvé des pistes, à propos du meurtre ? demanda-t-elle, pour changer de conversation, avant qu'elle ne devienne sérieusement trop gênante.

Thomas s'éclaircit la voix avant de poursuivre d'un ton un peu plus professionnel, histoire d'éloigner les images sexy qui défilaient dans sa tête :

— Nous avons fini notre première salve d'interrogatoires, mais, cela n'a pas donné grand-chose, j'en ai peur.

— Pas la moindre piste, quant à celui qui a pu tuer ce pauvre homme ?

— Non. Je n'arrive pas à comprendre quel aurait été le mobile, à part prendre le contrôle de l'entreprise, peut-être ? Mais, nous manquons d'info, c'est certain… Personne n'a revu la victime après le dîner, et il se trouve que quelqu'un lui avait fait absorber des somnifères, que nous avons retrouvés dans son sang en quantité anormale.

— Tu veux dire qu'il aurait été drogué et n'était pas conscient lors de son assassinat ?

— C'est ça !

— Ah oui ! C'est tordu !

— Hum, stratégique, plutôt.

Garance arbora une moue sceptique, qui signifiait clairement qu'elle attendait plus d'explications sur sa théorie.

— Et si le tueur avait préféré l'endormir non seulement pour des raisons pratiques, ici, pour pouvoir le pendre et faire croire à un suicide ; mais également parce qu'il n'assumait pas complètement son geste ? Imaginons que l'assassin fasse vraiment partie des membres de *La fiesta Cargol*. Cela signifie qu'il vivait constamment avec Ramón, le connaissait bien et avait même, sans doute, de l'affection pour lui. Mais, pour un motif qui m'échappe encore, il devait l'éliminer. Il a dû se dire qu'en le droguant, cela serait plus facile, car il n'aurait pas à subir une éventuelle dernière discussion avec lui !

— Effectivement, ça peut se tenir. Je dirais même que ça me paraît tout à fait plausible. Par contre, comme tu le remarques si bien, il reste à comprendre quel était le mobile de cette personne. Pourquoi tuer un homme que l'on apprécie ? Ça n'a pas de sens !

— Oui. La question la plus importante est de savoir, à qui profite le crime ? À mon avis, la succession ne va pas tarder à être ouverte. Elle nous permettra éventuellement de mettre en évidence de nouvelles théories ou d'en renforcer quelques-unes déjà existantes.

— Tu penses que le motif entretient forcément un rapport avec le legs de l'entreprise ?

— Les chances sont nombreuses, oui.

— Même si la société en question est actuellement en redressement judiciaire ?

Thomas tomba des nues. Apparemment, Garance avait obtenu une information que lui et ses collègues n'avaient pas. Si Pascal avait été dans la même pièce qu'eux, il aurait rongé son frein de voir que la petite journaliste se montrait bien plus maline que tout un groupe de policiers !

— Quoi ? s'étonna-t-elle. Ne me dis pas que tu ne le savais pas ?

— Eh bien, non. Du moins, pas encore. Peut-être que Jonathan et Armand auraient fini par le découvrir, mais je crois qu'ils se sont d'abord focalisés, dans un premier temps, sur les archives de ton ancien quotidien papier.

— Ils n'ont pas dû trouver grand-chose, alors ! La fête foraine ne passe qu'une fois par an à Montjoli, tout au plus. Le reste du temps, ils sont sur les routes de France, et elle est vaste !

— Oui, tu as raison. Mais les instructions sont souvent d'explorer localement avant de ratisser plus large.

— Avec une troupe nomade comme sujet d'étude, ce n'est pas très judicieux.

Cela aurait été effectivement du bon sens de ne pas procéder de la même façon étant donné les circonstances, Thomas en avait conscience, mais des procédures étaient mises en place et il était difficile de s'en affranchir.

— Donc, si j'effectue mes propres déductions, tu as mené tes recherches personnelles… Tu ne vas jamais te décider à abandonner tes petites investigations ?

— Non, j'y ai pris bien trop goût ! Et puis, c'est un peu un devoir, puisque j'étais à tes côtés lors de la découverte du corps…

Thomas commençait à bien connaître sa voisine et son entêtement lorsqu'elle était lancée dans un projet.

— Je sais que je suis impuissant face à ta détermination, mais, s'il te plaît, comme toujours, fais bien attention à toi. D'accord ?

— Promis !

— Malheureusement, je dois filer ! Passe une bonne journée !

— On se retrouve bientôt pour un dîner chez Giorgio ?

— Euh, oui, c'est une idée **alléchante** ! Par contre, je ne peux pas encore te dire quand…

— Ah, je comprends ! Ton emploi du temps de ministre est bien chargé !

— De directeur, ce n'est déjà pas si mal ! rigola-t-il.

Il l'embrassa sur la joue et il partit, au grand désespoir de Chouquette qui miaula son mécontentement et de Garance qui soupira de dépit.

Quand elle allait raconter à Solène qu'elle s'était retrouvée en petite tenue devant son beau capitaine !

Chapitre 18

Comme convenu avec Indra, Garance se rendit au campement des forains en milieu de matinée, de façon à pouvoir les interroger. Elle aimait gérer les choses à sa façon et savait qu'une journaliste était bien moins impressionnante qu'un membre des forces de l'ordre. Son métier lui permettait parfois de recueillir des témoignages plus personnels, et, la décontraction aidant, il arrivait qu'on lui livre des éléments intéressants. Aussi, avait-elle bon espoir de collecter des informations pouvant faire avancer l'enquête. Et puis, elle bénéficiait également de son instinct légendaire ! Elle était très intuitive et parvenait souvent à aller au-delà des apparences. Bien entendu, cela ne fonctionnait pas à tous les coups, mais elle avait conscience qu'elle pouvait se faire confiance.

En regardant tout autour d'elle, elle se demanda quelle sensation cela devait procurer, d'évoluer de cette façon, libre comme l'air, sans attaches, en voyageant à travers le pays. Cela avait quelque chose d'attirant, mais d'effrayant en même temps. Garance, qui aimait bien que chaque chose soit à sa place, se doutait qu'être nomade devait imposer quelques règles pour le bien de la communauté. Vivre dans une caravane n'était sans doute pas évident. L'endroit, très exigu, devait les contraindre à une certaine organisation. En tout cas, contrairement aux idées reçues, le campement était très ordonné et il n'y avait pas d'objets qui traînaient partout. La maniaque qui se cachait en elle en était apaisée.

— Ah ! Garance, vous voilà !

Indra s'avançait vers elle, les bras tendus. Elle lui offrit une étreinte chaleureuse, comme si elles étaient amies depuis de nombreuses années.

— Je suis contente de vous accueillir et les autres sont impatients de vous rencontrer. Carmen et Mariela ont chanté vos louages après votre entrevue.

— Eh bien, c'est très gentil, merci !

— Venez ! Nous sommes rassemblés sous le petit chapiteau qui sert habituellement de mini-cirque pour les enfants. Nous ne nous cachons rien, du coup, vous pourrez tous nous interviewer en même temps.

Garance ne s'attendait pas à ce que les choses se passent de cette façon, mais après tout, c'était peut-être une bonne idée. Elle pourrait voir la réaction des uns et des autres lors des déclarations. Elle suivit la jeune femme et se retrouva ainsi en face de tous les forains qui étaient installés sur les gradins.

— Bienvenue parmi nous, mademoiselle Prévost ! C'est un plaisir de vous recevoir ! Je suis Mario Ortega, et, pour le moment, je gère l'intérim de notre petite troupe, le temps que le testament de Ramón soit exécuté.

— Eh bien, merci pour votre accueil. Je tenais à tous vous entendre concernant cette tragédie. J'imagine à quel point la mort de votre leader a dû vous attrister.

— Oui, c'était un gars formidable, toujours prêt à nous emmener encore plus loin ! déclara un beau jeune homme brun, d'une trentaine d'années.

— Tu ne t'es même pas présenté, Fraco ! le rabroua Mariela.

Aussi, la veuve s'occupa d'introduire toutes les personnes qui composaient leur petit groupe, afin que Garance ne soit pas perdue et qu'elle puisse se souvenir de ce qui suivrait. Heureusement, elle leur avait demandé si elle pouvait enregistrer leur conversation, ce qui lui permettrait de réaliser une retranscription fidèle dans son journal. Pour le reste, c'est-à-dire, les réactions corporelles, elle devrait faire appel à sa mémoire.

— Est-ce que l'un d'entre vous a vu la victime peu avant sa mort ?

— Non, nous étions tous réunis pour le dîner, mais ensuite, nous n'avons aucune idée de ce qu'il a pu fabriquer, déclara Dolores.

— Il aimait souvent nous rendre visite aux attractions, s'assurer que tout se passait bien, ou donner un coup de main, mais, ce soir-là, il semblerait qu'il ne s'est pas montré ! compléta Tito.

— Sur le coup, nous étions dans le feu de l'action et nous ne nous en sommes pas rendu compte ! se désola Salvadore, que Garance reconnut pour l'avoir vu au stand de tir à la carabine.

— Vous ne lui connaissiez pas d'ennemis ? Peut-être, venant de l'extérieur de votre groupe ?

— Ramón n'était pas du genre à chercher des noises, expliqua Tayssa.

— Ouais, c'est vrai qu'il était calme, contrairement à d'autres ! affirma Mario. C'est à ne pas comprendre comment quelqu'un a voulu s'en prendre à lui…

— En attendant, il a bien réussi son coup, et, nous, nous nous retrouvons sans patron ! ronchonna Fraco.

— Nous devons faire confiance à la police. Ils vont forcément finir par coffrer celui qui l'a tué ! rappela Lorenzo.

— Ils ont intérêt ! La mort de mon père ne doit pas rester impunie ! s'emporta Carmen.

Mariela lui enveloppa les épaules en guise de soutien et s'adressa ensuite à Garance.

— Je leur ai raconté pour la procédure de redressement judiciaire… Personne n'en avait entendu parler.

— J'arrive pas à croire qu'il nous ait caché quelque chose de si important ! souligna Mario. Habituellement, il nous communiquait les informations majeures, relatives à notre business… mais là !

— Il devait avoir honte, j'imagine ! supposa Indra. Il était très fier, alors avouer que les affaires ne se portaient pas si bien que ça, ça ne devait pas être évident pour lui…

— Et ce fameux potentiel départ en retraite ? Le fait qu'il n'ait pas eu le temps de choisir entre les quatre personnes qu'il avait présélectionnées, cela a engendré des tensions entre vous ?

Carmen, Mario, Tito et Salvador, qui étaient visés par cette question assez frontale, se lançaient des regards, un peu déstabilisés.

— Nous ne sommes pas en compétition, expliqua Mario. Et, je ne crois pas que c'était l'intention de Ramón d'en créer une avec cette histoire. Personnellement, j'aurais accepté sa décision. Ensuite, nous étions tous les quatre intéressés pour reprendre le flambeau, nous n'allons pas vous le cacher. Mais, pas de là à lui vouloir du mal !

— Mario a bien résumé la situation, et je pense que Tito et Salvadore seront également de cet avis, compléta Carmen.

Les deux hommes opinèrent, mais n'ajoutèrent rien de plus.

— Pourrais-je savoir quel était le poste de chacun ce soir-là ? demanda Garance.

Tito prit la parole pour lui donner une réponse collective.

— Mariela était aux auto-tamponneuses, Carmen à la grande roue, Tito à la pêche à la ligne, puis au train fantôme, Salvadore au tir à la carabine, Indra à la billetterie, Lorenzo au derby, Dolores au casse-boîtes, Tayssa au palais des glaces et à la barbe à papa, Fraco au Chaos et moi au canyon raft.

— Quelle mémoire ! la félicita la journaliste.

— J'ai eu le temps de repenser à tout ça, vous savez…

— Est-ce que certains d'entre vous souffrent d'insomnies ?

Garance posait cette question en espérant pouvoir apprendre si quelqu'un utilisait des somnifères.

— Euh, oui, moi ! répondit Indra. Je prends parfois des pilules pour m'aider à m'endormir. J'en ai d'ailleurs racheté le lendemain du meurtre, car je n'en avais plus. Vous savez, le jour où nous nous sommes croisées à la pharmacie ?

La journaliste avait du mal à en croire ses oreilles. La douce Indra serait donc mêlée à cette sordide histoire ? Bizarrement, elle ne l'envisageait pas. Il devait y avoir une explication. Peut-être tout simplement une coïncidence ? Après tout, la proportion d'insomniaques avait tendance à s'accroître avec nos modes de vie à cent à l'heure et notre propension à passer la plupart de notre temps derrière des écrans…

— Est-ce que ces médicaments sont réservés à votre strict usage ?

— Non. Nous mutualisons tous les remèdes généraux : les basiques comme les antalgiques, les pommades, les désinfectants, les digestifs ou les somnifères. Cela permet à tous de soigner les petits bobos du quotidien.

— Et, cet endroit est fermé à clé peut-être ? Ou sous la surveillance de quelqu'un ?

— Non, il se trouve dans la caravane commune. Elle est dédiée au stockage du matériel de ce type, et tout le monde y a accès, à n'importe quelle heure du jour ou de la nuit.

Cela compliquait les choses, mais confortait Garance sur son intuition première : ce n'est pas parce qu'Indra était allée racheter une boîte de médicaments que c'est elle qui s'en était servie contre Ramón.

— Tito, puisque vous étiez le responsable du train fantôme cette nuit-là, avez-vous vu ou entendu quelque chose de suspect ? À quel moment étiez-vous près de l'attraction ?

— J'ai procédé aux dernières vérifications de sécurité vers vingt heures trente. Ensuite, je ne suis revenu que dix minutes environ avant l'ouverture. Le temps de fermer le stand de pêche à la ligne. Je n'ai rien remarqué pendant que j'étais sur place. Si quelqu'un est venu attacher Ramón au bout de cette corde, c'était sans doute entre ces deux plages horaires.

La déclaration de Tito pouvait concorder avec ce que les deux témoins lui avaient dit. Les bruits que la mère de famille avait entendus, ainsi que la silhouette qu'avait aperçue l'ado, avaient eu lieu vers vingt-deux heures.

— Vous étiez tous occupés à vingt-deux heures ?

— Oui, c'est le moment où il y a le plus de monde.

— Du côté de la billetterie, Indra, rien de notable ?

— Non, comme je l'ai dit aux policiers, je n'ai pas remarqué de personnes qui me semblaient bizarres. Ensuite, si le tueur venait de l'extérieur, je me demande comment il aurait fait pour trouver le matériel nécessaire. Nous sommes les seuls à savoir où nous rangeons les objets utiles à la maintenance.

Garance était du même avis, mais elle se devait tout de même d'explorer toutes les pistes. Ramón n'avait pas pu être empoisonné autrement que lors du dîner, à moins qu'il n'ait pris une petite collation plus tard, sur l'un des stands proposant de quoi grignoter.

— En combien de temps font effet les somnifères que vous utilisez ?

— Oh, plutôt rapidement. Je dirais une dizaine de minutes ? Après, j'imagine que cela dépend des gens.

Thomas devrait faire estimer la durée entre l'ingestion et l'efficacité de la molécule, afin de réduire la plage horaire jusqu'au moment du meurtre.

Garance passa environ deux heures en tout et pour tout, afin de rassembler le maximum d'informations venant des forains. Elle ne voyait pas qui d'autre que l'un d'entre eux aurait pu souhaiter la mort de leur patron. À première vue, elle n'imaginait aucun d'eux être capable d'une telle atrocité, mais elle allait devoir ouvrir les yeux, car l'assassin ne pouvait pas se trouver ailleurs.

L'après-midi de Thomas fut bien chargée. Il reçut la visite à l'improviste de son commandant et de la procureure. Cette dernière souhaitait s'informer des récentes avancées dans l'enquête et constater personnellement du bon déroulement des procédures au nouveau bureau de la PTS. Dieu merci, elle n'émit aucune remontrance particulière, ce qui lui permit de se détendre quelque peu.

— J'ai bien peur que nous soyons au point mort, concernant l'affaire Cargol ! déclara très courageusement Pascal Cerdan. Mon équipe a auditionné tous les suspects et les recherches documentaires sont en cours.

— Nous nous demandons si le mobile pourrait être lié au fait que la victime envisageait de partir à la retraite et nommer un des siens à sa place. Toutefois, compte tenu de la procédure de redressement judiciaire qui n'était connue que du principal intéressé, nous sommes en droit de nous questionner. Et si Ramón Cargol avait brusquement décidé ce repli pour ne pas avoir à gérer un bateau qui prenait l'eau ?

— Ce sont des pistes séduisantes, capitaine Daumangère ! Est-ce que vos techniciens ont découvert certains éléments pouvant incriminer une personne en particulier ?

— Pas pour le moment, mais des indices sont toujours en cours d'évaluation.

— Très bien. Et concernant ce braquage à la bijouterie ?

— Une équipe est sur le coup. Nous sommes prêts à resserrer les mailles du filet. Lorsque les voleurs agiront, nous serons en place pour les choper !

— C'est une excellente nouvelle, ça, commandant !

Elizabeth de Brignancourt se laissa escorter jusqu'à la sortie et Thomas et Pascal purent reprendre leur souffle.

— Nous allons devoir être plus réactifs si nous ne désirons pas l'avoir sans arrêt sur le dos.

— Oui, tu as raison. Nous allons devoir lui donner ce qu'elle veut, c'est-à-dire des résultats !

Chapitre 19

Erwan Kergoat était, comme tous les matins, heureux de se rendre à son travail. Il était technicien à la PTS depuis maintenant sept ans, et spécialisé dans la branche qui lui plaisait le plus : l'informatique. Depuis tout petit, il avait eu des facilités avec les outils technologiques. Rapidement, il était devenu un crack. Dès que du matériel rencontrait une panne, il savait le réparer ; quand un logiciel se montrait récalcitrant, il réussissait à le déboguer ; et il s'amusait à coder pendant des heures pendant que les jeunes de son âge s'éclataient sur les terrains de foot. Puis, lorsqu'il fut ado, il s'essaya au piratage de quelques sites, juste pour le plaisir de se prouver qu'il en était capable, mais cela se transforma en une sorte de drogue.

Quand il eut seize ans, il s'associa avec quelques gars dont les idées étaient un peu extrêmes et il participa à quelques opérations dont il n'était maintenant pas très fier. Cette décision eut une répercussion importante dans sa vie. Tout d'abord, négative, puisqu'il finit au poste de police, puis, curieusement, un revirement de situation se produisit. Les officiers travaillaient, à cette époque, sur un cas de cyberescroquerie dont ils n'arrivaient pas à démanteler le réseau. Aussi, disposant de ce petit caïd de l'informatique sous la main, ils lui proposèrent de racheter ses erreurs en les aidant à pincer les malfaiteurs. Erwan sauta sur l'occasion. En quelques jours, l'affaire était bouclée et il ressortait de cette expérience avec une motivation nouvelle : celle de rentrer officiellement dans la police, en mettant à profit ses aptitudes exceptionnelles.

Aujourd'hui, il ne regrettait pas son choix. Il s'épanouissait dans son job et avait eu l'opportunité d'obtenir une mutation à Montjoli. Il découvrait cette commune qui semblait non seulement attrayante d'un point de vue professionnel, car il s'y passait toujours quelque chose, mais également sur un plan plus personnel, puisqu'elle répondait en tout point à ce qu'il recherchait comme cadre de vie.

À trente-deux ans, il était célibataire, mais il s'en accommodait plutôt bien. Dans une ville telle que celle-ci, il finirait bien par rencontrer une fille sympa, avec qui les atomes seraient crochus. Il avait bien repéré la jolie Marlène Schneider, au labo, mais il avait peur que mêler travail et intimité ne soit pas bien perçu. Puisqu'il venait tout juste de s'installer dans le coin, il préférait être prudent. Aussi, il n'était pas certain que la jeune femme s'intéresse à un gars comme lui.

Certains auraient dit de son look qu'il représentait l'exemple typique, dans l'imaginaire collectif, du « bourgeois bohème ». Il était grand, les cheveux châtains qui bouclaient à leur guise sur son crâne, une barbe courte et entretenue à la perfection, des yeux bleus, couleur de l'océan qui l'avait vu naître, des vêtements toujours sélectionnés avec soin et à la pointe de la mode, et enfin, il portait un parfum sensuel sans être trop entêtant. Un gars au charme certain, mais qui n'en jouait pas plus que de raison.

— Ah ! Erwan ! Je te cherchais justement ! lui dit sa collègue Carine Bouyader. J'ai un souci avec mon ordi, il n'arrête pas de planter et je n'arrive donc pas à avancer sur mes comptes rendus.

— Je m'en occupe tout de suite ! Ce ne doit pas être grand-chose. Le matériel est neuf.

— Je suis désolée de te demander ça, alors que tu dois avoir du boulot, mais, étant donné que tu es très doué avec ces machins-là, j'imagine que ce sera un jeu d'enfant pour toi !

Erwan était heureux de pouvoir venir en aide à sa collègue qui ne semblait pas aussi à l'aise que lui avec l'informatique. Il pouvait bien lui consacrer quelques minutes de son temps, surtout qu'en ce moment, ses capacités étaient sous-utilisées.

Garance travaillait sur la retranscription de son interview collective avec les forains. Pour ce faire, elle écouta plusieurs fois l'enregistrement et essaya de se rappeler chaque instant. Elle savait à quel point le langage corporel pouvait être aussi important que les mots. Quel dommage qu'elle ne dispose pas de vidéo lui permettant de revoir la réaction de chaque personne face à ses questions ! Toutefois, elle jouissait d'une assez bonne mémoire et elle ne se souvenait pas que qui que ce soit ait fait fuiter la moindre attitude troublante. Apparemment, le tueur possédait assez de sang-froid pour ne pas se laisser piéger facilement.

En écoutant la bande sonore, elle constata, une nouvelle fois, qu'aucune des réponses données ne pouvait l'amener à une quelconque conclusion. Certes, Indra avait été celle qui s'était révélée comme consommatrice de somnifères, mais cela était bien maigre pour en déduire que c'était elle qui avait drogué son patron, surtout que tout le monde avait accès aux médicaments. En plus, elle possédait un physique qui ne semblait pas correspondre à celui capable de monter un corps endormi sur une poutre aussi haute. L'opération avait dû être particulièrement éprouvante, car un individu inconscient pesait bien lourd. En outre, Garance se demandait pourquoi le coupable s'était donné autant de mal, alors qu'il aurait simplement pu le tuer d'une façon moins complexe. Et si ce choix n'avait été que le reflet d'une certaine naïveté ? L'assassin avait-il cru que la police ne verrait pas la différence entre un suicide et un meurtre maquillé comme tel ?

La jeune femme nota toutes les informations qui lui paraissaient pertinentes sur des morceaux de papier qu'elle épingla ensuite à son tableau de liège. Elle aurait aimé dire qu'elle avait assez de soupçons pour être sur la bonne voie, cependant, c'était loin d'être le cas !

Vanessa Larivière était une brillante avocate. Personne ne pouvait dire le contraire, et surtout pas ses pairs. Elle excellait dans les plaidoiries au point que l'engager était synonyme de victoire. Elle accueillait aujourd'hui Jean-Luc Daumangère, le client que lui avait confié une consœur. Celui-ci était apparemment mêlé à une histoire qui semblait loin d'être simple.

— Merci de me recevoir, Maître ! Je suis vraiment embarrassé par la situation qui me tombe dessus ! Jamais je n'aurais cru vivre quelque chose de ce genre durant ma carrière !

— Pourriez-vous m'expliquer les faits à votre manière ? Votre fille m'a déjà donné les grandes lignes, mais j'aimerais entendre votre version des événements.

— Eh bien, il se trouve que quelqu'un a apparemment usurpé mon identité en tant qu'architecte ! Une personne a déposé plainte contre moi concernant des travaux effectués dans une villa auxquels je n'ai jamais participé ! Il semblerait que la méprise vienne du fait que mon tampon et mon numéro professionnel ont été utilisés sans mon consentement, me désignant, de ce fait, comme responsable du chantier.

— Je n'avais encore jamais eu affaire à quelque chose de ce genre ! constata l'avocate. J'imagine qu'étant donné les risques encourus, vous préférez vous garantir la meilleure défense possible ?

— Effectivement ! Je tiens à ce que ma réputation soit conservée et il se trouve que quelqu'un souhaite apparemment m'en priver ! Sans parler des éventuelles sanctions !

— Je comprends votre déconvenue, et je peux vous assurer qu'en faisant appel à mes services, vous ne serez pas déçu !

— Eh bien, considérez-vous comme officiellement embauchée !

— Parfait ! Commençons donc dès maintenant à préparer votre défense…

Fraco n'en pouvait plus de subir la dictature de Mario. Au campement, il passait son temps à commander tout le monde, afin que chacun sache les tâches qu'il avait à réaliser. Mais bientôt, tout ça serait fini ! Avec l'ouverture du testament de Ramón, il était quasiment sûr que son oncle n'avait pas été assez dingue pour confier les rênes de son entreprise à son meilleur ami. Le jeune homme préférait que *La fiesta Cargol* reste aux mains de la famille. Cela n'avait pas de sens de la livrer à cette personne qui n'était qu'une pièce rapportée. Alors certes, la présence de Mario ne l'avait pas dérangé jusqu'à maintenant, mais, puisqu'il avait décidé de jouer au petit chef, cela devenait une autre histoire !

Le trentenaire se souvenait des moments passés avec son oncle. Fraco possédait pourtant un sacré caractère ! Passionnel, impulsif, fier et imprévisible, cela n'avait pas refroidi Ramón, qui ne l'avait jamais mis de côté. Cela énervait d'autant plus le jeune homme que, de son côté, il n'avait pas toujours été très honnête avec lui. D'une certaine façon, il s'en voulait de l'avoir trahi et il ne savait pas si sa mauvaise conscience serait suffisante pour expier ses péchés.

Les recherches documentaires menées par Armand et Jonathan confirmèrent que *La fiesta Cargol* était effectivement en procédure de redressement judiciaire. Les quelques fournisseurs auxquels l'entreprise faisait appel n'étaient plus payés, et les remboursements de crédits, dédiés à l'achat de certains matériels, n'étaient plus honorés.

Outre cette nouvelle, qui n'en était plus vraiment une, les deux coéquipiers trouvèrent quelques informations intéressantes concernant les membres du clan Cargol. Ils ne savaient pas encore si ces éléments seraient susceptibles de les aider dans leur enquête, mais au vu de leur teneur, c'était une possibilité.

Ils apprirent que Mario Ortega, le meilleur ami de la victime, avait connu des démêlés avec la justice espagnole. Il avait été arrêté pour tapage nocturne et conduite en état d'ivresse à Séville lorsqu'il était jeune, et l'affaire avait été assez loin puisqu'il avait frappé un policier. Cette violence prouvait que cet homme n'était pas totalement inoffensif. Aurait-il perdu patience face à Ramón et aurait-il décidé de l'éliminer ?

Dolores Cargol, née Montesaña, était la fille d'un grand guitariste andalou. Elle avait été habituée à vivre dans le luxe ;

bien loin donc, de son existence auprès de Tito et son frère. En aurait-elle eu marre de passer son temps dans une caravane et avait-elle entrepris de tuer son beau-frère afin que son mari puisse prendre la tête de la société ?

Indra Serrano, elle, était ce qu'on appelait communément une surdouée. Elle avait remporté une compétition linguistique lorsqu'elle n'avait que quatorze ans, face à des professionnels de la traduction. Elle aurait pu s'assurer une brillante carrière, mais elle avait préféré suivre les traces de l'itinérance. Pour elle, cela avait été un choix logique puisque sa famille était issue du monde des forains. Par contre, rien n'expliquait pourquoi elle s'était fait embaucher dans un autre clan que le sien... La jeune femme aurait-elle utilisé son intelligence hors norme pour se débarrasser de son patron et faire main basse sur l'empire Cargol ?

Ils avaient également trouvé les mêmes informations que Garance concernant Mariela et son frère Salvadore, à savoir que les leurs étaient morts dans un incendie et qu'ils avaient hérité de pas mal d'argent.

Quant aux autres, rien de très probant ou très documenté.

Au fur et à mesure de ces découvertes, les policiers entrevirent de potentiels alibis, mais ils ne leur paraissaient pas très puissants, sans doute pas au point de tuer quelqu'un d'une façon si élaborée.

À ce stade de l'enquête, Garance commençait à envisager le fait que, peut-être, le commissariat de Montjoli ferait face à son premier crime irrésolu. Elle avait beau réfléchir à toute cette histoire, retourner toutes les informations qu'elle avait grappillées par-ci, par-là, rien ne se dessinait complètement dans son esprit. Elle ne voyait pas qui avait bien pu tuer Ramón Cargol.

Alors qu'elle aurait pu décider de baisser les bras et laisser les forces de l'ordre se débrouiller avec ça, elle choisit, au contraire, de redoubler d'efforts. Elle était persuadée que la clé de tout était l'observation. Cependant, comment pouvait-elle y parvenir en se trouvant si loin du campement gitan ? Aussi, se résolut-elle à essayer une pratique qu'elle n'avait encore jamais tentée : se poster discrètement quelque part pour épier les membres de *La Fiesta Cargol*.

Elle avait conscience que cette façon d'agir n'était pas très loyale, surtout, étant donné la gentillesse avec laquelle les forains l'avaient accueillie. Mais aux grands maux, les grands remèdes. Elle allait devoir être vigilante, afin que personne ne la remarque. Si elle se faisait choper, en train de fouiner, elle n'était pas sûre de la réaction de la petite communauté. Et, elle ne tenait pas à les mettre en rogne, d'autant plus si le meurtrier se cachait bien parmi eux.

Chapitre 20

Pour mener à bien sa mission de filature, Garance eut la riche idée de demander des conseils auprès de Miguel. Celui-ci possédait des années d'expérience en matière de planque, compte tenu de son activité de paparazzi. Au lieu de lui expliquer les choses à distance, il lui proposa gentiment de l'accompagner. Le savoir à ses côtés la rasséréna quelque peu. Au moins, ils seraient deux, ce qui limiterait sans doute les éventuelles représailles en cas de soucis.

Ils se postèrent donc non loin de la place où étaient installés les forains, dans un endroit que Miguel avait repéré, et qui, effectivement, semblait caché des regards. Ils restèrent ainsi plusieurs heures à observer ce qui se passait dans le campement. Néanmoins, ils ne remarquèrent rien de particulier qui puisse amener à la culpabilité de l'un d'entre eux.

— Tu sais Garance, si tu veux vraiment trouver quelque chose, tu devras réitérer l'expérience. Ce n'est malheureusement pas en quelques heures que tu peux obtenir des résultats. Si je compare notre petite séance d'espionnage avec mon métier, je peux te garantir que plusieurs journées sont généralement nécessaires avant de mettre la main sur ce que tu cherches.

— Tu as raison, j'en ai bien conscience, mais j'avais osé espérer que, peut-être, nous aurions de la chance. Il m'arrive, à l'occasion, d'être un petit peu trop optimiste. En tout cas, je te remercie d'être venu avec moi, mais la prochaine fois je ne vais pas abuser de ton temps et je me débrouillerai toute seule.

— Si vraiment tu ne te sens pas de continuer sans moi, cela ne me dérange pas de revenir.

— C'est adorable de ta part, mais je sais bien qu'en ce moment, tu es sur un coup.

Effectivement, Miguel surveillait le tournage d'un film, et notamment les deux acteurs principaux dont il espérait pouvoir tirer quelques clichés. Des rumeurs circulaient, comme quoi ils seraient en couple, mais pour l'instant, personne n'avait eu la primeur d'une photographie prouvant le scandale.

— Bon, comme tu veux ! Cependant, promets-moi de rester vigilante. N'oublie pas toutes les petites astuces que je t'ai données.

— À vos ordres, mon colonel !

Le jeune Romuald était heureux d'avoir intégré le tout nouveau labo de la PTS de Montjoli. Enfin, il apprenait d'autres choses que ce qui était inculqué à l'école de police. Les quelques premiers jours qu'il avait passés avec son collègue Isidore lui avaient fait découvrir plus de techniques, que tout ce qu'il avait pu voir lors de sa formation initiale. Son référent avait tellement de connaissances à lui transmettre !

Isidore était de ceux qui aimaient leur travail avec passion. Cela se ressentait dans toutes les explications qu'il lui fournissait, et Romuald adorait ça !

Le jeune homme de vingt-quatre ans avait décidé de faire carrière dans la police un peu par hasard. En effet, c'est lors d'une rencontre organisée par son lycée, et où il avait pu échanger avec des professionnels qu'il avait été séduit par le métier de technicien de laboratoire. Mais, avant d'en arriver là, il en avait bavé ! Il n'était pas vraiment doué à l'école, et avait obtenu son baccalauréat de justesse. Ses seules matières fortes étaient les sciences et le sport, une véritable aubaine, puisqu'elles lui seraient essentielles pour intégrer la PTS. Néanmoins, quand il avait dû s'entraîner pour décrocher le concours, cela n'avait pas été une sinécure.

Malgré tout, Romuald avait déployé une énergie insoupçonnable. Il voulait à tout prix réussir et rendre fiers ses parents. Lors des épreuves, il n'en avait pas mené large ! Pourtant, il avait surmonté les différentes sélections et voici que, après treize semaines intensives mêlant formation à l'école de police et stages, il commençait enfin à travailler sur le terrain. Bien évidemment, rien n'était gagné. Il allait devoir prouver qu'il méritait sa place. C'était ce à quoi servait l'année précédant la titularisation. Il avait peur que sa haute stature et ses cheveux rasés, sans parler de son côté « grande gueule », ne lui portent préjudice. Aussi, mettait-il toute la bonne volonté possible afin que son année de stage se passe le mieux du monde. Il ne supporterait pas d'échouer si proche du but.

En tout cas, pour le moment, il se sentait très à l'aise au sein de cette équipe. Et puis, il n'était pas le seul bleu, puisque Tiffany faisait également partie des contingents. D'ailleurs, il était très intrigué par cette jeune femme. La petite blonde semblait posséder un caractère bien trempé. Néanmoins, il avait rapidement compris que, sous ses allures de dure à cuire, elle manquait en fait de confiance en elle. Il ne la connaissait pas encore bien, mais il était persuadé qu'elle cachait sans doute quelques blessures profondes.

Solène n'avait eu d'autre choix que de prendre son courage à deux mains. Elle ne pouvait plus continuer à évoluer aux côtés de Ryan sans évoquer ce qu'il s'était passé entre eux. Ils s'étaient tout de même embrassés fougueusement, et, depuis, aucun d'entre eux n'avait osé mentionner ce moment. La jeune femme comprenait que son patron pouvait être extrêmement gêné, étant donné les circonstances. Cependant, son indifférence commençait sérieusement à la blesser.

Elle profita d'une après-midi tranquille pour tenter de discuter avec lui de ce sujet sensible :

— Écoute, Ryan ! Je crois qu'il serait sage que nous parlions de ce qu'il s'est produit entre nous, la dernière fois. J'ai comme l'impression que tu m'évites depuis que notre baiser, et cette situation me met mal à l'aise.

Il grimaça et le cœur de Solène s'emballa si fort qu'elle avait peur de tomber dans les vapes.

— Je suis désolée, Solène. Je… cette étreinte, même si j'en ai été l'acteur… je ne m'y attendais pas !

Solène en vint à la conclusion qu'il n'avait pas vécu cet instant avec autant d'intensité qu'elle. Sans doute avait-il considéré ce moment comme une faiblesse, un événement sur lequel il n'avait pas l'intention de revenir. Ainsi, en le plaçant devant le fait accompli, c'est lui qu'elle mettait dans l'embarras.

— Ne t'inquiète pas, j'ai compris ! Laisse tomber, n'en parlons plus !

Ryan serra les poings contre le comptoir et elle se demanda si c'était une façon pour lui de contrôler sa colère. Finalement, elle aurait mieux fait de garder tout ça pour elle. Quelque part, pourtant, elle était déçue. Comment avait-elle pu s'imaginer que ce baiser signifiait quelque chose pour lui ? Elle se rappela subitement que les hommes avaient tendance à suivre leurs instincts, sans pour autant réfléchir beaucoup aux conséquences. Or, le résultat était plutôt déplorable de son côté : à cause de ce moment de folie, elle s'était aperçue qu'elle en pinçait sérieusement pour son patron ! Maintenant qu'elle avait compris que ce n'était clairement pas le cas pour lui, comment allait-elle faire pour parvenir à rester professionnelle et à ne plus penser à la douceur de ses lèvres ?

Thomas avait enfin réussi à se dégager une soirée de libre. Alors, comme Garance le lui avait suggéré, ils se rendirent dans leur trattoria préférée.

— Y'a fé oune moment que yé ne vou avez pas vou les amoureux ! les accueillit Giorgio.

Il ne servait à rien de détromper l'italien quant à leur relation. De toute façon, il s'imaginait toute sorte de scénarios dans sa tête. Les deux amis s'installèrent à leur table habituelle, prêts à se délecter des plats du maître des lieux.

— Je prendrais bien des lasagnes, ce soir, déclara Garance. Je crois que j'ai bien besoin de quelque chose de réconfortant. J'ai passé une partie de l'après-midi à jouer à l'espionne. Mais, l'automne a beau ne pas être trop pluvieux, il ne fait quand même pas très chaud dehors !

— Qu'est-ce que tu veux dire par « jouer à l'espionne » ? lui demanda le capitaine, en fronçant les sourcils.

Garance ne savait pas si elle devait avouer toute la vérité, ou bien si utiliser une ruse était la meilleure option. Elle se décida néanmoins pour la franchise. De toute manière, Thomas la connaissait assez bien pour réussir à comprendre lorsqu'elle mentait.

— Eh bien, je me suis peut-être postée non loin du campement gitan pour observer si quelque chose me paraissait suspect ? Mais, avant que tu ne t'inquiètes, je n'étais pas toute seule. Miguel était avec moi, donc il ne pouvait rien m'arriver !

— Ah ! Garance ! Tu es incorrigible ! Ton envie de comprendre pourrait amener à ta perte. Tu as déjà vécu des situations très périlleuses, mais cela ne t'a pas vaccinée ! Néanmoins, je suis content que tu aies décidé d'y aller accompagnée. Cela me rassure de savoir que Miguel était présent et pouvait te protéger en cas de problème ! Est-ce que vous avez vu quelque chose d'intéressant ?

— Non, pour l'instant, notre séance d'observation n'a rien donné !

— Et j'imagine que tu ne vas pas t'arrêter là ? Tu comptes y retourner ?

— Peut-être, mais rien n'est sûr pour le moment. Après tout, mon idée est peut-être stupide ! Si nous n'avons rien remarqué aujourd'hui, je ne vois pas pourquoi ce serait le cas plus tard !

Garance avait conscience qu'elle disait cela dans le but de rasséréner Thomas. En vérité, elle avait bien l'intention de continuer à utiliser sa planque improvisée, dans l'espoir de découvrir un comportement compromettant.

Giorgio vint apporter les plats qu'ils avaient commandés et leurs papilles se délectèrent des mets préparés dans la plus pure tradition italienne.

Thomas confia à son amie les derniers éléments que ses collègues et lui avaient identifiés dans le cadre de l'enquête. Garance fut étonnée d'apprendre le passé légèrement violent de Mario, tout comme l'ascendance de Dolores. Par contre, elle ne fut guère surprise de l'intelligence d'Indra. Quelque part, ses aptitudes exceptionnelles pouvaient donner l'impression qu'elle était bien placée pour avoir fomenté l'assassinat de son patron. Cependant, l'intuition de Garance n'envisageait pas une telle issue. Est-ce que la jeune journaliste se laissait duper par l'espèce d'affection qu'elle ressentait pour elle ? Jusqu'à maintenant, son sixième sens ne l'avait jamais trompée. Toutefois, elle devait rester vigilante. Les psychopathes étaient des gens très intelligents, et Indra répondait à ce critère.

— Vous avez déjà des soupçons ? demanda Garance.

— Nous sommes parvenus à quelques hypothèses et avons commencé à établir une liste possible de mobiles, mais je dois avouer que, pour le moment, nous n'avons rien obtenu de véritablement concret. Je n'arrive toujours pas à comprendre comment et pourquoi une personne de cette communauté a décidé de liquider leur leader. Ça me paraît complètement fou et disproportionné, par rapport à ce qu'il y avait à y gagner.

— Oui, c'est vrai qu'avec une entreprise vacillante, la récompense n'était pas si intéressante que ça ! Si ça se trouve, les motivations du tueur étaient totalement différentes. Nous sommes peut-être carrément à côté de la plaque avec nos suppositions !

— Ça reste tout de même très opaque, toute cette histoire ! J'espère que nous allons finir par tirer les bonnes ficelles !

— J'imagine que tu dois être soumis à une forte pression, surtout que c'est ta première enquête, en tant que directeur de la PTS.

— Oui, je ne te cache pas que la procureure m'attend au tournant ! Je suis persuadé qu'elle met également Pascal sous tension.

— Comme si c'était si simple de parvenir à débusquer les criminels ! Parfois, certains hauts gradés feraient bien de venir un peu plus sur le terrain !

Thomas sourit, car Garance pouvait se permettre de dire ce genre de choses, contrairement à lui, même s'il n'en pensait pas moins.

— Ces lasagnes sont vraiment délicieuses ! Tu veux y goûter ? demanda-t-elle au beau capitaine.

Il n'eut pas le loisir de répondre que, déjà, elle avançait sa fourchette près de sa bouche. Le fait de placer sa langue là où la jeune femme avait posé la sienne lui offrit un léger frisson. C'était dingue comme un geste, somme toute, plutôt banal, pouvait être carrément sexy.

Giorgio, qui les observait de loin, ne put réprimer un sourire de satisfaction. Il en avait la preuve formelle devant ses yeux : sa cuisine existait pour rassembler les gens, voire, mieux, les faire tomber amoureux ! De toute façon, il était persuadé que c'était déjà le cas. Garance et Thomas avaient beau essayer de garder une certaine distance, Giorgio savait reconnaître l'amour là où il était. Il n'était pas italien pour rien !

Chapitre 21

Lors de leur séance habituelle de yoga, Garance et Solène en profitèrent pour se raconter leurs dernières petites nouvelles. Avec le rythme de travail assez soutenu qu'elles s'imposaient toutes les deux, il leur était parfois compliqué de trouver un moment pour papoter.

— J'ai enfin pris mon courage à deux mains pour parler à Ryan, commença la fleuriste. Mais avec le recul, je me demande si je n'aurais pas mieux fait de me taire.

— Pourquoi ? Que s'est-il passé ? Ne me dis pas qu'il a fait comme si rien n'avait eu lieu entre vous ?

— Si, plus ou moins. J'ai eu le sentiment de le mettre dans une situation encore plus gênante que la mienne ! Tu vois le genre ! C'était comme s'il refusait catégoriquement de parler de ce baiser. Je ne comprends pas ce qu'il y a de si terrible là-dedans ! Rha ! J'aurais dû contrôler mes instincts ! Si seulement j'avais eu un peu plus de plomb dans la tête, ce jour-là, je ne serais pas dans une position aussi inconfortable.

— Je suis tellement désolée pour toi ! Pourtant, il me semblait assez droit, comme mec… Après, peut-être qu'il a juste besoin de recul, ou qu'il a peur de te révéler ses vrais sentiments. Tout est possible avec les hommes !

— Personnellement, je n'y crois plus ! Je vais devoir me résigner. Ce mec me fait tourner en bourrique, et maintenant que je suis complètement mordue, je vais sans doute mettre un certain temps avant de l'oublier… Ça m'apprendra à tomber amoureuse du premier venu aussi !

Garance ne savait pas comment remonter le moral de son amie. C'était tellement difficile lorsque l'on ressentait des sentiments qui n'étaient pas partagés. Pourtant, elle avait cru que Ryan n'était pas indifférent au charme de Solène. Est-ce que son instinct était complètement en train de la lâcher ? S'il lui faisait défaut pour ce genre de choses, était-ce la même chose concernant son enquête ?

— Et toi ? Est-ce que tu as effectué des découvertes intéressantes à propos de ce fameux meurtre ?

— Non… j'ai eu beau interviewer les principaux suspects, cela n'a rien donné. Du coup, je suis en train de tester une nouvelle approche. Hier, avec l'aide de Miguel, j'ai procédé à ma première filature.

Garance semblait toute contente d'elle, comme si elle venait d'annoncer qu'elle allait se fiancer. Or, Solène était loin d'être aussi euphorique.

— Quoi ? Tu veux dire que tu es sérieusement en train d'épier ce qui se passe chez les gitans ? Tu n'as pas peur des éventuelles remontrances, si, par malheur, ils t'attrapent la main dans le sac ?

— Il se peut que cela ne leur fasse pas plaisir, c'est vrai. Néanmoins, je ne pense pas qu'ils me feraient du mal.

— Parfois, ta naïveté m'inquiète ! Les flics les soupçonnent, alors j'imagine que ce n'est pas pour rien ! Tu devrais faire attention à toi ! À force de jouer à la détective, il va finir par t'arriver une connerie !

Garance considérait les conseils de Solène avec sérieux, pourtant elle ne renoncerait pas à sa petite enquête. Elle tenait absolument à comprendre qui avait tué Ramón Cargol, et pourquoi !

Jean-Luc Daumangère se sentait légèrement rassuré depuis qu'il avait confié sa défense à Vanessa Larivière. Sa fille ne l'avait pas trompé en lui disant qu'elle était très brillante. Malgré l'absurdité de son affaire, elle l'avait prise très au sérieux. L'avocate avait déployé des efforts titanesques afin de prouver qu'il n'était nullement mêlé à cette sordide histoire.

Apparemment, le contrevenant avait récupéré son numéro et son tampon d'architecte via Internet. Il était tombé sur un document numérisé, et il s'était permis d'en faire usage. Maître Larivière comptait donc bien contre-attaquer le propriétaire de la maison, pour faux et usage de faux.

Ces premières avancées ne pouvaient que ravir le père de Thomas. À ce rythme-là, il serait rapidement tiré d'affaire. Il avait bien d'autres préoccupations, que de passer son temps à prouver qu'il était un honnête homme ! Son entreprise devait continuer de fonctionner et cette mauvaise publicité n'était absolument pas la bienvenue !

Au début, Jean-Luc avait été un peu déçu que sa propre fille ne souhaite pas s'occuper elle-même de son dossier. Elle lui avait expliqué posément que gérer sa défense pouvait être mal vu de la part des magistrats. Et, puisqu'elle n'en était qu'au début de sa carrière, elle ne voulait pas prendre le risque de se brûler les ailes. Elle aussi tenait à ce que son activité professionnelle ne pâtisse pas de toutes ces éclaboussures malvenues. Malgré le fait qu'elle l'ait laissé tomber, elle lui assura que sa consœur, qui avait bien plus d'expérience qu'elle, serait sa meilleure chance de s'en sortir. Étant donné la promptitude avec laquelle l'avocate avait commencé à déblayer le terrain, Jean-Luc n'en doutait plus. Il finirait par faire mordre la poussière à celui qui avait voulu le flouer.

Depuis qu'elle avait quitté la villa familiale, Helena, la fille aînée de Sylvie, apprenait les joies et les déboires de la vie en colocation. Elle s'était installée dans un appartement avec ses deux meilleures amies, Samia et Leslie. Toutes trois se connaissaient depuis de nombreuses années et elles avaient ce désir de vivre ensemble depuis un bon moment. C'était comme une évidence, et un projet de longue date. Leurs parents, qu'elles avaient dû convaincre, s'étaient portés cautions. Elles avaient donc tout intérêt à prendre tout ça avec le plus grand sérieux. Il n'était pas question qu'elles se comportent de manière totalement irresponsable ! On leur faisait confiance, ainsi c'était le moment parfait de montrer qu'elles en étaient dignes.

Outre le côté sympa de l'expérience, Helena avait surtout été attirée par l'aspect pratique. En effet, leur appartement était situé non loin de leur université, ce qui leur permettait de perdre moins de temps dans les transports. Toutefois, il y avait tout un tas de paramètres qu'elle n'avait pas pris en compte avant de s'engager dans cette nouvelle aventure : devoir s'occuper des tâches domestiques comme la cuisine, les courses, le linge ou le ménage ; établir des règles pour que l'espace de vie soit le plus agréable possible ; s'habituer aux manies des unes et des autres… Ce n'était pas toujours simple d'effectuer un premier pas dans le monde adulte !

Parfois, elle regrettait son choix. Devoir supporter les goûts musicaux douteux de Samia ou le petit ami encombrant de Leslie n'était pas tous les jours une mince affaire ! Quand il devenait nécessaire de se coltiner la corvée du ménage ou de la cuisine, c'était une vraie prise de tête pour que chacune daigne fournir des efforts. Au moins, lorsqu'elle résidait auprès de sa famille, elle n'avait pas à se préoccuper de tout ça ! Maintenant, elle s'apercevait qu'avant, elle vivait dans l'insouciance et jalousait presque Violaine, sa petite sœur.

Néanmoins, elle avait trouvé également tout un tas de bénéfices au fait de ne plus habiter chez papa maman. Elle pouvait suivre ses envies sans s'inquiéter des conséquences ; recevoir des garçons sans avoir peur que ses parents ou sa frangine ne les surprennent ; organiser des fêtes ou encore regarder la télé jusqu'à pas d'heure !

Elle était persuadée qu'un temps d'adaptation était nécessaire avant que les avantages de sa nouvelle demeure contrebalancent les inconvénients. C'était normal d'avoir besoin d'un moment pour prendre ses repères et ses habitudes ! Et puis, elle pouvait compter sur ses deux super colocs pour lui remonter le moral quand sa famille lui manquait, et cela valait tout l'or du monde !

Carine Bouyader était comblée par sa récente nomination. Cette mutation à Montjoli avait été une véritable bénédiction. Elle pratiquait le métier de technicienne-biologiste à la PTS depuis quinze ans, tant et si bien que son microscope pouvait être considéré comme son meilleur ami. À quarante-six ans, elle était divorcée et avait obtenu la garde de son unique enfant. Lorsqu'elle avait entendu parler d'une ouverture de poste, elle avait sauté sur l'occasion. En effet, elle cherchait à s'éloigner le plus possible de son ex-mari qui avait été violent avec elle. Dès les premiers signes, elle s'était organisée pour ne plus être en contact avec lui. Elle ne supportait pas qu'il lève la main sur elle, mais elle s'en serait voulue qu'il agisse de la même manière avec à leur fille.

Dans son milieu professionnel, elle avait, à de trop nombreuses reprises, entendu des histoires dans ce genre. Il lui était également arrivé de devoir travailler sur des affaires de féminicides. Pourtant, elle n'aurait jamais pensé son mari capable de telles atrocités. Elle n'avait pas repéré de symptômes avant-coureurs et il n'avait pas subi de maltraitance dans son enfance. Néanmoins, un soir, au détour d'une conversation un peu houleuse, il la frappa pour la première fois. Carine avait été si sonnée par cette claque, qu'elle était restée un moment muette par le choc. Puis, la violence de la scène s'était révélée dans sa tête pour ne plus en sortir. Au départ, comme beaucoup de femmes confrontées à ce problème, elle crut que ce n'était qu'un incident qui ne se reproduirait pas, un geste que son époux n'avait pas mesuré. Et effectivement, il s'en voulait et s'en était excusé. Seulement, quand, quelques semaines plus tard, il réitéra, elle ne se laissa pas duper une nouvelle fois et prit immédiatement les dispositions qui s'imposaient. Elle n'allait certainement pas continuer à accepter de se faire traiter de la sorte ! Et puis, c'était surtout sa fille qui l'inquiétait. Elle ne voulait pas que la petite soit témoin de ce type de scène, et encore moins, qu'elle vive la violence, elle aussi. On ne savait jamais jusqu'où les choses pouvaient aller dans ce genre de circonstances.

Maintenant, tout ça était derrière elle. Cette mutation était une véritable bouffée d'air frais et elle comptait bien en profiter pour faire table rase du passé. Ses collègues, qu'elle commençait à connaître un peu, lui semblaient gentils et ouverts. Peut-être pourrait-elle raconter son histoire à certains d'entre eux ? Quant au jeune capitaine qui dirigeait le laboratoire, il lui paraissait particulièrement humain. Elle ne doutait pas qu'elle recevrait de la sympathie de sa part, si elle se décidait à lui partager sa sordide expérience. En attendant d'être plus en confiance pour en arriver là, elle était complètement happée par le dossier de meurtre sur lequel ils travaillaient. Ce pauvre sexagénaire, qui s'était fait tuer, avait été endormi préalablement avec un somnifère. Carine ne se rappelait pas avoir déjà traité une affaire comme celle-ci. Les assassins ne manquaient pas d'imagination ! C'était le moins que l'on puisse dire ! Elle retourna à ses analyses et ses comptes rendus, dans l'espoir de pouvoir aider les enquêteurs dans leurs recherches.

Garance se posta de nouveau à l'endroit où elle s'était dissimulée la veille avec Miguel, tout en veillant à bien appliquer les conseils qu'il lui avait prodigués. Bien qu'elle n'eût pas particulièrement l'assurance de surprendre un comportement ou une discussion étranges, elle se raccrochait néanmoins à cette idée. Quelqu'un, parmi ce groupe, cachait forcément quelque chose. Ramón ne s'était pas donné la mort, comme le meurtrier avait voulu le faire croire. Non, un individu avait assassiné cet homme dans un but bien précis, et Garance espérait tirer tout ça au clair.

Après plus d'une demi-heure d'observation qui n'aboutit à rien, la jeune femme commençait à perdre patience. Il ne faisait pas chaud dehors, et elle aurait bien avalé un bon chocolat fumant pour se réchauffer... Pourtant, elle ne bougea pas de sa planque et continua à surveiller ce qui se passait autour d'elle. Lorsque, quelques minutes plus tard, elle surprit Fraco sortant de la caravane de Mariela et l'embrassant à pleine bouche, elle se dit que sa persévérance avait finalement été récompensée.

Ainsi, la veuve semblait avoir une liaison avec le neveu de son mari ! C'était complètement inattendu, et, immédiatement, la journaliste ne put s'empêcher de se demander si cette liaison n'entretenait pas un rapport avec le meurtre du chef d'entreprise. Et si les deux amants s'étaient ligués pour se débarrasser de lui ? C'était une théorie qui tenait bien la route ! Garance était heureuse de voir son obstination payer. Enfin, elle venait peut-être d'obtenir quelque chose d'intéressant à partager avec la police !

Chapitre 22

Garance n'attendit pas une seconde. Elle rasa les murs et récupéra sa voiture, garée un peu plus loin. Elle aurait pu tout aussi bien téléphoner à Thomas, mais elle préférait lui expliquer les choses de vive voix.

Ce qu'elle avait découvert lui paraissait si énorme ! Elle n'avait pas imaginé que de telles cachotteries avaient lieu dans ce groupe qui semblait, pourtant, si soudé. D'un autre côté, lorsqu'elle y réfléchissait bien, prendre un amant pouvait se révéler peu étonnant, de la part d'une jeune femme si belle que Mariela. Elle était tout de même mariée avec un homme qui avait le double de son âge ! Peut-être que, finalement, elle n'avait pas épousé Ramón par amour, mais pour une autre raison. Garance concevait que les sentiments ne se contrôlaient pas, mais, parfois, certains couples qui n'étaient pas de la même génération dissimulaient autre chose. Peut-être était-ce le cas ici ?

Alors qu'elle était en proie à la circulation, elle continuait à cogiter. Grâce à ce nouvel élément, un mobile se dessinait. Et si Fraco avait décidé d'éliminer le mari de Mariela afin de l'avoir enfin pour lui tout seul ? Être l'amant ne lui suffisait peut-être plus ? Ou bien, espérait-il obtenir les clés de la société ? Même s'il ne faisait pas partie des prétendants au trône de chef d'entreprise, personne ne savait encore si le contenu du testament de Ramón ne disait pas l'inverse.

Garance s'imagina comment avaient pu se dérouler les choses. Fraco et Mariela devaient être amants depuis un moment et, sentant que Ramón commençait à faiblir et à penser à sa retraite, cela donna l'idée au neveu de manipuler son oncle pour arriver à ses fins. Ainsi, il l'avait peut-être menacé dans le but qu'il modifie son testament à son intention, puis il s'était débarrassé de lui. Afin de faire croire à un suicide, il avait pendu son corps, alors qu'en vrai, il l'avait drogué et lui avait brisé la nuque avant de laisser la corde maquiller son œuvre. C'était malin, et, de cette façon, il avait souhaité se prémunir d'une arrestation… Mais, c'était sans compter sur la ténacité de la jeune journaliste…

Nathalie était assise à la terrasse du bar faisant face au bureau de l'avocate Vanessa Larivière. Depuis que Guillaume et Sophie, ses enfants, lui avaient annoncé que leur père s'était remis en couple, elle ressentait une drôle de sensation. Elle ne savait pas si elle pouvait lui étiqueter le terme de « jalousie », mais quelque part cela s'en rapprochait. Elle était curieuse de voir à quoi ressemblait la femme qui avait pris sa place dans le cœur de son ex-mari.

Elle avait vécu de très nombreuses années avec Pascal, dont beaucoup furent heureuses. Pourtant, au fur et à mesure de son ascension dans les échelons de la police, son attitude avait été de plus en plus distante. Lorsque les enfants étaient petits, elle lui avait pardonné le fait de ne pas être trop présent pour eux, étant donné son métier très exigeant. Néanmoins, les années passant, son indifférence ne s'était pas résorbée. Parfois, elle se demandait pourquoi il avait accepté d'être père. Les mioches, ce n'était vraiment pas son truc ! Ce n'était que depuis que Guillaume et Sophie étaient adultes qu'il commençait véritablement à avoir une relation avec eux. Bien entendu, ils lui en voulaient de ne pas leur avoir offert l'amour filial attendu. Néanmoins, ils avaient décidé de lui donner une seconde chance. Après tout, on n'avait qu'un père dans sa vie !

Quand, au bout de nombreuses années d'indifférence, Nathalie demanda le divorce à Pascal, elle s'était persuadée que ce bouleversement serait pour le mieux. Elle méritait de trouver un compagnon qui ne la considère pas comme un objet. Elle avait eu tant de fois, l'impression de n'être qu'une boniche pour son mari ! En reprenant son indépendance, elle s'était convaincue qu'elle pourrait enfin ouvrir les bras au bonheur. Néanmoins, cela faisait plusieurs années maintenant que le divorce avait été prononcé et rien n'avait changé. Avant, elle était transparente aux yeux de Pascal, aujourd'hui elle était complètement invisible aux yeux de tous.

Elle avait pourtant essayé de fréquenter les thés dansants. Certaines de ses amies, qui avaient rompu également, étaient parvenues à retrouver l'amour en participant à ce genre d'événements. Au début, Nathalie avait trouvé que c'était un truc pour les vieux, mais en fin de compte, elle avait pris du plaisir à rencontrer de nouvelles personnes. Néanmoins, cela n'avait rien donné d'un point de vue sentimental. Aujourd'hui, elle était encore plus seule qu'avant. Elle, qui était avenante et intéressante, ne comprenait pas comment son ex-mari bourru et macho avait réussi à se remettre en couple avant elle ! Quand elle y pensait, c'était vraiment le pompon ! Aussi, s'était-elle dit que la nouvelle conquête de son ex devait être une personne exécrable et banale. Pour s'en assurer, elle avait commencé par passer un coup de fil anodin à leur domicile, à un moment où elle savait que Pascal n'y serait pas. Ainsi, elle put entendre la voix de sa remplaçante. C'était sans doute puéril et pas très révélateur, mais elle n'avait pas pu s'en empêcher.

Maintenant, voilà qu'elle poussait le bouchon encore plus loin. En attendant patiemment face au bureau de Vanessa, elle espérait pouvoir l'observer, le temps de quelques secondes. Un physique, une façon de se mouvoir ou d'agir lui permettrait de se dresser une image mentale de la femme partageant l'existence de son ancien mari. Cela ne lui apporterait certainement rien, mais elle sentait, quelque part, qu'elle en avait besoin. Elle, qui avait cru que ce serait Pascal qui aurait le plus de difficultés d'entre eux deux pour refaire sa vie ! Sa fierté en avait été affectée !

Après plusieurs dizaines de minutes d'attente, Vanessa sortit de son cabinet accompagné d'un homme qui avait belle allure. Étrangement, ce n'était plus la jeune femme qui l'intéressait tant, mais cet inconnu, qu'elle trouva tout de suite séduisant. Ils se serrèrent la main, et repartirent chacun de leur côté. Rapidement, il ne fut plus dans son champ de vision, alors elle reporta son attention sur l'avocate. Elle était plutôt jolie, d'un style très différent du sien. Ainsi, après plus de vingt ans de vie commune, Pascal avait choisi la nouveauté. Une chose la rassura : elle ne semblait pas plus jeune que lui. Le commandant de police n'avait donc pas cédé à la tendance qui était de se mettre en couple avec une femme ayant l'âge d'être sa fille.

Maintenant qu'elle avait vu la compagne de son ex-mari, Nathalie n'était plus très sûre de l'intérêt de sa démarche. Elle laissa rapidement un billet de cinq euros sur la table pour payer sa consommation et se pressa dans la direction qu'avait prise l'inconnu. Si elle se dépêchait, elle pourrait retrouver sa trace. Quelque chose la poussait vers lui et elle décida d'écouter son instinct.

Garance arriva essoufflée au commissariat. Depuis le temps, Myriam, la préposée au guichet, commençait à bien la connaître. Aussi, se permit-elle de lui adresser simplement un petit signe de la main avant de se hâter vers le bureau de Thomas. Puis, à peine avait-elle grimpé quelques marches qu'elle se rappela que son ami n'officiait maintenant plus principalement dans ce bâtiment, mais dans celui qui se trouvait à l'arrière et renfermait le laboratoire de la PTS. Quelle tête en l'air ! Elle redescendit les escaliers, se fustigeant intérieurement et repassa près de Myriam en lui disant :

— Je vais devoir prendre l'habitude !

La policière se moqua de son étourderie et ajouta :

— Je n'ai pas eu le temps de te prévenir, tu as filé comme une étoile !

— C'est tout moi, ça ! Toujours à foncer tête baissée !

Garance contourna le bâtiment et s'engouffra dans celui où elle comptait bien trouver son ami.

— Ah ! Garance ! Que fabriques-tu là ? lui demanda le directeur, étonné de la voir débarquer ainsi, à l'improviste.

— J'ai peut-être découvert quelque chose qui pourrait t'intéresser !

— Je t'écoute !

Elle lui fut reconnaissante de ne pas lui poser la question destinée à comprendre par quel biais elle avait obtenu son information. En même temps, elle ne lui cachait rien, puisqu'elle lui avait bien avoué avoir épié le campement des forains avec l'aide de Miguel… Oui, sauf que, cette fois, elle s'y était rendue seule, et qu'elle savait que ce détail ne plairait pas au beau policier.

— Mariela Cargol entretient une relation extra-conjugale !

— Oh ! fit-il, étonné. Mais bon, c'est quelque chose qui est assez répandu !

— Certainement, mais attends d'apprendre la suite, car c'est là que ça devient intéressant ! Son amant n'est autre que Fraco, le neveu de la victime !

La surprise de Thomas fut telle, qu'il ne pipa mot pendant quelques secondes. Puis, une fois qu'il eut le temps de s'habituer à l'idée, il déclara :

— Effectivement ! Je n'avais pas vu cela venir ! Cette information est très intéressante, Garance ! J'imagine que, tout comme moi, tu te poses la question de savoir si cette liaison n'a pas eu une incidence sur l'assassinat de Ramón ?

— Les meurtres sont souvent commis par des personnes proches de la victime ! Et, lorsqu'il s'agit de crimes passionnels, le conjoint est presque toujours dans le coup !

— C'est tout à fait vrai. Néanmoins, nous ne devons pas nous emballer trop rapidement. Nous allons devoir vérifier les alibis de Mariela et Fraco. Ils sont, certes, peut-être amants, mais rien ne garantit qu'ils soient réellement coupables d'homicide. La tentation est forte d'en arriver à de telles conclusions, mais il ne faut pas mettre la charrue avant les bœufs. Quoi qu'il en soit, je te remercie d'être venue m'en parler.

Garance s'étonnait toujours du côté très pragmatique du capitaine. Alors que les choses lui paraissaient claires, celui-ci émettait une réserve. Sans doute était-ce une habitude liée aux personnes qui travaillaient dans le milieu de la justice. Tout individu n'était-il pas présumé innocent jusqu'à preuve du contraire ? Garance avait conscience d'aller peut-être vite en besogne ; seulement un élément aussi gros que celui-là ne pouvait pas être qu'une simple coïncidence ! Elle finit par rentrer chez elle, la journée ayant été assez éprouvante comme ça.

Il était arrivé une drôle d'expérience à Jean-Luc, en sortant du cabinet de son avocate. Il était passé au traiteur du quartier avant de rejoindre son véhicule et une femme lui avait foncé dessus. Moralité, il avait fait tomber sur le trottoir l'intégralité du contenu de son repas. Il se sentait comme un empoté ! L'inconnue s'était excusée platement et, lorsqu'elle s'était aperçue de ce qui jonchait le sol, elle lui avait dit :

— J'espère que vous ne comptiez pas uniquement là-dessus pour vous sustenter ?

— Eh bien, si, pour tout vous avouer, malheureusement.

— Prions pour que votre femme ait d'autres victuailles en réserve alors !

— Euh, à vrai dire, je suis seul.

— Oh, je suis navrée. Je suis décidément bien maladroite ! Ensuite, pour ma défense, je ne vous avais pas vu arriver…

Ce que Jean-Luc ne savait pas, c'est qu'elle avait parfaitement prévu son coup. Lorsqu'elle l'avait aperçu s'engouffrer dans la boutique, elle avait attendu patiemment qu'il en ressorte pour lui foncer dessus « comme par hasard ». La vérité, c'est qu'elle cherchait à entrer en contact, même si ce n'était pas de la plus élégante des façons.

— Pour me faire pardonner, laissez-moi vous inviter chez moi. Je vous cuisinerai une de mes spécialités !

Il était un peu perturbé. Jamais une femme n'avait été aussi directe avec lui. Pas même son ex-épouse ! C'était tellement surprenant qu'une inconnue vous soumette ce genre de proposition, alors que vous veniez à peine d'échanger deux mots.

— Euh, je… Je ne sais pas.

— N'ayez crainte ! Je ne suis pas une psychopathe ! Au pire, vous aurez dîné, au mieux, vous vous serez peut-être fait une amie. Vous ne risquez rien, vous ne croyez pas ?

— Euh… bon, d'accord.

Après tout, elle était très jolie, dans ses âges, et semblait avoir de la conversation. Cela faisait un moment qu'il n'avait pas eu l'occasion de passer une soirée en tête à tête avec une femme.

— Oh fait, je m'appelle Nathalie.

— Moi, c'est Jean-Luc.

— Pour l'adresse, vous préférez me donner votre numéro de portable que je vous l'envoie, ou bien je vous la note quelque part ?

Décidément, elle n'avait pas froid aux yeux ! Il lui dicta son contact téléphonique et une fois l'heure des retrouvailles fixée, il repartit vers son véhicule.

Nathalie arborait un sourire jusqu'aux oreilles. Le beau gosse, qu'elle avait vu quitter les locaux de la nouvelle compagne de son ex, était célibataire et venait dîner chez elle !

Indra était heureuse d'abandonner le campement, l'espace d'une soirée. Avec son petit ami, ils avaient décidé de se rendre au cinéma. Ils ne sortaient pas souvent tous les deux, car ils avaient assez peu de temps à consacrer à leur couple. Ce n'était pas toujours simple de concilier vie professionnelle et équilibre personnel. Néanmoins, la jeune femme ne se plaignait pas. Elle adorait son métier et se plaisait bien au sein de *La fiesta Cargol*. Certes, elle ne faisait pas partie de la famille Cargol au sens propre du terme, mais les gitans étaient d'une hospitalité hors du commun et avaient le cœur sur la main. Aussi, ne s'était-elle jamais sentie mise à l'écart. La mort de Ramón l'avait ébranlée et elle se demandait comment un si horrible événement avait pu arriver.

— Comme tu es jolie ! lui susurra son chéri à l'oreille.

Elle rougit de ce compliment pourtant anodin. Chaque instant passé à ses côtés était pour elle une bénédiction. Il était tellement attentif et passionné, qu'elle se sentait comme sur un petit nuage. Si seulement leur relation n'était pas si compliquée ! Toutefois, elle avait espoir que la situation s'améliore. Ils arriveraient bien, dans un futur proche, à s'octroyer plus de moments à deux.

— Je suis trop heureuse que nous puissions sortir un peu ! Je pense que cela va nous être bénéfique !

— Je suis désolé de ne pas pouvoir passer plus de temps avec toi ! Mais tu sais que ce n'est pas faute de le désirer ! Les choses vont bien finir par se tasser, et ensuite, nous pourrons envisager l'avenir plus sereinement.

— N'en parlons plus, veux-tu ? Je compte bien profiter du fait de t'avoir pour moi toute seule ! Pour le reste, ce n'est qu'une question de patience.

Quand Thomas rentra enfin de son service, il ressassait l'information que lui avait confiée Garance. Une histoire de tromperie dans un cercle aussi fermé que celui du campement forain était en effet assez suspicieux. Il était toujours épaté par la ténacité dont faisait preuve son amie. Lorsqu'elle avait décidé de découvrir la vérité, rien ne l'arrêtait. Elle déployait constamment de nouvelles manières de procéder. Son ingéniosité et son audace lui permettaient d'obtenir très souvent des pistes auxquelles ses collègues et lui n'avaient pas accès, ou, tout du moins, pas tout de suite. Garance avançait vite. Dans ces circonstances, il n'était pas étonné qu'elle les ait coiffés au poteau plusieurs fois.

Avec sa tendance à foncer tête baissée, Thomas avait peur pour sa sécurité. La jeune femme était certes très intelligente, néanmoins cela ne l'empêchait pas de tomber, de temps à autre, dans des pièges qui pouvaient s'avérer mortels.

Aussi, lorsqu'elle était venue lui confier l'information qu'elle avait dégotée, il avait préféré ne pas trop lui montrer à quel point c'était peut-être un élément déterminant. Il avait joué le blasé et le cartésien, dans le seul but de tenter de doucher son enthousiasme. Si elle s'assagissait un peu, peut-être finirait-elle par se lasser et arrêter de risquer sa vie sans arrêt ?

Chapitre 23

Le notaire, maître Lequesnoy, intervenait de plus en plus dans des successions qui résultaient de meurtres. C'était assez effrayant dans une ville comme Montjoli, où, ces derniers temps, les crimes devenaient presque fréquents. Aujourd'hui, il devait s'occuper de l'ouverture de l'une d'entre elles. Elle était un peu particulière, car la famille concernée n'était pas sédentaire. Cependant, rien ne pouvait l'empêcher de réaliser son travail dans les formes.

Ainsi, il reçut les proches du défunt dans son étude, afin de procéder à la lecture du testament et au partage. Quand tous les biens personnels furent attribués, les héritiers s'attendaient à ce que le notaire évoque maintenant l'avenir de la société. Pourtant, il resta muet, comme si tout avait été réglé. Alors, Carmen se décida à poser la question :

— Et concernant l'entreprise ? Comment cela va-t-il se dérouler ?

— Vous n'êtes pas au courant ?

Tout le monde le regardait avec des yeux ronds, imaginant, au ton de cette petite phrase, que la suite ne serait pas à leur goût, si bien qu'il poursuivit :

— Elle a été cédée la semaine dernière. Tous les papiers sont en règle et le repreneur ne devrait plus tarder à se manifester.

La famille de Ramón était en état de sidération. Non seulement ils n'avaient pas été prévenus que la société avait été mise en redressement judiciaire, mais, maintenant, ils venaient d'apprendre qu'elle avait été vendue !

— Mais, est-ce que nous n'aurions pas dû être au courant ? Je veux dire, légalement ? demanda Mariela.

— Effectivement, le chef d'entreprise aurait dû diffuser l'information, puisque la loi exige la possibilité pour les salariés de présenter une offre d'achat pour l'acquisition. Aussi, le fait que monsieur Cargol n'ait pas répondu à ses obligations aurait pu être sanctionnable. Or, étant donné les circonstances… il n'aura pas à rendre de comptes.

La famille du défunt avait la désagréable sensation de s'être fait complètement flouer. Ramón, qui leur paraissait pourtant droit dans ses bottes, avait réglé les choses en catimini. La déception était grande. Aucun d'entre eux ne serait son remplaçant à la tête de *La fiesta Cargol*.

— Chef ? Nous avons des nouvelles du notaire s'occupant de la succession de notre victime ! annonça Jonathan à son commandant.

— Ah ! Très bien ! Alors, dis-moi tout ! Qui hérite de l'entreprise ? Que nous puissions cuisiner cette personne. Nul doute que celle qui sera désignée ne sera pas toute blanche dans cette histoire de meurtre.

— Eh bien, c'est là tout le problème… La société a été cédée la semaine dernière. Aucun des membres de *La fiesta Cargol* ne sera à la tête du bébé !

— C'est pas vrai !

Pascal était très surpris. Il avait mis pas mal d'espoirs d'y voir plus clair une fois que la succession serait ouverte ; or, apparemment, ils se retrouvaient, une fois de plus, dans une impasse.

— Comment est-ce possible ?

— Le notaire m'a expliqué que tout avait été établi dans les règles. Enfin, pas tant que ça, puisqu'il a tout de même ajouté que la famille n'était absolument pas au courant de cette cession.

— Tu veux dire qu'il serait passé outre le droit à l'information des salariés ?

— C'est ce que maître Lequesnoy avait l'air de dire.

— En fin de compte, il les a bien eus ! Et dire que plusieurs d'entre eux croyaient toujours être en lice pour se retrouver à la place de chef d'entreprise ! Ils ont dû tirer une tête de trois mètres de long !

— Oui, j'imagine que l'annonce a eu du mal à passer…

— En tout cas, nous sommes bien embêtés également… Je me raccrochais à l'espoir de tenir une piste avec cette histoire de succession, mais, là, nous faisons chou blanc ! Quels sont les héritiers du patrimoine personnel ?

— Sa femme dispose en usufruit de leur maison de vacances située en Espagne, c'était le seul bien immobilier qu'il avait. Sa fille, quant à elle, récupère quelques maigres comptes bancaires.

— Il n'a donc pas utilisé sa quotité disponible ?

— Non.

— Rha ! Encore une piste qui se referme avant même d'avoir été ouverte !

Pascal était en rage. Il avait tellement espéré pouvoir profiter de la répartition de l'héritage comme prétexte pour explorer plus en profondeur la sincérité de certains de leurs suspects ! Retour à la case départ. À moins que…

— Et si sa veuve, en tant qu'usufruitière, se servait de la maison pour se créer un revenu ?

— Euh, bah… c'est légal, ça, chef !

— Oui, bien entendu, mais, je veux dire… elle avait peut-être intérêt à ce que son mari passe l'arme à gauche pour commencer à jouir de cette propriété qui dormait ?

Jonathan trouvait la théorie de son commandant plutôt tirée par les cheveux. Tuer son époux pour engranger de l'argent grâce à une maison de famille non utilisée ? C'était un peu extrême ! Mais, soit ! Pascal avait de l'expérience, et il était de leur devoir de ne négliger aucune possible piste.

Garance était perplexe quant à la marche à suivre concernant le secret qu'elle avait découvert. Mariela entretenait une relation adultère. Ce n'était pas quelque chose de très étonnant en soi, mais, ce qui l'était bien plus, c'était que l'homme en question était tout de même le neveu de son défunt mari !

Dans un sens, c'était compréhensible. Fraco était beau garçon et dans les mêmes âges que Mariela. Il n'était pas difficile d'imaginer qu'ils partageaient sans doute bien plus de points communs qu'elle n'en avait avec Ramón. Par contre, le tromper avec un membre de sa famille ! C'était plutôt glauque.

Et si Ramón avait découvert la liaison de sa femme et de son neveu ? C'était peut-être ça qui avait amené Fraco à le tuer ! Ou Mariela ? Ou tous les deux, ensemble ?

Beaucoup de théories se dessinaient dans sa tête, mais elle n'avait pas de certitudes. Comment être sûre de comprendre ce qu'il s'était passé ? En confrontant directement le couple illégitime ? Non, ce n'était sans doute pas une bonne idée. Elle aimait prendre des risques, mais pas lorsqu'ils étaient inconsidérés.

Autre chose la gênait. Elle avait l'impression que Thomas avait négligé l'information qu'elle lui avait fournie. Allait-il simplement en faire usage ? Elle décida d'attraper son téléphone pour s'en assurer :

— Thomas, c'est moi ! Dis-moi, est-ce que tu comptes utiliser le renseignement que je t'ai confié ?

— Bien entendu, Garance.

— Non, parce que tu ne semblais pas trop prendre les choses au sérieux, du coup…

— Tu as peur que nous passions à côté de quelque chose, hein ?

— Euh, oui…

— Ne t'inquiète pas, nous sommes consciencieux dans notre travail. Ne te tracasse pas la tête avec tout ça. D'accord ? Et surtout : n'agis pas à notre place ! Tu me le promets ?

La voix de Garance, jusqu'alors bien assurée, se transforma en un mince filet tout fluet.

— Bien sûr…

Thomas ne s'y trompa pas. Elle obtempérait simplement pour lui faire plaisir. En d'autres termes : il n'était absolument pas garanti qu'elle ne fourre pas son nez là où il ne le fallait pas. Il finissait par être habitué par sa propension à ne suivre que ses propres initiatives. Elle était tellement incorrigible et têtue !

— Bon, bah… je vais te laisser. J'imagine que tu as pas mal de boulot encore devant toi ! ajouta-t-elle. Tu me tiens au courant, hein ? Je suis sûre qu'en poursuivant la piste de Fraco et Mariela…

— Oui, j'ai bien compris, Garance ! la coupa-t-il.

Une fois qu'elle eut raccroché, la jeune femme se demanda si elle n'avait pas trop insisté. Et si Thomas avait pris ça pour une sorte de pointage du doigt de son incompétence ? Ce n'était pourtant absolument pas le message qu'elle voulait faire passer ! Loin de là ! Au contraire, elle trouvait qu'il était très doué et réalisait un travail remarquable. En plus, ce ne devait pas être simple, surtout maintenant, étant donné les exigences de son nouveau poste.

Afin de se calmer un peu, et surtout, elle devait bien l'avouer, de ne pas agir n'importe comment ; elle se posta devant son ordinateur et rédigea quelques articles.

Carmen, comme tout le reste de la famille Cargol, était choquée depuis qu'elle avait appris que son père avait cédé son entreprise, peu de temps avant sa mort. Elle n'avait pas du tout vu le coup venir. Cela ne lui ressemblait pas d'opérer de telles manigances, mais, puisque la société était en redressement judiciaire, il avait sans doute cherché une solution pour sauver les meubles. Et, c'est un peu ce qu'ils étaient tous maintenant : des meubles que l'on refilait au plus offrant. Perdre leur indépendance était terrible. L'itinérance et cette vie de bohème étaient ce pour quoi ils avaient tous signé. Et si le repreneur décidait de remanier les choses ? Peut-être était-il surtout intéressé par le matériel, et comptait-il le faire installer sur un site, comme dans un parc d'attractions sédentaire ? Carmen en frissonnait d'avance.

Elle n'avait connu que la vie sur les routes. C'était ainsi qu'elle se sentait libre et dans son élément. Si on le lui enlevait, elle risquait de ne pas le supporter. Pour la première fois de son existence, elle avait peur. Elle ne savait pas ce que l'avenir leur réservait, et ça la terrorisait. Elle était loin de s'être imaginé que la mort de son père pourrait provoquer un tel séisme. En même temps, s'il n'avait pas été tué, la cession de l'entreprise se serait tout de même effectuée. Et dire que personne n'était au courant de rien ! Pas même Mariela, avec laquelle il avait une relation assez fusionnelle !

Ramón ne lui avait laissé que quelques comptes bancaires peu fournis : pas de quoi s'assurer un futur avec ça ! La plus vernie était Mariela, puisqu'elle jouissait de l'usufruit de leur propriété familiale en Espagne.

La veuve avait expliqué qu'elle se chargerait de rassembler tout le monde pour parler de ce qui venait de se passer. Ainsi, ceux qui n'étaient pas là lors de l'ouverture de la succession pourraient bénéficier des mêmes informations qu'eux. Seuls Mariela, Carmen, Tito et Dolores s'étaient rendus chez le notaire, c'est-à-dire, les parents les plus proches. Tous les autres tomberaient certainement de haut quand elle leur annoncerait la nouvelle.

Victor avait pris le temps nécessaire pour réfléchir aux actions qu'il devait entreprendre s'il avait envie de sauver son restaurant. Comme le lui avait conseillé sa femme, il avait fini par se dire qu'effectivement, la pandémie allait se tasser, et que, pour le moment, il fallait surtout surnager. Ainsi, même si cela ne lui faisait pas plaisir, il dû se défaire des quelques jeunes qu'il avait embauchés en CDD. Ne pas renouveler leurs contrats alors qu'ils satisfaisaient parfaitement à ses attentes, c'était quelque chose d'inédit pour lui. La vie de chef d'entreprise n'était pas toujours simple et c'était dans ces moments-là qu'il s'en apercevait le plus.

— Marc, Adeline, Fouad, je peux vous parler ?

Les trois salariés se regroupèrent autour de leur patron, se demandant l'erreur qu'ils avaient commise.

— Bon… euh… voilà ! Ce n'est pas trop facile à dire parce que je suis très content de votre boulot et je comptais réellement vous garder avec nous ; mais, la crise de la covid nous frappe de plein fouet et je n'ai plus les reins assez solides pour conserver vos emplois. Aussi, je ne pourrais pas vous reprendre à la fin du mois, lorsque vos contrats arriveront à échéance. Je suis désolé.

— Oh… On s'en doutait en fait ! répondit Fouad.

— Oui, la situation est compliquée. Nous comprenons… ajouta Adeline.

— C'est vraiment dommage, parce qu'on se plaisait bien dans ce resto et au sein de l'équipe. Peut-être que tu pourras nous rappeler lorsque la conjoncture sera meilleure, et si nous sommes toujours en recherche d'un poste ?

— Merci d'être aussi compréhensifs. Ce n'est pas évident pour moi de vous faire faux bond. Les éléments sérieux comme vous sont rares, et, d'habitude, je ne les laisse pas passer. Or, ces derniers temps, les choses sont beaucoup plus difficiles. Si je ne veux pas faire couler le navire, je dois me séparer de quelques moussaillons…

— Bon, bah, il nous reste plusieurs jours avant de dire au revoir à tout le monde ! Haut les cœurs ! Puis, on finira bien par trouver un nouveau poste. Même si c'est la crise, pas mal d'endroits sont toujours à la recherche de personnes !

Adeline et son optimisme légendaire lui manqueraient. Il était vraiment navré de devoir les laisser partir, mais il n'en avait pas le choix. Il se promit une chose : si malgré tous ses efforts il n'arrivait pas à sortir la tête de l'eau, il revendrait son établissement et se reconvertirait dans un autre domaine. Beaucoup de gens s'y essayaient de nos jours. Peut-être serait-ce d'ailleurs une bonne décision ? Il pourrait obtenir plus de temps, qu'il pourrait passer avec sa famille. Ce n'était pas sa femme, dont le métier était déjà très chronophage, qui s'en plaindrait. Bien au contraire. Et puis, si sa mère réussissait à aller au bout de son projet d'achat à Montjoli, cela lui ferait aussi une occasion de la voir plus régulièrement.

Chapitre 24

Garance cherchait une façon de coincer Mariela et son amant. Depuis qu'elle les avait surpris, elle était persuadée que c'était eux qui avaient fait le coup, tuant Ramón pour pouvoir s'afficher ensemble et récupérer la société. Pourtant, elle déchanta vite lorsque Thomas lui rendit visite.

— Mes collègues ont appris que la succession ne s'est pas passée tout à fait comme prévu. En fait, Ramón Cargol venait de céder son entreprise à un tiers, une semaine avant de mourir.

— Quoi ? Mais ! Cela veut dire qu'aucune personne de *La fiesta Cargol* ne va reprendre le flambeau ?

— C'est ça !

— Mais ! Mais, ça ne m'arrange pas du tout, cette histoire !

— C'est tout à fait ce que mon commandant en a pensé également !

Cerdan et Garance ne s'entendaient pas comme larrons en foire. Le premier était excédé que la seconde mette son nez partout, quant à la journaliste, elle ne supportait pas le caractère de cochon du policier et sa tendance à être mauvais joueur. C'est qu'il n'aimait pas qu'elle soit parfois plus douée que lui pour avancer dans toutes ces affaires d'homicides.

— En tout cas, cela jette un seau d'eau froide sur ma théorie fumante. Si c'est bien Mariela et Fraco qui ont fait le coup, soit ils se sont fait doubler par Ramón, sans le savoir ; soit, leur mobile n'était pas de récupérer l'entreprise. Je ne comprends plus grand-chose…

— Ce n'est peut-être qu'une fausse piste. Après tout, ils peuvent être amants sans avoir voulu tuer le mari pour autant…

— Hum…

Garance était tellement déçue d'avouer qu'effectivement, elle s'enfonçait peut-être dans une impasse, qu'elle ronchonna.

— Bah, nous devrions quand même garder un œil sur eux…

Nathalie était aux anges. Sa soirée avec Jean-Luc avait été délicieuse. Cela faisait bien longtemps qu'elle ne s'était pas sentie aussi intéressante. Au début, son invité avait été un peu timide. Elle pouvait comprendre, étant donné la situation. Il était vrai que leur rencontre, pas tout à fait fortuite (mais seule elle le savait), sortait de l'ordinaire. Puis, au fur et à mesure des heures passées ensemble, il s'était détendu et s'était confié plus facilement.

Ainsi, elle apprit qu'il était architecte, divorcé, père de trois enfants, qu'il adorait la pêche, les polars et la randonnée, mais qu'il avait horreur des émissions de talk-show à la télé.

Il était très bel homme : grand, les cheveux poivre et sel, un regard brun doré, il avait de la prestance et s'habillait avec goût. Nathalie avait un peu l'impression d'être tombée sur un spécimen rare, et elle ne comptait pas le laisser s'échapper.

Ils avaient papoté jusqu'à tard dans la soirée, et, au moment de se quitter, c'était lui qui avait proposé qu'ils se revoient ! Elle n'avait pas rêvé ! Lui aussi avait senti ce petit quelque chose ! Cela faisait plusieurs décennies qu'elle n'avait pas vécu une sensation similaire, la dernière fois en date étant lors de sa rencontre avec Pascal. Pourtant, Jean-Luc était à des années-lumière de son ex-époux : il était ouvert à la discussion, féministe, souriait beaucoup… Quand elle y pensait bien, il était totalement l'inverse de l'homme avec qui elle avait passé la majeure partie de sa vie.

Elle était impatiente de le revoir et d'apprendre à le connaître plus. Peut-être, qui sait, serait-il celui qui lui ferait tourner définitivement la page de son mariage qui avait pris l'eau ?

Après que Thomas fut rentré chez lui, Garance décida de repartir en planque, pour la troisième fois. Miguel lui avait bien dit que cette activité devait être réitérée à plusieurs reprises avant de donner de vrais résultats, non ? Alors, elle se devait de faire preuve de courage et continuer à monter la garde près du campement forain.

Ainsi, elle se retrouva au même endroit, restant vigilante, pour ne pas se faire prendre la main dans le sac. D'ailleurs, si cela arrivait, elle devrait penser à trouver une excuse toute faite, pour éteindre les soupçons qui ne manqueraient pas de se porter sur elle. Toutefois, rien ne lui venait à l'esprit pour justifier de sa présence. Elle espérait donc que cela ne serait pas nécessaire.

La vie des gitans paraissait relativement calme. Depuis que leur leader était mort, ils n'avaient pas rouvert leurs portes. De toute façon, ils en avaient reçu l'interdiction formelle, car les lieux étaient devenus une scène de crime et qu'ils étaient toujours sur la liste des suspects. Il restait encore quelques jours où la place des lys leur était concédée, puis ils étaient censés quitter le site comme le leur avait demandé la mairie, avant que tout cela n'arrive. Or, étant donné les circonstances, même la municipalité ne pouvait plus les contraindre à partir, tant que l'affaire du meurtre ne serait pas bouclée.

Pendant de longues heures, Garance surveilla les allées et venues des uns et des autres, sans rien remarquer de particulièrement troublant. Et si, finalement, personne n'était à blâmer dans cette histoire ? Est-ce qu'une personne mal intentionnée, mais observatrice, aurait pu utiliser le matériel adéquat pour pendre Ramón, sans être forcément un membre de l'équipe foraine ? Oui, mais cela ne se tenait pas. Comment l'aurait-elle préalablement drogué ? La journaliste ne savait plus trop où elle en était dans tout ce fatras !

Ah ! Voilà la petite Indra ! pensa Garance en voyant la jeune femme se rendre discrètement d'une caravane à une autre. Elle regardait partout autour d'elle, comme si elle ne souhaitait pas qu'on la surprenne. Elle se demandait bien d'ailleurs à qui elle allait rendre visite d'un pas si guilleret. Malheureusement, elle n'identifia pas la personne qui lui ouvrit, dissimulée par la porte, et Indra disparut promptement dans l'intimité de la carcasse de ferraille.

— Jamais je n'aurais cru ton frère capable d'une telle chose ! pesta Dolores. Franchement, Tito ! Qu'est-ce qu'il lui est passé par la tête ?

— Je ne sais pas. J'ai l'impression que, les dernières semaines avant sa mort, Ramón n'était plus le même.

— En tout cas, c'était la sidération pour tous les autres, lorsque Mariela le leur a annoncé ! Tu crois que le repreneur va se contenter de gérer les affaires de loin et nous laisser l'organisation des tournées ?

— S'il décide de poursuivre notre business de façon itinérante… ce n'est pas garanti !

— Je n'avais pas pensé à ça, c'est vrai… Mais, qu'est-ce qu'on va devenir si c'est le cas ? Tu te sens d'épouser une vie plus sédentaire ?

— Non, tu le sais très bien.

— Pourtant, nous disposons toujours de la maison de papa, en Andalousie.

— Je comprends que tu y es très attachée et que tu aimerais que nous nous y installions pour la retraite, mais ce n'est pas pour tout de suite !

— En attendant, nous pourrions travailler quelque part, juste pour gagner de quoi vivre, et cotiser !

— L'Espagne est, certes, un membre de l'Union européenne, mais les lois y sont différentes.

— Oh et puis zut ! Tout est tellement toujours si compliqué ! Pourquoi n'avons-nous jamais les mêmes droits, alors que nous appartenons à une même entité ?

— Tu demanderas ça aux politiciens, ma belle. Mais, pour le moment, nous sommes un peu coincés.

— Si seulement ton frangin avait été moins cachottier, je suis certaine qu'on aurait pu trouver des solutions tous ensemble. Nous sommes un groupe, une famille !

— Il était fier et n'aimait pas se montrer faible, comme avec sa maladie…

— Hum, en attendant, nous en subissons les conséquences ! Tu penses réellement que l'un d'entre nous aurait été capable de lui faire du mal ?

Un silence s'en suivit, puis Tito répondit ce que Dolores savait déjà qu'il dirait :

— Mario. Je n'ai jamais senti ce type. Il s'est incrusté dans notre clan comme une moule sur son rocher.

— C'est vrai que j'ai trouvé ça bizarre, le jour où Ramón nous l'a imposé. Mais bon, ils étaient amis, alors, que pouvait-on dire ?

— Rien, bien entendu. Ramón dirigeait. Il agissait à sa guise.

— Tu n'es pas trop déçu de ne pas avoir hérité de la société ?

— Je le suis, oui. Je mentirais si je te disais le contraire, mais le mal est fait. Nous ne pourrons pas revenir en arrière…

Tiffany se sentait complètement absorbée par le travail qu'elle réalisait en collaboration avec Marlène, sa tutrice. Elle avait eu peur que celle-ci soit un peu trop directive avec elle, la considérant comme une jeune sans cervelle, mais la technicienne la plaçait sur un pied d'égalité, et cela lui faisait bizarre. D'ailleurs, elle lui avait confié, depuis quelques jours, des traces à analyser.

— Ce ne sont sans doute pas des éléments très importants, donc, ne t'inquiète pas si tu mets un moment avant d'en venir à bout. Tu apprends ! C'est normal de prendre son temps et de ne pas être sûr de soi. Observer, comparer, rechercher : ce n'est pas une mince affaire !

— C'est gentil de ne pas me brusquer, Marlène, mais je vais devoir me forcer à être plus performante. Nous travaillons sur un meurtre, pas sur une simple effraction.

— Romuald et toi n'avez bénéficié que d'une formation sommaire ! Après le concours, elle dure, quoi ? Maximum quinze semaines en tout ? C'est sur le terrain, à l'heure d'aujourd'hui, que tu en apprendras le plus. Je ne peux donc pas te demander de tout savoir avant d'avoir à peine commencé. Ce qui me plaît chez toi, c'est ton attitude. Je vois que tu te donnes les moyens, que tu es impliquée. Si tu arrivais avec les mains dans les poches et totalement nonchalante, là, oui, je ne serais plus si compréhensive avec toi !

— D'ailleurs, en parlant de ces traces, leur formule chimique semble assez complexe. Enfin… à mon niveau. J'ai réussi néanmoins à trouver la présence de maïs, mais je dois peaufiner mon analyse.

— Très bien, c'est un bon début ! Ne baisse surtout pas les bras. Et qui sait, peut-être que ce que tu auras découvert aidera les collègues en charge de l'enquête.

— Le bouquet de madame Alibert est prêt, si parfois tu voulais lui passer un coup de fil pour le lui signaler, qu'elle vienne le chercher avant qu'il ne flétrisse !

Solène tourna les talons, quand Ryan la rappela :

— Euh, écoute Solène… À propos du petit malaise qu'il y a entre nous…

— Oh ! Mais il n'y a pas de malaise ! le coupa-t-elle.

— Si, je le vois bien, et en fait… je n'ai pas été très explicite avec toi.

— Je peux t'assurer que si, bien au contraire ! Mais, ne perdons pas notre temps à en reparler. Il ne s'est rien passé après tout.

— C'est faux et tu le sais ! Ce baiser… ce… ce n'était pas rien.

Solène le regarda, l'air un peu étonné. Que voulait-il dire par là ?

— Tu n'es pas l'unique fautive dans l'histoire, reprit-il. J'endosse également une part de responsabilité.

C'était donc juste ça ! Il souhaitait lui signifier qu'elle n'avait pas à porter toute seule le fardeau d'avoir outrepassé les limites imposées entre un patron et son employée. Sans doute désirait-il qu'on lui offre une médaille pour l'en remercier ? Il pouvait toujours attendre !

— Euh, eh bien, c'est gentil de le reconnaître.

— Non, mais, ce que je veux dire, un peu maladroitement, je te l'accorde, c'est que, pour moi, ce n'était pas rien. Ce geste avait un sens…

Était-il en train de lui avouer que, lui aussi, il en pinçait pour elle ?

— J'en suis désolée pour toi. Je ne vois pas les choses de la même façon. Personnellement, je ne sais pas ce qui m'a pris ce jour-là, mais je n'aurais jamais dû t'embrasser. Maintenant que nous avons bien mis les points sur les i, nous allons pouvoir passer à autre chose. D'ailleurs, tu m'excuseras, mais c'est bientôt mon heure de débauche et je dois fignoler quelques bricoles avant de rentrer.

Elle repartit dans la surface de vente, le cœur battant. Mais qu'avait-elle foutu ? Pourquoi diable lui avait-elle dit absolument tout l'inverse de ce qu'elle ressentait, alors qu'il venait juste de réaliser un pas vers elle ? Mais quelle idiote !

Garance commençait sérieusement à souffrir dans le froid du soleil couchant. Elle finissait par croire que l'idée de la planque n'était pas si bonne que ça en fin de compte. Pour le nombre d'heures qu'elle était restée à poireauter, elle n'avait pas obtenu grand-chose, mise à part la fameuse révélation concernant la liaison de Mariela et Fraco. Elle s'apprêtait à partir lorsqu'elle vit Indra sortir de la caravane dans laquelle elle était entrée discrètement quelques heures plus tôt. Cette fois, elle put clairement identifier avec qui la jeune femme se trouvait. Un homme posait délicatement sa main sur sa joue : le genre de geste que s'offraient les personnes qui étaient très intimes. Et cette paume appartenait à… Salvadore Rivas. Le frère de Mariela.

Chapitre 25

Une fois de plus, Garance tombait des nues. Après Mariela et Fraco, voilà que deux nouvelles personnes du clan Cargol semblaient entretenir des relations intimes. Dans ce cas, c'était bien moins choquant. Indra ne faisait pas partie de la famille, et ni Salvadore ni elle n'étaient déjà engagés avec quelqu'un d'autre. Ces deux jeunes vingtenaires ne faisaient de mal à personne, même s'ils paraissaient cacher leur liaison, vu leur discrétion. Ce n'était donc qu'une relation entre deux adultes consentants. Pas de quoi fouetter un chat, et aucun rapport avec l'affaire qu'elle souhaitait résoudre !

Elle passa encore quelques heures, fidèle à son poste, avant de décréter qu'elle ne tirerait rien de plus exaltant pour aujourd'hui. Elle envoya un SMS à Solène pour s'assurer qu'elle était rentrée chez elle, et lui demander si elle pouvait venir la voir. Celle-ci lui répondit qu'elle l'attendait et avait pas mal de choses à lui raconter. La curiosité de Garance se mit en route, et avec elle, son imagination. Est-ce que Ryan s'était enfin décidé à lui avouer ses sentiments ? Elle était impatiente d'en savoir plus !

Ces derniers temps, Émilie ne comptait pas ses heures. Depuis que Jonathan lui avait fait la surprise de réorganiser la pièce qui avait servi à son frère en atelier de couture, elle y passait bon nombre de ses moments de loisir. Elle s'engageait régulièrement dans des projets ambitieux, testant ses aptitudes. Elle désirait pouvoir être capable d'offrir le plus de diversité possible dans ses produits.

Elle avait décidé non seulement de vendre des réalisations, comme des sacs, des cotons démaquillants jetables, des grenouillères et quelques vêtements ; mais également de proposer des prestations sur mesure pour la confection de couvre-lits, de rideaux ou encore de protections de canapé. Bref, elle souhaitait pouvoir toucher un large panel de clients. Ce projet de relance d'entreprise lui donnait des ailes, et, malgré l'énergie qu'elle devait déployer, en plus de son travail en tant que salariée, elle parvenait, pour l'instant, à tout concilier. Néanmoins, elle avait un peu moins de temps à consacrer à Jonathan, mais, comme celui-ci était actuellement sur une affaire de meurtre, il réalisait souvent des heures supplémentaires et ils ne se voyaient donc déjà pas beaucoup.

Quoi qu'il en soit, son petit ami était toujours autant d'un grand soutien. Il croyait en elle et lui offrait régulièrement des compliments sur ses ouvrages.

— Avec une diversité de produits comme celle-là, tu vas toucher beaucoup de monde, non seulement les jeunes, mais aussi les familles ! lui avait-il dit. J'ai hâte qu'ils découvrent tes talents !

Elle s'empressait donc de fabriquer le plus d'articles possible afin d'ouvrir sa boutique. Pour cela, elle avait opté pour une plateforme de vente en ligne, dans un premier temps. Si les acheteurs étaient au rendez-vous, elle envisagerait peut-être un site personnel, par la suite. Mais avant que tout cela soit bel et bien lancé, elle préférait disposer d'un petit stock. Il ne s'agissait pas d'en préparer des quantités industrielles, car elle tenait à ce que son activité reste artisanale ; mais elle comptait tout de même proposer deux ou trois pièces du même modèle pour contenter les désirs de sa future clientèle.

— Tu bosses sur quoi, Tiffany ? lui demanda Romuald, alors qu'elle était seule.

— Des traces relevées près du cadavre.

— Et, ça va ? Tu t'en sors ? Ce n'est pas trop difficile ?

— Ce n'est pas si évident que ça, non. J'ai réussi à isoler des éléments qui indiquent la présence de maïs, mais je ne comprends pas comment un aliment tel que celui-ci a pu arriver là…

— Tu permets ?

Elle opina, mais leva les yeux au ciel dès qu'il ne la regarda plus. Sans doute se considérait-il plus doué qu'elle ! Les hommes avaient la fâcheuse tendance à se surestimer.

Pensait-il qu'en observant le prélèvement une fraction de seconde, il ferait avancer son analyse ?

— Oh ! Je vois ! Je crois que je sais à quoi tu as affaire…

Elle le fixa, un peu abasourdie, en attente de la suite.

— Effectivement, il y a bien du maïs là-dedans, mais, ce qu'il faut retenir surtout, c'est la forme qu'il a. Du sirop. Il est utilisé comme agent sucrant. Il dispose d'une haute teneur en glucide et est moins cher pour les industriels que celui issu de la betterave. Du coup, il est très largement employé.

— Comment tu sais ça, toi ? ne put-elle s'empêcher de lui demander.

— Ah oui… tu t'es dit que le mec au crâne rasé ne devait pas en avoir trop dans la cervelle, c'est ça ?

Elle rougit, car c'était un peu ce qu'elle avait pensé. Un préjugé pas très sympa dont elle s'apercevait maintenant de la stupidité.

— Euh… je…

— T'inquiète ! Te justifie pas. Tu n'es pas la première ni la dernière à qui cela arrive. J'suis peut-être pas une lumière, je le conçois, mais j'ai quelques connaissances qui peuvent être utiles ; et en l'occurrence, apparemment, je peux recourir à l'une d'entre elles aujourd'hui, si tu n'es pas contre le fait que je te donne un coup de main ?

— Oui, ça m'aiderait beaucoup, merci ! lui répondit-elle en lui offrant un sourire cordial.

Garance aimait beaucoup l'appartement de Solène. Il n'était pas du même style que le sien, car plus dans l'ancien, mais cela lui conférait beaucoup de charme. De plus, son amie avait un talent indéniable pour la décoration. Elle avait chiné quelques meubles en brocante, repeint certaines pièces avec des teintes pastel et ajouté çà et là quelques miroirs pour agrandir les volumes. Le résultat était très réussi et cela créait une douce atmosphère dans laquelle il était agréable de se laisser bercer.

— Alors, tu souhaitais me raconter des trucs, il paraît ! s'égaya Garance.

— Permets-moi de doucher ton enthousiasme, ma belle. Les nouvelles ne sont pas aussi bonnes que tu pourrais le croire…

— Ne me fais pas languir ! C'est à propos de Ryan, c'est ça ?

— Oui. Nous avons évoqué cette histoire de baiser. Enfin, il en a reparlé, plus exactement.

— Et ?

— Et… il se pourrait qu'à un moment, il ait avoué qu'il ne regrettait pas que ce soit arrivé, et que cela signifiait quelque chose pour lui.

— Mais ! C'est génial, ça ! Est-ce que ça veut dire que vous allez essayer de voir où cela peut vous mener ?

— Vu ce que je lui ai dit, je ne crois pas, non !

— Comment ça, « vu ce que tu lui as dit » ? Tu ne vas quand même pas me faire avaler que tu l'as envoyé sur les roses ?

— Euh… si ?

— Mais, Solène ! Qu'est-ce qui ne tourne pas rond chez toi ? Ce mec te plaît, pas vrai ?

— Oui, et plutôt beaucoup, même !

— Alors, qu'est-ce qui t'est passée par la tête ?

— Je ne sais pas. Enfin, si, je pense que j'ai pris peur. Je ne m'attendais pas à ce qu'il m'avoue que je l'intéressais !

— Je t'avais pourtant prévenue ! Et mon instinct me trompe rarement !

— Bah, que veux-tu ? Moi aussi, parfois, je n'en fais qu'à ma tête !

— Et comment comptes-tu rattraper le coup ?

— Je me vois mal revenir sur ce que je lui ai dit.

— Tu peux développer ? Si je n'ai connaissance que d'une partie des informations, ce n'est pas évident à comprendre…

— Oui, excuse-moi, c'est vrai ! En gros, je lui ai expliqué que, pour moi, ce baiser ne signifiait rien et que l'histoire était réglée.

— Ah ! Waouh ! Tout de même ! Tu n'y es pas allée de main morte ! Le pauvre… ça va être coton pour rattraper ta bourde !

— Ne me le fais pas dire !

— J'ai peut-être une idée pour briser la glace…

— Dis toujours, même si je n'attends plus de miracle !

— Tu te souviens qu'il possède un chat, Réglisse ?

— Euh, oui… mais je ne vois pas où tu veux en venir.

— Je me suis dit que ce serait sympa qu'il rencontre Chouquette. Mis à part les humains, la pauvre n'a pas la chance de côtoyer beaucoup de congénères… Du coup, je pourrais l'inviter dans ce but et te convier également, pour ne pas que ce soit trop bizarre de me retrouver seule avec un type que je ne connais pas trop. Enfin, tu vois quoi ? Puis, je trouverais une excuse pour vous laisser un peu. Comme vous ne serez pas dans votre environnement professionnel, cela pourra sans doute vous permettre de faire tomber les barrières que vous avez érigées !

Solène n'était pas convaincue du plan de sa copine, mais elle ne souhaitait pas la décevoir. Aussi répondit-elle :

— D'accord, tentons le coup ! Perdu pour perdu !

Mario avait la sensation d'avoir été trahi par son meilleur ami. Ramón avait cédé l'entreprise, et à une personne de l'extérieur, qui plus est ! Comment avait-il pu être si peu regardant alors qu'il aurait été le candidat idéal pour lui succéder ? Ce n'est pas comme s'il ne lui avait pas dit à quel point il aimait cette entreprise ! Et puis, il avait l'expérience ! Avant de rejoindre Ramón et ses forains, il avait été le manager d'une petite troupe de cirque. Malheureusement, le patron avait repris la main et l'avait viré à cause des soucis causés par la pandémie. Il avait donc l'habitude de gérer ce genre de business !

Ramón avait été généreux en lui ouvrant les portes de son clan et en lui fournissant un nouvel emploi. Jamais il n'aurait pu rester les bras croisés, à attendre que la situation sanitaire s'améliore. La fin du confinement avait été salutaire pour tous. En regagnant les routes, ils avaient retrouvé leur entrain. Mais les pertes causées en amont étaient considérables, au point que l'entreprise de Ramón avait été placée en redressement judiciaire et qu'il avait fini par la vendre.

Si seulement il lui avait parlé de ses difficultés ! Il aurait trouvé un moyen de leur faire remonter la pente. Mais, Ramón avait été trop fier et sa fin avait été précipitée. Depuis sa disparition, il essayait de maintenir le bateau à bout de bras au-dessus des flots, mais son initiative n'avait pas été bien perçue. Maintenant qu'avec l'ouverture de la succession, la vérité avait éclaté, il se sentait de trop. Mis à part Ramón, personne ne l'appréciait vraiment, il l'avait bien compris. Aussi, envisageait-il de prendre le large. Et le plus tôt serait le mieux.

Mariela n'était pas rassurée de savoir que les policiers mettaient leur nez partout, à la recherche de l'assassin de son mari. Elle l'avait épousé, car il disposait d'une notoriété certaine dans la communauté gitane et que, Salvadore et elle n'aspiraient qu'à un peu de stabilité, après des années d'errances. Elle avait toujours eu à cœur le bien-être de son petit frère et s'était, avec les années, substituée à leur mère.

Lorsque leurs parents étaient morts dans un incendie, ils s'étaient retrouvés voués à eux-mêmes. Mariela s'était alors débrouillée pour qu'ils vivent correctement, et l'argent dont ils avaient hérité les avait aidés.

Quand elle avait rencontré Ramón, un soir, dans un bar, il l'avait draguée instantanément. Mariela avait conscience d'être une belle femme et elle savait en tirer parti lorsque cela était nécessaire. Elle s'était donc laissée prendre au jeu, surtout en apprenant que son prétendant était le patriarche de la famille Cargol. Elle l'avait épousé. Bien sûr, elle ne ressentait pas vraiment de l'amour pour lui, mais une tendresse qui fut bien suffisante pour lui permettre d'interpréter son rôle. Ramón avait presque l'âge d'être son grand-père, et ils ne partageaient pas beaucoup de points communs… Par contre, il s'était tout de suite passé quelque chose en elle, quand elle avait rencontré son neveu. Fraco faisait battre son cœur. C'était intense.

Lorsqu'ils avaient cédé à la tentation, elle avait éprouvé une certaine culpabilité vis-à-vis de Ramón, qui avait toujours été gentil avec elle, mais elle ne pouvait plus lutter. C'était dans ces circonstances qu'elle s'était débrouillée pour vivre cette passion avec la plus grande discrétion. Si les flics étaient aussi malins qu'elle le pensait, ils finiraient par apprendre sa tromperie, et sans doute également, avec elle, d'autres de ses secrets…

Chapitre 26

Armand était en repos aujourd'hui et il avait bien l'intention d'en profiter pour passer une journée de détente, seul à seul avec sa femme. Leur aîné, Léo était à l'école et sa mamie s'occupait de lui pour le repas de ce midi. Quant à bébé Alizée, c'était la sœur de Morgane qui la gardait pour permettre aux deux jeunes parents de s'octroyer ce moment en tête à tête.

Depuis que Morgane se faisait suivre par une consœur psychologue, elle se portait de mieux en mieux. La dépression post-partum éloignait peu à peu ses tentacules et Armand retrouvait la femme si enjouée et positive qu'il chérissait tant.

— Ça me fait vraiment plaisir que tu aies pris cette initiative, afin que l'on bénéficie d'une pause tous les deux. J'adore nos enfants de toute mon âme, mais, parfois, mon mari me manque ! avoua-t-elle.

— Je comprends, ma douce. Mon boulot ne me laisse pas beaucoup de temps pour te montrer à quel point je t'aime, mais, tu le sais, n'est-ce pas ?

Elle lui sourit en lui caressant le visage, puis il ajouta :

— Surtout, n'en doute jamais !

Elle posa ses lèvres sur les siennes et pendant quelques secondes, ils se perdirent totalement dans ce baiser.

— J'ai prévu une surprise ! Nous sortons ! Je te laisse une petite demi-heure pour te préparer, et, ensuite, je te kidnappe !

— Où allons-nous ?

— Ce ne serait plus une surprise si je te le disais, non ?

— Donne-moi au moins un indice ! supplia-t-elle.

— Même pas en rêve !

Et il descendit l'attendre dans le salon.

La procureure Elizabeth de Brignancourt avait convoqué Pascal et Thomas dans son bureau. Cette fois, elle avait décidé de les faire venir au lieu de se rendre elle-même au commissariat, pour gagner du temps.

— Je tenais à ce que nous réalisions un état des lieux concernant cette affaire d'homicide, messieurs. Alors ? De nouveaux éléments à me fournir, peut-être ?

— Nous avons recueilli quelques données intéressantes, commença Pascal, pour ne pas la frustrer.

— Et vos soupçons se portent sur une personne en particulier ?

— Pas tout à fait. Nous ciblons encore plusieurs membres de la société foraine.

— En d'autres termes, vous n'avez pas avancé d'un iota, c'est bien ça, commandant Cerdan ?

Thomas décida de venir en aide à son supérieur.

— Mon équipe et moi disposons de quelques derniers éléments à analyser. Par contre, nous avons appris une information intéressante. La veuve entretenait une liaison avec le neveu de son mari…

L'intervention du capitaine fit mouche. Immédiatement, les yeux d'Elizabeth se mirent à briller.

— Une affaire de tromperie ! Ça sent bon, ça ! Il ne vous manque plus qu'à trouver les preuves qui relient cette liaison et le meurtre !

— Vous allez peut-être vite en besogne, si je peux me permettre, madame la procureure ! remarqua Cerdan. C'est une possibilité, certes, mais toutes les personnes trempant dans des adultères ne sont pas forcément des assassins.

— Ce sera à vous de le démontrer ! Très bien, messieurs ! Bon courage pour la suite de vos investigations, et surtout, bouclez-moi cet assassin rapidement, que l'on n'en parle plus ! Je n'ai pas envie d'expliquer aux journalistes pourquoi nous sommes encore dans le flou…

Garance avait besoin d'y voir plus clair, aussi s'offrit-elle une séance de yoga, seule, dans l'intimité de son appartement. Elle commença par quelques exercices de respiration et tenta de se vider l'esprit. Il lui était vital de détendre tous les nœuds qu'elle avait créés dans son cerveau pour que celui-ci puisse repartir du bon pied, un peu comme une sorte de « reboot ».

Chouquette ne tarda pas à la rejoindre sur le tapis. La petite chatte adorait se fourrer dans les pattes de sa maîtresse, dès qu'elle s'octroyait une séance. Comme à son habitude, elle se mit à lui raconter ce qu'elle avait sur le cœur :

— C'est un vrai sac de nœuds, ça, ma chère Chouquette. Cette famille partage tout, soi-disant, mais elle est championne pour ce qui est de cacher les liaisons des uns et des autres ! Et dans tout ça, il me manque quelque chose : une preuve qui indiquerait, sans doute possible, que l'un d'entre eux est le meurtrier.

— Maaaaaaouh ! lui répondit sa compagne, se frottant allégrement contre elle pour recevoir des caresses.

— Comment veux-tu que je réalise mes asanas si tu me prends par les sentiments, petite sorcière ?

Chouquette se laissa tomber sur le dos, les quatre fers en l'air.

— OK ! Tu as gagné ! Au fait, tu sais quoi ? Tu vas bientôt rencontrer un copain ! Ryan est d'accord pour amener Réglisse ! Je suis sûre que vous allez bien vous entendre, tous les deux ! Bon, et puis, vous devrez être sages, car Solène sera là également, et elle doit rattraper ses maladresses. Enfin, c'est trop compliqué à t'expliquer, mais tu verras ! Rien n'est plus fédérateur que la mignonnerie que peuvent créer deux petits félins dans la même pièce !

Morgane n'en croyait pas ses yeux. Son mari l'emmenait au spa ! Et pas n'importe lequel ! Un établissement très huppé et qui prodiguait des soins d'exceptions. Comment son époux pouvait-il savoir à ce point ce dont elle avait besoin ? Elle avait conscience que cela devait être un effort considérable pour Armand, qui n'était pas fan de ce genre d'endroit, de l'accompagner pour une journée entière de massages et de détente, à lézarder dans la piscine couverte du centre de remise en forme.

— Ça te plaît ? lui demanda-t-il, alors qu'il venait à peine de se garer sur le parking.

— Mais comment ! Bien sûr que ça me ravit ! Merci, mon amour ! Je suis sûre que cette activité va m'insuffler de nouvelles forces. Cumulée avec les entretiens chez la psy, cela ne peut que m'aider !

Elle l'embrassa et sortit de la voiture, bien décidée à ne pas perdre une minute de cette fantastique journée.

Maintenant qu'elle avait l'esprit un peu plus clair, grâce à sa séance de yoga (ou plutôt, si elle devait être parfaitement honnête, grâce à sa session de papouilles avec Chouquette), Garance se sentait regonflée de courage et d'énergie. Elle enfila un pull bien chaud sous son blouson et entreprit de se rendre une nouvelle fois dans sa planque, près de la place des lys.

Les maigres petits éléments, qu'elle avait glanés de cette façon, l'incitaient à penser qu'ils dissimulaient d'autres secrets.

Elle n'avait pas tous les paramètres en main, et c'était sans doute la pièce du puzzle qui lui manquait pour boucler cette enquête. Puisque personne ne voulait avouer le meurtre de Ramón, elle allait se débrouiller pour le leur faire admettre, d'une façon ou d'une autre. Peut-être devait-elle prêter intérêt aux moindres signes ? C'était souvent dans les détails que le diable se cachait !

Cette nouvelle séance d'espionnage, qu'elle espérait la dernière, lui demanda plus de vigilance que les précédentes. Cette fois, elle était encore plus attentive. Elle devait tenter de décrypter les comportements, même les plus anodins en apparence. Ce ne serait pas une mince affaire, mais elle était plus déterminée que jamais à mettre la main sur ce meurtrier. Il n'allait pas s'en tirer comme ça, foi de Garance !

Les connaissances de Romuald s'étaient avérées très utiles. Tiffany disposait enfin de résultats à offrir à Marlène.

— J'ai fini d'analyser les traces que tu m'as données.

— Eh bien ! Tu vois ! C'est une excellente nouvelle !

— Oui, mais je pense que cela aurait été encore plus long si Romuald ne m'avait pas apporté son aide…

Tiffany ne savait pas si sa tutrice allait bien prendre le fait qu'elle se soit fait aiguiller par un collègue. Elle estimerait peut-être que cette attitude était une faiblesse, voire le signe qu'elle n'était pas un bon élément. La jeune femme avait peur que les reproches ne se mettent à pleuvoir. Et si Marlène lui disait qu'elle n'avait pas sa place parmi eux ?

— L'esprit d'équipe ! C'est absolument ce genre de cohésion que l'on veut voir ! Bravo !

Tiffany poussa un soupir de soulagement. Elle n'allait pas être accusée de tricherie ni être renvoyée. Avec un grand sourire, elle expliqua :

— Il s'agit d'un résidu de sirop de maïs, mélangé avec du sucre et du colorant. En d'autres termes : un reste de barbe à papa.

— Intéressant. Étant donné le lieu de prélèvement, hors accès au public, ce ne peut pas être une trace qu'aurait laissée un visiteur en faisant tomber sa friandise.

— Non, et je peux même te dire que nous avons également retrouvé des fragments terreux avec. Nous penchons plus pour un dépôt généré par le dessous d'une semelle.

— Hum… très bien. Rédige-moi un rapport complet et on le transmettra à Thomas. On verra ce qu'il en dira.

— Tout de suite ! Tu crois que ce pourrait être important ?

— Je n'en sais trop rien, mais, si c'est le cas, lui s'en apercevra certainement.

Garance développait des trésors de patience. Elle ne comprenait pas comment elle faisait pour se montrer aussi calme, alors qu'elle n'avait qu'une envie : débouler comme une furie sur la place, et demander des comptes à tous ceux qui s'y trouvaient. Le meurtrier était bien caché parmi eux et pour l'instant, il pouvait dormir sur ses deux oreilles. Les pistes de la police et celles de la journaliste étaient dignes d'un encéphalogramme plat. Quand le criminel finirait-il par se griller ? N'était-ce pas ce qu'ils terminaient tous par faire, à un moment ou un autre ?

Le campement était assez calme. Une vie douce et tranquille semblait s'y dérouler, presque comme si rien ne s'était passé. Quand, subitement, Mario, qui parlait avec Mariela et Tito, leva le ton :

— J'en ai marre de rester parqué ici comme un prisonnier ! Ce n'est pas l'existence que j'ai décidé de mener ! De toute façon, vous n'avez plus besoin de moi. Même mon meilleur ami ne semblait pas assez bien me considérer pour me confier la charge de son entreprise. Bref, je sature ! Je m'en vais !

— Mais, Mario ! Tu ne peux pas ! Tu n'en as pas le droit ! Déjà, parce que nous sommes tous sous le coup d'une enquête judiciaire, mais aussi, car tu fais partie des effectifs. Comment allons-nous expliquer au nouveau propriétaire qu'un des employés s'est enfui ?

— Mariela a raison ! ajouta Tito. Tu dois rester avec nous, que cela te plaise ou non. Et puis, rien ne nous prouve que tu ne sois pas l'assassin de Ramón.

— Ah, je me disais aussi ! De toute façon, vous ne me faites pas confiance, et ce, depuis que je suis arrivé. J'ai toujours ressenti cette méfiance latente. D'abord, pourquoi l'aurais-je tué, hein ?

Les deux autres restèrent muets comme des carpes. La petite troupe était à cran. C'était de plus en plus difficile de vivre dans cette atmosphère de suspicion perpétuelle.

Pour clore la conversation, Mario regagna sa caravane d'un pas furibond. Maintenant que le ton était descendu, le son ne portait plus assez pour qu'elle puisse entendre ce que se disaient Mariela et Tito.

Cet accès de colère de Mario montrait que son passé n'était peut-être pas aussi loin que ça. Après son altercation avec les policiers madrilènes, s'était-il véritablement apaisé ?

À la fin de son service, Sylvie rejoignit son mari à son travail. Violaine était de sortie avec ses copines, alors ils avaient décidé de dîner tous les deux.

Elle savait que les affaires n'étaient pas au beau fixe. Cette histoire de pandémie avait créé beaucoup de mal autour d'elle, et elle ne semblait pas encore vouloir les laisser tranquilles. Victor, qui d'ordinaire était plutôt du genre confiant et optimiste, voyait ses efforts anéantis. Ces derniers temps, il se posait beaucoup de questions et Sylvie tâchait de faire de son mieux pour l'épauler.

— Ah ! Mon colibri ! Je nous ai réservé notre table habituelle. Comment s'est passée ta journée ?

— Bien, merci. Et toi, est-ce que ça va ?

— Bof, plus ou moins. J'ai finalement écouté tes précieux conseils et j'ai dit à Marc, Adeline et Fouad que je ne pouvais pas les garder.

— Hum… j'imagine que ça n'a pas été simple.

— Je n'aime pas agir de la sorte, tu le sais… surtout que ces mômes bossaient vraiment bien. Ils s'étaient intégrés à l'équipe et ne comptaient pas leurs heures, toujours prêts à rendre service. Ça me fait chier de les laisser tomber comme ça, surtout, étant donné le marché de l'emploi actuel.

— Ne t'inquiète pas, ils retrouveront sans doute quelque chose. Certains patrons ont développé le « click and collect » et auront besoin de main-d'œuvre.

— Oui, sûrement, mais bon… je ne me sens pas très à l'aise tout de même…

Comme pour appuyer sur sa culpabilité, c'est Adeline qui vint prendre leur commande. La jeune femme ne laissait rien paraître. Si elle n'avait pas été au courant, Sylvie n'aurait jamais pu deviner qu'elle effectuait ses derniers services. Elle était toujours aussi souriante et professionnelle que d'habitude.

Lorsqu'elle leur rapporta leurs plats, Sylvie essaya de changer les idées de son mari. En lui parlant de sa mère, cela allait sans doute l'égayer quelque peu.

— Tu as des nouvelles de Micheline ?

— Oui, elle dit qu'elle se débrouille assez bien. Elle a reçu pas mal de visiteurs intéressés.

— Et elle a déjà obtenu des offres ?

— Non, rien. Elle m'a aussi laissé entendre que les potentiels acheteurs tiquaient pas mal sur la déco de la maison.

— En même temps, je peux comprendre. Il y a quand même pas mal de pièces, pour ne pas dire toutes, qui mériteraient un bon rafraîchissement…

— Tu es un peu dure, là…

— Non, chéri. Rien n'a changé depuis, quoi ? Les années quatre-vingt-dix ?

Ça lui faisait du mal de l'admettre, mais Victor devait avouer que sa femme avait raison. Cela faisait un moment que sa mère n'avait pas fait évoluer son intérieur, et, effectivement, cela pouvait être un frein pour la vente.

— Elle devrait s'inspirer de ces émissions à la télé ! Tu sais ! Une équipe d'artisans réalise quelques travaux pour remettre les demeures au goût du jour, et il paraît que les transactions sont bien plus simples après.

— Le concept est intéressant, mais cela reste la télé. Je vois mal maman débourser une somme folle, dans l'unique espoir de vendre son bien.

— Oui, peut-être. Mais à mon avis, cela pourrait grandement faciliter les choses. Elle devrait y songer tout de même…

Sylvie se disait surtout qu'étant donné la masse de travaux qui serait nécessaire, cela garderait sa belle-mère encore éloignée d'eux quelque temps. Peut-être même qu'une fois les transformations achevées, elle choisirait de rester chez elle ! Ce qui était sûr, c'était que la simple idée de devoir la supporter au quotidien, dans un avenir proche, lui filait des boutons. Car, elle avait une certitude : une fois que Micheline serait à Montjoli, elle trouverait tous les prétextes du monde pour les étouffer de sa présence. Cela leur promettait de belles années en perspective !

Chapitre 27

Après l'altercation entre Mario, Mariela et Tito, Garance passa encore quelques heures supplémentaires dans sa planque, dans l'espoir de voir d'autres comportements suspects. Elle ne regrettait pas d'avoir enfilé ce gros pull tout doux sous son blouson, car la soirée devenait de plus en plus fraîche. Elle devait se rendre à l'évidence : elle ne devrait plus tarder à rentrer si elle ne voulait pas attraper froid. Et puis, elle avait aussi convié Solène et Ryan à venir chez elle pour la fameuse réunion destinée à resserrer les liens ! Elle ne pouvait donc pas leur faire faux bond !

Heureusement que le campement était bien éclairé. Cela lui permettait de voir tout de même assez clairement ce qu'il s'y passait, même si la luminosité naturelle commençait à s'amoindrir.

Indra était en train de ranger du matériel, visiblement absorbée par sa tâche. Jusque-là, rien d'anormal. Ce qui l'était en revanche, c'était Tayssa qui la regardait de loin et qui frappait son poing droit dans sa paume gauche, comme si elle rêvait de lui mettre une raclée. Garance n'était pas sûre de la signification de son geste, même si, pourtant, il semblait évident. Pourquoi Tayssa, qui lui avait donné la sensation d'être quelqu'un de très effacé, voire solitaire, lors des rares fois où elle avait eu affaire à elle, serait-elle aussi remontée contre Indra ? N'étaient-ils pas tous supposés s'entendre parfaitement ? Tout ça paraissait bien loin de l'harmonie qu'ils prônaient.

Puis, Lorenzo rejoignit Tayssa et lui prit les mains, comme pour la calmer. Garance ne comprenait pas ce qu'il lui disait, mais cela ressemblait un peu à une discussion houleuse, mais en sourdine. Apparemment, ils ne souhaitaient pas se faire entendre d'Indra, qui, de son côté, ne les avait toujours pas vus, trop occupée dans sa besogne.

Garance réfléchit à toute allure. Elle avait presque l'impression d'avoir été téléportée dans la tête d'un grand génie, style Léonard de Vinci, à calculer des probabilités, procéder à des recoupements et, enfin, émettre des hypothèses. D'ailleurs, une commençait doucement à se frayer un chemin. Elle allait devoir la vérifier…

— Thomas, tu as quelques minutes à me consacrer ? l'interrompit Marlène.

Le capitaine avait peur que sa requête soit en lien avec ses tentatives pour le draguer, mais, comme il ne pouvait décemment pas lui demander pourquoi elle le dérangeait, il répondit :

— Oui, bien entendu, Marlène. En quoi puis-je t'être utile ?

— Eh bien, c'est peut-être moi qui vais t'aider, dans ce cas précis. Tu te souviens que Tiffany et moi étions en train de travailler sur des prélèvements issus de la scène de crime ?

— Bien sûr. Vous avez trouvé quelque chose ?

— Nos deux jeunes bleus ont collaboré sur l'étude de l'échantillon et sont arrivés à la conclusion suivante : « présence de traces de barbe à papa ayant été apportées sur les lieux de l'homicide par des semelles en caoutchouc ». En d'autres termes, une ou des personnes sont passées par là et trimballaient des fibres de cette friandise sous leurs chaussures, sans doute des baskets.

— C'est très intéressant, ça ! Merci, Marlène. Félicite nos nouvelles recrues ! Je vais au commissariat avec le rapport !

Il lui arracha le dossier des mains et fila en vitesse, ne prenant même pas la peine d'enfiler sa veste.

Romuald avait beaucoup apprécié travailler avec Tiffany. Passée la réticence de la jeune femme vis-à-vis de lui, il avait été en mesure de lui montrer à quel point l'entraide pouvait être utile dans leur métier. D'ailleurs, son tuteur, Isidore, le complimenta pour avoir suivi cette initiative.

Les deux hommes avaient également bien avancé dans l'histoire du braquage de la bijouterie. C'était même, dorénavant, une affaire bouclée. La PJ avait réussi à coffrer les malfaiteurs, juste avant qu'ils n'attaquent une nouvelle boutique.

C'était tellement satisfaisant de savoir que le travail que l'on effectuait servait pour le bien commun ! Grâce à eux, un trafic s'arrêtait, et des vies avaient peut-être été sauvées. La coordination entre les membres de la PTS et ceux de l'intervention avait été fluide, et c'est cela qui avait permis ce beau succès.

Romuald était pleinement ravi de ses premières expériences au sein de l'équipe. Il s'y plaisait bien, ce qui était un bon présage pour la suite. L'adrénaline qu'il avait ressentie en découvrant des pistes, tant sur l'affaire de la bijouterie qu'à propos du meurtre à la fête foraine, avait fini par le persuader qu'il était bien à sa place.

Jean-Luc n'aurait jamais cru que cette histoire d'usurpation d'identité lui apporte autre chose que des problèmes. En fin de compte, tout n'avait pas été si négatif que ça.

Déjà, sa fille l'avait aiguillé vers la personne idéale pour prendre sa défense. Maître Larivière avait réalisé un travail exceptionnel pour prouver son innocence. Elle avait démontré qu'il était très simple de falsifier des papiers, qui pourtant paraissaient en règle. Le propriétaire de la maison avait recouru à des informations qu'il avait trouvées sur Internet, dans le but de s'éviter des frais qu'il jugeait inutiles. Rapidement, cette histoire serait du passé et cela réconfortait l'architecte.

Ensuite, il avait rencontré une femme en sortant de chez son avocate. Nathalie, qu'il apprenait à connaître, lui plaisait de plus en plus. C'était une personne généreuse et curieuse, et en pleine reconstruction après un divorce, qui, pourtant, ne datait pas d'hier. Ils n'avaient pas trop évoqué leurs précédentes unions, c'était encore un peu tôt pour ça, mais le peu qu'elle lui en avait dit lui avait fait comprendre que les choses n'avaient pas été simples. Au moins, avec son ex-épouse, Catherine, la séparation avait été inévitable. Ils passaient leur temps à s'engueuler et, pour préserver leurs trois enfants, à l'époque, assez jeunes, ils avaient décidé, d'un commun accord, de mettre un terme à leur mariage. Rien ne servait d'envenimer la situation éternellement. Cédric, Thomas et Maeva avaient déjà bien trop souvent entendu leurs parents se crier dessus.

D'ailleurs, cela n'avait pas donné que du bon. Cette tension constante, dans leur maison, avait fini par avoir une répercussion néfaste sur Thomas, qui avait commencé à adopter une mauvaise trajectoire. Fort heureusement, Catherine et lui avaient été assez intelligents afin d'agir ensemble, pour le bien de leur fils, et, rapidement, ils avaient réussi à lui faire reprendre le droit chemin.

Longtemps, Jean-Luc avait eu peur que son divorce exerce une certaine influence sur la future vie sentimentale de ses enfants. En fin de compte, maintenant qu'ils étaient tous adultes, il s'était aperçu qu'ils s'en sortaient plutôt bien : Cédric était en couple avec Vincent depuis plusieurs années et tous deux géraient une clinique vétérinaire florissante ; Maeva, sa petite princesse, filait le parfait amour avec Steve, un professeur des écoles ; il ne restait que Thomas, qui n'avait pas encore atteint la stabilité affective. Avec son métier de policier, il n'était pas simple pour lui d'entretenir une relation suivie. Sa dernière copine, une certaine Pauline de Coligny avait même fini internée en hôpital psychiatrique !

Depuis son divorce, Jean-Luc n'avait vécu que des histoires qui n'avaient pas duré. La gent féminine le trouvait bel homme et il était très sollicité. Pourtant, aucune de ces femmes n'avait réussi l'exploit de lui faire caresser l'idée de reprendre une vie à deux. Il n'était pas sûr d'en avoir envie, quoi qu'il arrive. Il était accoutumé à vivre en solitaire et n'était pas persuadé d'être capable de se réhabituer à caler son rythme sur celui de quelqu'un d'autre.

Garance avait fini par rentrer. Elle se planta devant son tableau de liège et ajouta quelques post-it à ceux déjà en place. Elle commençait à y voir plus clair. Néanmoins, elle ne pourrait pas agir ce soir. En effet, ses invités n'allaient pas tarder à la rejoindre.

Elle avait un peu la sensation d'être comme ces mères, qui organisent des rendez-vous « jeux », à tour de rôle, pour occuper leurs enfants. Là, il était question de félins, mais ça fonctionnait sur le même principe : celui d'amener un ami chez l'autre pour qu'ils s'amusent.

Elle sortit quelques mignardises apéritives du surgelé et les plaça au four, puis déboucha une bouteille de vin rouge. Avec un peu de chance, elle ferait d'une pierre deux coups ce soir : Solène pourrait rattraper son erreur auprès de Ryan, et Chouquette et Réglisse deviendraient les meilleurs copains du monde.

Elle les laisserait quelques moments seuls pour leur permettre de briser la glace. Elle aurait bien tué le temps en allant chez Thomas, mais celui-ci lui avait dit qu'il finissait tard. Aussi, avait-elle promis au club des anciens de la résidence de passer les voir lorsqu'elle avait croisé Marie-Antoinette dans le hall, en rentrant de sa planque. Ils organisaient une soirée Scrabble et belote, appréciant de se retrouver de la sorte, quelques fois dans la semaine.

Solène arriva la première. Elle était ravissante, dans une robe à manches longues bleu nuit, et sa nuque dégagée par un chignon légèrement lâche. Elle avait ajouté une paire de boucles d'oreille pendantes et des bottes à petits talons.

— Waouh ! Tu es canon !

— Eh bien, je me suis dit que, tant qu'à tenter de rattraper mes conneries, je devais lui en mettre plein des yeux !

— S'il parvient à être concentré sur autre chose que toi, il faudra m'expliquer !

— Je suis un peu tendue quand même… Et si je ne réussissais pas à lui avouer que j'ai été la pire des cruches à jouer les indifférentes ?

— Mais non ! Tout va bien se dérouler, tu vas voir ! Aide-moi plutôt à transporter tout ça dans le salon ! exigea-t-elle en lui fourrant un plateau dans les mains.

Quelques minutes plus tard, Ryan sonna à l'interphone. Garance lui indiqua le numéro de son appartement et lui ouvrit.

— Ah lala ! Je suis stressée ! sautilla sur place Solène.

Garance lui attrapa les paumes pour la calmer, un peu à la façon dont Lorenzo avait procédé quelques heures auparavant avec Tayssa.

— Prends Chouquette dans tes bras, elle te donnera une contenance, au moins le temps qu'il nous rejoigne !

Sa copine s'exécuta, et la petite chatte colla son museau contre son nez, comme pour la rassurer.

— Je t'en prie, Ryan, entre ! chantonna Garance, alors que son amie était restée en retrait, dans le salon. Et dans cette cage, c'est le fameux Réglisse !

— Oui, il n'aime pas trop quand je le mets dedans, car, en général, c'est plutôt pour aller chez le véto…

Ryan la posa au sol, et, une fois Réglisse dans ses bras, la maîtresse de maison lui dit :

— Venez donc, que je vous présente Chouquette !

C'est alors que Ryan s'aperçut de la présence de son employée.

— Ah ! Solène ! Je ne m'attendais pas à te voir ! lui dit-il, les joues cramoisies.

Garance se demandait s'il était dans cet état pour avoir été pris en flagrant délit chez une femme, sans l'avoir mise au courant, ou bien parce que découvrir Solène, dans cette tenue, le séduisait. Elle penchait tout de même pour la seconde option.

— Je suis un peu comme la marraine de Chouquette, alors, il me paraissait normal que je sois là ! répondit-elle.

Ils posèrent les deux animaux par terre, et ceux-ci se sentirent quelques secondes avant de décider d'aller jouer dans l'arbre à chat.

— Oh, zut ! Je me souviens que je devais passer chez une voisine. Un truc important. Je vous laisse quelques instants, ne m'attendez pas pour grignoter, je reviens !

Et, elle s'éclipsa.

Lorsque Thomas avait apporté le compte rendu des analyses concernant la trace à Pascal, il était plein d'espoir. Cet élément signifiait sans doute quelque chose. Comment aurait-il pu arriver jusque-là, autrement ?

— Je ne voudrais pas refroidir tes ardeurs, Thomas, mais les membres de *La fiesta Cargol* nous ont bien expliqué que les postes à chaque stand tournaient de façon régulière, non ?

— Oui, effectivement.

— Eh bien, rien ne prouve que ce résidu n'ait pas été laissé par quelqu'un d'autre que le meurtrier. Peut-être que quelqu'un a effectué la maintenance à un moment donné et que cette trace vient de là ?

C'était probable, mais, n'empêche, il restait des chances pour que ce soit l'assassin qui ait malencontreusement abandonné un indice à son insu.

— Je vais en parler tout de même à la procureure, mais, sincèrement, je ne pense pas qu'elle nous donne son aval pour obtenir une session de prélèvement sous les semelles de tous les employés…

Thomas était déçu. Pourtant, d'habitude, Pascal était du genre à prendre plus de risque. Pourquoi cela lui posait-il un problème cette fois ? Comme s'il avait entendu son questionnement silencieux, le commandant ajouta :

— Je ne veux pas que la communauté gitane se monte la tête et nous accuse de faire trop de zèle… Les relations sont délicates.

C'était donc ça. Il avait peur pour les éventuelles répercussions… et il savait qu'Elizabeth de Brignancourt serait également de cet avis.

Chapitre 28

— Oh ! C'est notre petite Garance que voilà !

Marie-Antoinette, bon pied, bon œil, accueillit sa voisine avec joie.

— Entre, ma jolie !

Tous les anciens de la résidence étaient rassemblés chez elle. Félix, Gaspard, Maurice et Andrée étaient déjà autour du plateau de Scrabble.

— Ça fait un moment q'j't'ai pas vue, jeune fille ! constata Félix.

— Je sais bien. Mais, pour ma défense, je suis vraiment très très occupée ces derniers mois !

— Et comment ! Après le terrible drame que nous aimerions tous oublier[10], nous avons lu le récit de tous ces autres meurtres dont tu parles si bien dans ton journal ! répliqua Andrée.

---

[10] Voir Les enquêtes de Garance – Tome 1 – Panique au garage, qui se déroule au sein même de la résidence de notre journaliste et détective en herbe.

— Ouais, bah, on préférerait que tu racontes des trucs plus gais, d'ailleurs, mais bon, c'pas d'ta faute ! ajouta Gaspard.

— En tout cas, ça nous fait rudement plaisir que tu passes nous rendre visite ! Tu as le temps pour une partie avec nous ? proposa Marie-Antoinette. Maurice et Andrée jouent déjà en doublons, alors, ils ne verront pas d'objections à ce que nous formions un second duo, toutes les deux !

— Euh… Je… je ne comptais pas fréquenter Garance pour autre chose que cette rencontre féline… se justifia Ryan.

— Je te crois ! lui répondit calmement Solène.

Elle ne savait pas trop comment s'y prendre pour l'amener vers le terrain glissant qui était le leur ; aussi décida-t-elle de lui en laisser l'opportunité, si parfois il souhaitait remettre le sujet sur le tapis. Elle n'eut pas à patienter longtemps, car la seconde d'après il bégayait :

— Je… je… je suis encore désolé pour la dernière fois, mais, ne t'inquiète pas, j'ai bien compris que tu ne veux plus en entendre parler. C'est moi qui me suis imaginé des trucs. Je n'aurais pas dû.

— Non. En fait, tu étais dans le vrai.

Il la regarda, interloqué. Elle reprit :

— Je ne sais pas pourquoi je t'ai repoussé, mais, la vérité, c'est que si ce baiser était un si gros sujet pour moi, c'est parce qu'il était important à mes yeux. J'ai ressenti un truc dingue en t'embrassant, et je n'avais pas envie que ça se finisse. Tu comprends ?

En guise de réponse, Ryan fondit sur ses lèvres. De leur côté, Chouquette et Réglisse s'amusaient bien…

Lorsqu'une demi-heure plus tard, Garance revint à son appartement, ce fut pour s'apercevoir que ses invités lui avaient fait faux bond. Elle trouva un petit mot sur la table basse.

« Merci pour tout, Garance. Nous sommes rentrés. Je te raconterai. Bisous. Solène. P.-S. Chouquette et Réglisse s'entendent super bien. »

Thomas se mit au lit rapidement, une fois de retour chez lui. Il ne cessait de repenser à cette histoire de trace de barbe à papa. À ses yeux, cela ne pouvait être une coïncidence, ou bien elle serait vraiment énorme. Mais dans un sens, Pascal n'avait pas tort. C'était sans doute insuffisant pour obtenir de nouveaux prélèvements ou une garde à vue. Dès demain, il examinera ses différentes options. Il devait bien exister une façon de s'assurer que le résultat d'analyse entretenait une corrélation avec le meurtre. S'il le fallait, il était prêt à plaider sa cause, directement dans le bureau de la procureure.

Afin de faciliter son endormissement, il pensa à Garance. Il n'avait pas beaucoup de temps à lui accorder en ce moment et cela le peinait. Lorsqu'ils auraient résolu cette affaire, il se promit de se rattraper. En attendant, il était bien heureux que son cerveau ait la faculté de dessiner ses traits dans son esprit. Avec elle dans le cœur, ses nuits étaient toujours meilleures.

Au petit matin, Garance travailla à ses articles, puis, quand elle trouva que l'heure était décente, elle passa un coup de fil à Indra. Elle désirait éclaircir certaines choses avec elle. La jeune femme fut un peu surprise de son appel, mais elle restait ouverte au dialogue comme habituellement.

— Dites-moi, Indra, j'ai conscience que je vous ai déjà demandé ça, mais, est-ce que vous vous entendez bien avec tout le monde au campement ?

— Euh, oui, pourquoi ?

— Hum… je vais y venir, mais j'ai également une interrogation supplémentaire. Qui est au courant pour vous et Salvadore ?

— Je… euh…. Mais ! Mais comment savez-vous ?

— Peu importe. Ma question est cruciale, croyez-moi. Ce n'est aucunement du voyeurisme.

— Normalement, personne. Nous faisons très attention à ce que nos contacts restent purement professionnels lorsque les autres sont dans les parages.

— Étant donné l'environnement en vase clos dans lequel vous vivez, ce ne doit pas être simple. Aussi, je ne serai pas étonnée de ne pas être la seule au courant. Vous êtes dans votre caravane ?

— Oui.

— Alors, n'en bougez pas. J'arrive tout de suite.

Thomas se rendit au bureau de la procureure. Il se doutait que Pascal lui avait déjà parlé de cette histoire de trace et que son intervention sans l'aval de son supérieur serait sans doute mal vue, mais il n'avait pas le choix. Son instinct lui répétait que cet élément pouvait être décisif pour élucider leur enquête. C'est en promettant une résolution imminente qu'il pourrait, éventuellement, la convaincre du bien-fondé de sa démarche.

Une fois qu'il eut passé la garde rapprochée de sa secrétaire (qui ne manqua pas de battre les bras d'exaspération, puisqu'il n'avait pas de rendez-vous), le capitaine Daumangère se retrouva dans la cage au lion.

— Je sais que ma visite doit vous surprendre, madame la procureure, mais je devais absolument vous voir en personne. Le commandant Cerdan a dû vous faire part d'un résultat de prélèvement, et celui-ci est, j'en suis persuadé, déterminant pour résoudre l'énigme de la mort de Ramón Cargol.

— Votre supérieur m'en a parlé, effectivement. Je lui ai dit que c'était trop léger pour espérer en tirer quoi que ce soit. Néanmoins, j'aime votre culot, capitaine. Vous êtes un homme de conviction, et prêt à aller contre l'autorité pour défendre vos idées. C'est à la limite de l'insubordination, mais au vu de votre intelligence et la confiance que vous inspirez au commandant Cerdan ; je serais bête de ne pas vous écouter. Dites-moi tout.

Garance déboula proche de la place des lys et trouva un endroit où garer sa voiture. Fort heureusement, son petit gabarit lui permettait des fantaisies qui n'étaient pas à l'ordre du jour pour les SUV, de plus en plus nombreux dans le parc automobile français. Elle pressa le pas pour rejoindre Indra, qui lui avait expliqué comment reconnaître sa caravane. Néanmoins, elle s'arrêta brusquement et se mit à couvert lorsqu'elle vit sortir de nulle part, Tayssa et Lorenzo.

— Tu m'avais dit qu'elle le laisserait tomber, mais rien ne s'est passé comme prévu ! pesta Tayssa.

Les deux jeunes s'engueulaient, mais sans hausser trop fort la voix pour ne pas se faire entendre dans tout le campement. Garance, elle, avait la chance d'être proche d'eux et de saisir l'entièreté de leur conversation.

— Je n'avais pas anticipé que le patriarche vendrait la boîte à une personne de l'extérieur ! Et puis, tu n'es pas la seule perdante là-dedans, je te rappelle ! Nous avons agi de la sorte pour qu'ils se détournent l'un de l'autre, et nous choisisses, nous !

— J'ai vraiment été crédule en suivant ton stratagème. Je me demande encore comment j'ai pu me faire manipuler par un gosse comme toi !

— Hey, doucement, hein ! Ce n'est pas parce que tu as dix ans de plus que moi, que ça fait de toi un génie. Mon plan pouvait présenter des failles, on le savait !

— Bah, des grosses, là, en l'occurrence ! Mais putain, Lorenzo ! Nous avons tué un homme dans le seul espoir d'attirer l'amour des personnes qui nous plaisaient !

— Pourtant, j'étais persuadé que Ramón avait nommé Salvadore comme successeur ! Indra n'aurait jamais supporté qu'il se donne corps et âme pour ce poste. Elle aurait forcément craqué, l'aurait quitté, et j'aurais été là pour la consoler ! Et Salvadore, tu l'aurais tellement épaulé dans son nouveau rôle que cela vous aurait inévitablement rapproché !

Garance n'en croyait pas ses oreilles. Ou plutôt, si. Plus exactement, elle venait d'avoir la confirmation de ses suspicions, et ce, sans même aller voir Indra. Elle aurait pu bondir de joie, tellement elle était fière d'avoir mis à jour la vérité. Elle allait s'éclipser en douceur pour aller prévenir les autorités, lorsqu'elle se prit les pieds dans un seau en zinc posé non loin de là…

— Comme vous le savez, j'étais avec une amie à la fête foraine, le soir du meurtre, expliqua Thomas à la procureure. Peu de temps avant d'aller nous présenter à l'ouverture de l'attraction du train fantôme, nous avons dégusté une barbe à papa.

— Vous m'en voyez ravie !

— Vous allez comprendre le rapport, j'y viens. J'ai relu les comptes rendus d'interrogatoires pour être sûr de moi, et j'ai constaté que je ne m'étais pas trompé. Tayssa León, la jeune femme qui était censée tenir le stand de ces friandises… ce n'était pas elle qui s'y trouvait lorsque nous avons passé commande ! Voici mon hypothèse : elle a dû prétexter une excuse quelconque pour se faire remplacer, et, pendant ce temps, elle a pu perpétrer son meurtre.

— Mais, attendez... Si ma mémoire est bonne, cette demoiselle ne présente pas le gabarit adapté pour prendre en charge un poids inerte.

— C'est parce qu'elle n'était pas seule ! Le sol aux abords des attractions était sec et rien n'y était exploitable, mais je pourrais parier qu'elle et son complice ont dû utiliser quelque chose comme une brouette ou un fauteuil roulant pour déplacer Ramón.

— Et personne ne les aurait découverts ?

— Personne des employés, non. Pour le reste... Au pire, les clients ont dû penser voir deux forains qui installaient de nouveaux décors !

— Votre théorie est de plus en plus intéressante. Et qui serait son partenaire de crime ?

— Là, par contre, j'avoue que c'est encore une zone d'ombre. Mais, si nous l'arrêtons, elle finira sans doute par nous lâcher son nom.

— Très bien. Je vous autorise à aller effectuer un prélèvement sous les semelles de cette femme et réinterroger les autres membres pour confirmer que quelqu'un l'a bien remplacée à l'heure du meurtre. D'ailleurs, c'est étrange que personne n'en ait fait mention.

— Peut-être pour la même raison que ce pour quoi vous avez montré de la réticence, à savoir : qui aurait pu penser qu'une jeune fille si frêle serait assez musclée pour un tel tour de force ?

Garance s'était fait pincer. Maintenant qu'elle était assise, bâillonnée et ligotée sur une chaise dans une caravane, sa joie était retombée comme un soufflet.

— Qu'est-ce qu'on va faire d'elle ? demanda Tayssa. Tu crois qu'elle a tout entendu ?

— Oui, forcément ! Ça paraît logique ! Elle était juste à côté ! Déjà que je la trouvais fouineuse, mais là… Fais chier ! Comme si l'on avait besoin de ça !

— Comment va-t-on se sortir de toutes ces conneries, hein ? Tu gardes en réserve un nouveau plan aussi brillant que le premier ?

— Arrête de me narguer, et laisse-moi réfléchir plutôt !

— Avec tes idées foireuses, on est dans la merde jusqu'au cou, alors, excuse-moi si je suis un peu trop démonstrative !

— En tout cas, je n'ai pas eu à te forcer beaucoup, je te rappelle.

— Parce que j'étais aveuglée par mon amour pour Salvadore. Mais ce con n'a d'yeux que pour Indra !

— Bon, allons prendre l'air, le temps de décider quel sera son sort. De toute façon, étant donné la façon dont elle est installée, elle n'risque pas d'partir bien loin !

Lorenzo disait vrai. Elle n'avait aucun espoir de réussir à se détacher, car il avait utilisé des serre-câbles. D'ailleurs, elle commençait à sentir qu'ils lui coupaient la circulation au niveau des chevilles. Sa taille, elle aussi avait été emprisonnée à l'aide d'une grosse corde, et elle salivait tout contre le bâillon qu'on lui avait placé de force dans la bouche. Bref, elle était loin d'être dans une position confortable…

Les deux jeunes quittèrent la caravane en prenant soin de la refermer à clé. Qu'allaient-ils décider ? La tuer ? Puisqu'elle connaissait leur vilain secret, elle ne se berçait pas d'illusions sur son avenir proche. Elle n'avait plus qu'un espoir : qu'Indra, qui devait l'attendre, s'inquiète pour elle et tente de la retrouver. Lorenzo avait pris son portable dans son sac et l'avait détruit en le piétinant violemment. Ainsi, si Indra essayait de l'appeler, elle tomberait immédiatement sur sa messagerie, ce qui lui semblerait sans doute anormal. Elle priait pour que la jeune foraine ait l'intelligence de prévenir la police.

Thomas rejoignit le commissariat avec impatience. Maintenant qu'il avait obtenu l'aval de la procureure, il allait pouvoir creuser cette piste plus sérieusement. Il se dirigea directement dans le bureau du commandant.

— Pascal, je reviens de chez la proc'. Je sais que j'ai agi derrière ton dos, j'en suis désolé, mais je devais absolument la convaincre de pousser un peu plus les analyses concernant cette trace de barbe à papa. Elle a fini par me donner son autorisation, du coup, j'aimerais que nous nous y rendions tous les cinq.

— Tu ne manques pas de culot, toi !

Il ricana, torturé entre l'amertume et la fierté, puis ajouta :

— Très bien, préviens Sylvie, Jonathan et Armand, qu'ils se tiennent prêts à partir.

Chapitre 29

Indra attendait patiemment l'arrivée de la journaliste, mais cela tardait. Peut-être avait-elle effectué un arrêt quelque part avant de la rejoindre ? Ou bien, elle était tombée sur un d'entre eux, dans le campement, et était en pleine conversation. Elle décida de sortir de sa demeure et de jeter un œil dans les environs pour s'en assurer. Cependant, elle ne rencontra personne en particulier, jusqu'à ce qu'elle croise Mariela.

— Euh, tu n'aurais pas aperçu Garance ? Tu sais, la journaliste ? Elle devait me retrouver ici.

— Encore ! Mais, pour quelle raison ?

— Peu importe, Mariela ! Je te demande juste si tu l'as vue ?

— Non. Par contre, il me semble avoir repéré sa voiture, non loin de là, quand je suis allée au marché. Je sais que c'était la sienne, car je l'avais remarquée à son volant, lorsqu'elle était repartie de notre rendez-vous en ville, avec Carmen.

— C'était peut-être simplement le même modèle !

— Non, je suis certaine que c'est bien la sienne, car elle possède un autocollant représentant un chat tigré sur la porte du coffre. C'est assez peu commun pour que je m'en souvienne.

Mais où était donc passée la journaliste, si sa voiture était dans les parages ? Pourtant, les commerces étaient rares dans ce coin-là de la ville…

— Merci. Je vais l'appeler, elle doit effectuer une course dans le voisinage, si ça se trouve.

Indra s'éloigna pour téléphoner dans le calme. Ce n'était pas la peine qu'elle ameute tout le campement. Mariela se chargerait déjà bien toute seule de rapporter leur conversation aux autres.

Elle appuya sur l'icône portant le nom de la journaliste et, alors qu'elle s'apprêtait à entendre les tonalités caractéristiques de mise en relation, elle tomba directement sur sa messagerie.

« Bonjour ! Vous êtes bien sur le répondeur de Garance Prévost. Expliquez-moi le motif de votre appel ainsi que vos coordonnées, si vous souhaitez que je vous recontacte, merci ! »

Biiiip !

Indra hésita quelques secondes, mais, finalement, elle raccrocha sans enregistrer de message. Elle trouvait les circonstances de plus en plus étranges. Il était tout de même peu probable que Garance soit en panne de batterie, pile au moment où elle venait la voir. Les journalistes devaient certainement être vigilants avec ce genre de détails, ou, au moins, en posséder une de secours, pour ne pas être pris au dépourvu.

En fin de compte, elle ne savait pas trop comment réagir. Devait-elle s'inquiéter ? Elle se montait peut-être la tête pour rien… Toutefois, lorsqu'elle l'avait eue au téléphone, plus tôt, elle lui avait semblé soucieuse. D'une quelconque façon, elle était au courant de sa relation avec Salvadore. Ses questions avaient été insistantes et c'était comme si elle avait voulu la prévenir de quelque chose, sans oser véritablement. Après tout, elle lui avait dit désirer en parler de vive voix. Aussi, il était complètement illogique qu'elle disparaisse comme ça, sans laisser de traces…

Les tortionnaires de Garance revinrent une demi-heure plus tard. Elle réprima un frisson, rien qu'à les revoir. C'était surtout Lorenzo qui la terrifiait. Ce jeune garçon présentait quelque chose de froid dans le regard. Elle n'y avait pas vraiment prêté attention les fois précédentes, mais, à la lueur de ce qu'elle savait, cela était encore plus flagrant.

De ce qu'elle avait compris de leurs conversations, c'était bel et bien lui qui était la tête pensante de toute l'opération. Il n'avait fait que profiter de la naïveté de Tayssa et de son amour pour Salvadore, pour l'inciter à suivre son plan. Imaginer ces deux jeunes personnes s'en prendre à un homme comme Ramón était cruel. Comment pouvaient-ils avoir assez de haine dans le cœur pour commettre un crime aussi horrible ?

Garance aurait souhaité pouvoir discuter avec eux et leur demander, pour pouvoir gagner du temps, pourquoi ils avaient comploté un tel meurtre, mais, avec son bâillon dans la bouche, c'était impossible. De plus, elle avait peur de la décision qu'ils venaient de prendre à son encontre.

— Bon, file-moi la boîte de somnifères ! ordonna Lorenzo.

— Tu es certain qu'on ne peut pas trouver une autre solution ?

Tayssa essayait visiblement de le raisonner, mais il avait l'air serein et parfaitement sûr de lui.

— Non, nous n'avons pas le choix, je te l'ai répété cent fois ! Si on la relâche, alors qu'elle sait tout, elle va se rendre directement chez les flics !

— Nous n'avons qu'à partir ! On la laisse là, et, le temps que quelqu'un la retrouve, nous serons déjà loin ! Ce serait toujours mieux que de la tuer elle aussi, tu ne crois pas ?

Le sort de Garance était donc scellé. En même temps, à quoi pouvait-elle s'attendre ? Ainsi, elle allait finir sa vie dans une caravane toute défraîchie. Il y avait plus glamour comme façon de tirer sa révérence…

— T'es vraiment qu'une poule mouillée ! Déjà que ça a été tout un truc pour te faire obéir à mes ordres pour liquider Ramón… Mais bon, si tu ne veux pas m'aider, cette fois, je peux m'en charger seul. Elle semble bien moins lourde que ne l'était ce bon vivant de patriarche ! Elle doit peser, quoi ? À peine cinquante kilos ?

Il arracha la boîte de somnifères des mains de Tayssa et en dilua un dans un verre d'eau. Lorsqu'il lui enleva son bâillon pour la faire boire, Garance se dit que c'était le moment idéal pour sauver sa peau. Elle ne misait pas lourd sur la tentative qu'elle allait déployer, mais au moins, elle aurait essayé.

— Je vous en prie, ne me tuez pas ! Je ne vous dénoncerai pas !

— Bien essayé, ma jolie, mais si tu crois que c'est avec ça que tu vas me convaincre de changer d'avis…

— Je… je connais bien Indra. Je pourrais l'inciter à quitter Lorenzo et la persuader à vous donner une chance !

Il sembla hésiter une fraction de seconde, puis se mit à rire.

— Indra est une forte tête. C'est ce que j'aime chez elle. Non seulement, elle est belle comme un soleil, mais en plus, elle est intelligente. À ses yeux, je ne suis qu'un gamin. Salvadore, eh bien… il ne joue pas dans la même cour, quoi ! Bref, tu vas boire ton petit verre bien calmement, et ensuite, je te promets, tu ne sentiras plus rien.

Pascal, Thomas, Sylvie, Jonathan et Armand partirent avec le van d'intervention. Le capitaine Daumangère avait emporté de quoi effectuer des prélèvements sous les semelles des forains.

— Bon, je vous rappelle : on mène ça de façon franche et directe, mais toujours dans le respect.

— Comme toujours, mon commandant !

— Nous allons nous concentrer sur la jeune Tayssa León, puisque c'est celle qui tenait, normalement, le stand de barbe à papa ce soir-là. Aussi, nous devons savoir si elle s'est bien éclipsée et pendant combien de temps.

Ils eurent du mal à trouver une place où garer le fourgon, mais, une fois cela fait, ils se déployèrent rapidement.

Garance avait été contrainte d'avaler le somnifère et luttait tant bien que mal contre la somnolence qui s'éprenait d'elle. Le petit malin avait dû employer la dose ! Elle ne pouvait, de nouveau, plus parler, car, bien entendu, il lui avait remis son bâillon. Elle tombait de plus en plus dans un état comateux, mais, faute de pouvoir s'exprimer, au moins, elle entendait encore ce qui se passait autour d'elle.

— Je n'arrive pas à croire que tu es en train de recommencer ! Cette pauvre fille n'y est pour rien ! plaida Tayssa.

— Oh ! Tais-toi ou bien je m'occupe également de ton cas ! ragea Lorenzo. Tu as envie de finir comme elle ? Non ? Alors, ferme-la ! Bon, elle a l'air complètement endormie maintenant. Je lui avais mis une sacrée dose de cheval. Je vais récupérer la brouette. Reste avec elle pour la surveiller, on ne sait jamais.

— Mais, elle est inconsciente et ligotée !

— Avec ce genre de nénette, je me méfie.

Garance entendit la porte se refermer avec fracas, puis le silence ne dura que quelques secondes.

— Je suis vraiment désolée ! sanglota la jeune foraine. Lorenzo est devenu complètement barge ! Jamais je n'aurais dû le suivre dans ses plans monstrueux ! En plus, j'aimais beaucoup Ramón ! Il était de ma famille ! Comment ai-je pu me laisser manipuler de la sorte ? Je… je ne vois pas quoi faire pour vous aider. Si je tente quoi que ce soit, c'est moi qu'il tuera !

L'équipe de police tomba sur le jeune Lorenzo.

— Est-ce que vous savez où est Tayssa León ? demanda Jonathan.

— Euh, non. Elle est peut-être dans sa caravane, ou bien sortie pour effectuer quelques emplettes…

— Pouvez-vous nous indiquer laquelle c'est ?

— Oui, celle du bout, là-bas, près du grand chêne.

Ils ne cherchèrent pas à poursuivre la conversation, mais Thomas remarqua néanmoins que le jeune homme portait des baskets. En même temps, rien de bien étonnant.

Lorsqu'ils frappèrent à la porte de la caravane qui leur avait été spécifiée, personne ne leur répondit. Tayssa était-elle vraiment hors du campement ? C'était leur veine !

— C'est Tayssa que vous voulez voir ? leur demanda Mario, qui sortait de chez lui.

— Euh, oui. Vous savez si elle est partie ?

— Ah, ça, ça m'étonnerait ! Je l'ai aperçue tout à l'heure, en jetant un œil par la fenêtre. Elle était avec Lorenzo. Ces deux-là s'entendent plutôt bien, malgré leur différence d'âge, d'ailleurs.

Les policiers se regardèrent. Apparemment, le jeune forain jouait avec eux. Mais, pour quelle raison ? Savait-il que son amie était la coupable ? Et surtout, était-il son complice ?

Lorenzo n'en croyait pas ses yeux. Les flics étaient de retour ! Que venaient-ils fabriquer ? Pourquoi fouinaient-ils dans les parages ? D'après ce qu'il avait compris, ils recherchaient Tayssa. Tant mieux, cela voulait dire que, pour le moment, il n'était pas suspecté plus que ça. Par contre, cela allait compliquer un peu plus la suite qu'il avait imaginée pour se débarrasser de la journaliste.

En fin de compte, il rebroussa chemin. Se promener avec une brouette serait très étrange et attirerait l'attention sur lui. Il allait devoir réfléchir à une stratégie plus commune. Pourquoi ne pas placer son corps endormi dans une des nacelles du Chaos, sans l'y attacher ? Puisque celles-ci tournaient sur elles-mêmes, simultanément à la roue, elle finirait par tomber et le choc la tuerait. Encore fallait-il qu'il réussisse à l'y emmener et que personne ne l'attrape. Heureusement pour lui, l'attraction était assez éloignée de là où se trouvaient les forces de l'ordre.

Il entra dans la caravane et s'aperçut avec soulagement que les deux filles n'avaient pas bougé. Il s'empara de la couette qui gisait sur son lit.

— Aide-moi à la mettre là-dedans. Ensuite, je vais la transporter avec la golfette garée à l'arrière.

— Qu'est-ce que tu vas faire d'elle ?

— Moins tu en sais, mieux c'est. Tout ce que je peux te dire, c'est que ça va être grandiose !

Une fois le corps placé dans la voiturette, Lorenzo ne perdit pas de temps et disparut, abandonnant Tayssa derrière lui.

La jeune femme était complètement paumée. Devait-elle laisser son ami continuer ce qu'il avait entamé ? Elle était très perturbée, car elle comprenait que Lorenzo était prêt à tout. Elle avait pu s'expliquer le meurtre de Ramón, puisque, quelque part, il devait mener à un changement de situation qui leur aurait été bénéfique à tous les deux. Mais, là ? Tuer cette innocente ? C'était autre chose.

Elle sortit de la caravane, dans l'espoir que cela lui éclaircisse les idées et qu'elle saurait ensuite quoi faire. Elle tomba sur Indra.

— Tu n'aurais pas vu Garance ? lui demanda celle-ci. La journaliste ? Elle était censée me rendre visite. Je m'inquiète, je n'ai plus aucune nouvelle d'elle ! Son téléphone renvoie directement à sa messagerie…

Malgré sa jalousie intense envers Indra, pour lui avoir « volé » Salvadore, elle se sentait à deux doigts de tout lui avouer.

— Ça va, Tayssa ? Tu es toute pâle ? Tu as mangé ce matin ?

Ne répondant toujours pas, comme dans un état second, Indra la secoua légèrement afin qu'elle se concentre sur leur conversation.

— Tayssa. Si quelque chose te préoccupe, tu peux me parler, tu le sais, hein ?

—Je… j'ai bien vu Garance. Elle… elle est avec Lorenzo…

La jeune Indra courrait dans le campement, cherchant désespérément où pouvait se trouver Lorenzo. Tayssa lui avait raconté les grandes lignes, sans pour autant lui avouer leur précédent meurtre.

Soudainement, elle se cogna contre quelqu'un. Elle le reconnut comme un des policiers qui leur avaient posé des questions après la mort de Ramón. Elle ne se souvenait plus trop de son nom, un certain, Tom, ou quelque chose dans le genre…

— Oh ! Désolée ! Je… je suis à la recherche de Lorenzo. Vous devez m'aider. Je crois qu'il a pris la journaliste en otage !

— La journaliste ?

Le cœur de Thomas tambourina dans sa poitrine. *Faites que ce ne soit pas Garance !* pensa-t-il très fort, comme si cela pouvait conjurer le mauvais sort.

— Oui, Garance, de *Montjoli infos*. Elle devait me rejoindre et je n'obtenais plus de signes d'elle. J'ai croisé Tayssa et elle m'a expliqué que Lorenzo l'a kidnappée. Je ne sais pas ce qu'il se passe, mais vous devez la retrouver.

— Thomas, Jonathan : partez de votre côté. Sylvie et Armand, vous formez la seconde équipe ! ordonna Pascal.

— Nous possédons une golfette et quelques trottinettes électriques, proposa Indra. Tayssa m'a dit que Lorenzo a pris la seconde voiturette.

— À tous les coups, il l'emmène quelque part, dans le parc. Mais où ? Vous avez des idées, jeune fille ? lui demanda le commandant.

Indra réfléchit quelques secondes.

— Je ne vois pas. Je veux dire… quelques-unes de nos attractions les plus dangereuses sont dans l'endroit le plus reculé. Mais pourquoi l'y conduire ?

— Justement, insista Thomas, quelle est la plus périlleuse, surtout si l'on ne respecte pas les mesures de sécurité ?

— Le Chaos ! C'est une roue géante, dont la structure principale, ainsi que ses nacelles, tournent sur elles-mêmes.

— Changement de plan ! On laisse tomber la division en deux équipes, vous filez tous là-bas, pendant que je m'occupe de retrouver Tayssa ! ordonna Pascal.

— Prenez la place du conducteur, Indra. Allons-y ! la pressa le capitaine Daumangère.

Indra se mit derrière le volant, Thomas à ses côtés, Sylvie et Armand, serrés à l'arrière. Jonathan, quant à lui, emprunta une trottinette. Il était habitué et plus à l'aise que les autres avec ce genre de moyens de locomotion, puisqu'il pratiquait déjà le skate-board.

Lorenzo s'occupait d'ouvrir la rampe d'accès à l'attraction. Encore heureux, il gardait toujours ses pass sur lui. Il devait préparer une nacelle pour y poser la journaliste, mais elle était trop étroite pour qu'il puisse l'y mettre avec la couette. Il devait donc en sortir le corps inerte, ce qui lui demanda un effort supplémentaire et lui prit plus de temps.

Il avait le dos tourné, se débattant avec l'édredon, si bien qu'il ne prêta pas attention aux engins électriques qui s'élançaient vers lui avec peu de bruit.

Thomas bondit de la golfette, son flingue déjà dégainé, et vint le poser sur la tempe du jeune forain.

— Maintenant, tu ne bouges surtout plus, sinon je te fais éclater la cervelle, tu m'entends ?

Jonathan se chargea de le menotter pendant que Sylvie portait secours à Garance. Une fois Lorenzo hors d'état de nuire, Thomas se précipita vers sa voisine. Ses yeux étaient fermés et, l'espace d'un instant, il eut peur d'être arrivé trop tard.

— Elle respire ! le rassura Sylvie. Je crois qu'il l'a endormie.

Le capitaine ressentit un tel soulagement qu'il avait presque envie de pleurer.

— On te laisse avec elle. Préviens les secours. Nous retournons rejoindre Pascal avec le détenu.

Il passa un rapide coup de fil pour qu'on leur envoie une ambulance et il prit Garance entre ses bras. Encore à moitié emmitouflée dans la couette, elle ressemblait à une poupée endormie. Elle commença à papillonner des cils.

— Oh ! Garance ! Tu m'entends ?

Ses yeux ne réussirent pas à rester ouverts. Néanmoins, le phénomène se répéta deux ou trois fois. Puisqu'elle n'était pas consciente, et ne lui répondait pas, il en profita pour se livrer.

— J'ai vraiment cru te perdre, tu sais ? Tu ne peux pas imaginer le soulagement que j'ai éprouvé lorsque Sylvie m'a dit que tu étais juste endormie. Je t'assure que j'essaie de rester fort et je respecte ta liberté d'agir, seulement… Je tiens trop à toi. Si tu disparaissais… je… Je suis fou amoureux de toi ! Tu vois, je suis un lâche, je te raconte ça pendant que tu es inconsciente parce que je sais que tu ne t'en souviendras pas… Pff… je me fais honte.

Les sirènes de l'ambulance se rapprochèrent et mirent fin à sa pathétique déclaration.

Chapitre 30

Lorsque Garance se réveilla, elle était toute vaseuse, un peu comme si on l'avait plongée dans une baignoire de balles en plastique, au milieu de laquelle elle aurait essayé de surnager. Elle se souvenait pourtant avoir lutté tout son possible contre le sommeil, mais il avait été plus fort qu'elle.

— Comment te sens-tu ? lui demanda une voix, qu'elle identifia comme celle de Thomas.

Ses yeux effectuèrent la mise au point, et elle s'aperçut qu'elle n'était ni à l'hôpital ni chez elle, mais dans une chambre qu'elle ne connaissait pas. L'espace d'un instant, son cœur bondit. Elle se posait la question de savoir si Thomas et elle n'avaient pas… Non ! Elle se le rappellerait, n'est-ce pas ?

— J'ai pris ma journée et je t'ai installée chez moi, le temps que tu reviennes parmi nous ! expliqua-t-il. Je ne pouvais pas te laisser seule après ce que tu viens de traverser.

L'angoisse d'avoir oublié une nuit dans les bras du beau capitaine reflua. Elle en était soulagée, mais également, quelque part, un peu déçue.

— Merci ! C'est vraiment adorable de ta part. Ça fait longtemps que je suis dans les vapes ?

— Un bon moment, oui. Les secouristes ont dit que tu as absorbé une forte dose de barbituriques, mais, fort heureusement, ce n'était pas assez important pour te faire plus de mal qu'une bonne grosse sieste. Tu as dormi presque toute la journée.

Effectivement, les stores étaient clos et aucune lumière naturelle ne perçait au-dehors.

— Est-ce que vous avez pu arrêter Lorenzo ?

— Oui, il est entre de bonnes mains ! Pascal et Sylvie ont passé une partie des heures précédentes à le cuisiner. À mon avis, il ne va pas s'en sortir indemne !

— Et Tayssa ?

— Elle s'est laissée interpeller sans opposer de résistance. Lorsque Pascal l'a trouvée, elle avait l'air complètement hagarde.

— C'était Lorenzo, la tête pensante de l'opération. Elle n'a fait que le suivre, croyant que le stratagème qu'il avait imaginé fonctionnerait. Elle ne voulait pas me faire de mal. Elle était prise au piège et avait peur que son complice ne se retourne contre elle.

— En tout cas, malheureusement pour elle, cela ne change pas les faits. Elle a bel et bien participé activement au meurtre de Ramón Cargol.

— Vous avez obtenu plus de détails ?

— Les collègues m'ont rapporté les grandes lignes. Lorenzo avait mis des somnifères, réduits en poudre, dans le verre de Ramón, lors du dîner. Celui-ci s'était ensuite senti un peu faible et Tayssa lui avait apporté son aide pour l'installer dans la caravane de du jeune homme, en lui disant de s'octroyer une petite sieste. Puis, ils avaient tous deux rejoint leurs postes à l'ouverture de la fête foraine. Vers vingt-deux heures, Lorenzo s'est servi d'une brouette pour transporter le corps dissimulé sous une couverture, mais, en le manipulant, "le patriarche" reprenait légèrement conscience. Aussi, Lorenzo s'est assuré qu'il reste tranquille en lui assenant un coup sur la nuque. Tayssa, de son côté, s'était chargée de ramener une corde et une échelle. Ils ont passé le nœud coulissant autour du cou de Ramón et l'ont hissé à une poutre de l'attraction. En quelques minutes, c'était fini.

— Et qui les a remplacés à leurs stands, pendant ce temps-là ?

— Pour Tayssa, souviens-toi ! Lorsque nous avons été commander notre barbe à papa, c'était Indra qui s'en occupait !

— Il faisait sombre et je n'y avais pas prêté attention… avoua la journaliste, de qui l'intérêt, à ce moment-là, avait été complètement happé par les beaux yeux du capitaine.

Elle se sentait bête de ne pas avoir été plus vigilante. Mais comment aurait-elle pu imaginer qu'un meurtre serait commis ce soir-là ?

— Et pour le poste de Lorenzo ?

— Le derby faisait partie des attractions qui fermaient plus tôt.

— Pourquoi Indra ne nous a-t-elle pas dit qu'elle avait remplacé Tayssa, l'espace de quelque temps ?

— Sans doute que, de son point de vue, ce coup de main était anodin ? La billetterie de l'entrée était close à vingt et une heures quarante-cinq. Alors, si Tayssa a prétendu une raison urgente, sa collègue n'a pas pu lui dire non. De plus, je pense que personne n'aurait eu idée qu'elle puisse avoir trempé dans la mort de Ramón. C'était tout de même sa petite cousine, et puis elle semblait bien trop peu musclée pour s'être occupée de lui…

— Oui… puisqu'elle œuvrait avec l'aide d'un complice ! C'est vraiment une histoire sordide ! Ces deux jeunes, désespérés de ne pas obtenir l'amour de ceux qu'ils affectionnaient…

— Les sentiments amènent à certains extrêmes, parfois…

Thomas repensait à ce qu'il avait avoué à Garance pendant qu'elle était dans les vapes. Pourquoi avait-il eu le courage de se déclarer dans ces circonstances, alors qu'il en était incapable autrement ?

La journaliste tenta de se lever.

— Je vais rentrer.

Elle vacilla et Thomas la rattrapa dans ses bras.

— Ces somnifères sont rudement costauds ! bredouilla-t-elle.

Il la relâcha doucement, prenant garde à ce qu'elle ne se trouve pas encore chancelante.

— Tu es sûre que tu te sens assez stable pour rejoindre ton étage ?

— Oui ! Et puis, Chouquette doit m'attendre ! Ma petite chipie doit avoir faim !

— Je me suis permis de veiller à ce qu'elle ne manque de rien. Je t'ai emprunté tes clés pour m'assurer qu'elle allait bien.

Cette délicate attention fit complètement chavirer le cœur de Garance. Comment ce type pouvait-il être aussi génial ? Et surtout, pourquoi ne lui avait-elle jamais dit à quel point elle l'appréciait plus que comme un simple ami ?

— Garance… je… tu…

Le téléphone portable du capitaine coupa sa tentative. C'était Pascal. Il était obligé de lui répondre.

Garance en profita pour l'embrasser sur la joue, prendre ses affaires, et s'éclipser.

— C'était magique ! Nos lèvres se sont retrouvées comme si elles ne s'étaient jamais quittées, et la suite ! La suite ! Oh, mon Dieu ! Garance ! Je n'ai jamais connu un truc comme ça !

Solène ne touchait plus terre. Le petit stratagème de la journaliste, visant à rabibocher les deux fleuristes, avait plus que porté ses fruits ! Ryan ne s'était pas fait prier quand Solène lui avait avoué qu'elle aussi ressentait quelque chose pour lui. Ils avaient alors récupéré Réglisse (qui n'avait pas été très heureux de voir sa soirée avec sa nouvelle copine écourtée) et s'étaient éclipsés chez lui où ils avaient passé une nuit, apparemment torride.

— Je ne pensais pas expérimenter ce genre de connexion, un jour ! Il était sensible à la moindre de mes sensations, c'était géant !

— Je suis vraiment très contente pour vous !

— Oh, mais je suis une horrible amie ! Je te déverse mon bonheur au visage alors que tu as failli te faire assassiner et que tu n'as toujours pas avancé d'un iota avec ton beau policier…

— Heureusement qu'il était là, une fois de plus, sinon, tu serais en train de me pleurer au lieu de t'extasier sur les performances de ton nouvel amant ! ricana-t-elle gentiment.

— Ma vie ne serait pas la même si tu n'en faisais plus partie, ma jolie. Je bénis vraiment Thomas de veiller si bien sur toi !

— Il m'avait ramenée chez lui, j'étais dans sa chambre à mon réveil, et s'était même occupé de Chouquette ! Tu te rends compte ?

— Je constate surtout que tu seras allée au moins une fois dans son lit ! Bon, pas pour une activité aussi intéressante que celle dont j'ai fait l'objet avec Ryan, mais… on peut considérer ça comme une avancée tout de même, non ?

Les deux amies partirent dans un fou rire.

La communauté gitane de *La fiesta Cargol* était encore sous le choc. Quand Lorenzo et Tayssa avaient été emmenés par les policiers, ils étaient restés un moment sans voix. Non seulement Ramón avait bien été assassiné par quelqu'un de leur groupe, mais, en plus, ils étaient deux ! Les explications que les criminels avaient données à leur geste paraissaient absurdes. Tout le monde apprit les secrets des uns et des autres : la tromperie de Mariela avec Fraco, la relation de Salvadore avec Indra, la colère, pas toujours contenue de Mario, la jalousie de Lorenzo et Tayssa… Comment pouvaient-ils tous posséder autant de zones d'ombres, alors qu'ils pensaient tout savoir sur ceux avec qui ils vivaient ?

— J'ai du mal à croire que Tayssa était amoureuse de moi et que Lorenzo en pinçait pour toi ! déclara Salvadore, alors qu'Indra et lui buvaient un verre dans un bar de la ville, quelques jours plus tard.

— Tayssa m'avait demandé de la remplacer quelques instants à son stand. Si seulement je m'étais méfiée ! Jamais je ne l'aurais imaginée capable d'accomplir un truc pareil ! C'est tellement horrible ! Et pour ta sœur, tu étais au courant qu'elle avait une liaison avec Fraco ?

— Pas le moins du monde ! Je pensais que tout allait bien entre elle et Ramón. Apparemment, on ne sait pas toujours comment se passent les choses dans un couple, une fois les portes refermées.

— Tu m'avais dit qu'elle n'était pas tranquille pendant le déroulé de l'enquête. Cachait-elle quelque chose ?

— Eh bien… Elle ne serait pas heureuse que je te le raconte, mais, je te fais confiance et je t'aime alors, voilà… Elle m'a avoué tout récemment que l'incendie qui a tué notre famille était de sa faute. Bien entendu, c'était un accident, mais, c'est tout de même à cause d'elle qu'il a démarré. À l'époque, elle avait commencé à fumer et se cachait des parents. Ce soir-là, elle avait consommé une cigarette dans la grange attenante et l'avait rapidement éteinte lorsqu'elle avait cru être sur le point d'être démasquée. Nous étions invités à dormir chez des copains. Le lendemain, on nous apprenait que nous étions orphelins…

— Elle est bien certaine de ça ? Un feu peut avoir plusieurs origines !

— Oui. Les pompiers avaient réussi à déterminer que l'incendie avait débuté dans la grange, mais le mégot n'a jamais pu être retrouvé.

— C'est terrible ! Elle a dû vivre avec cette culpabilité pendant si longtemps !

— Exactement, et c'est ce qui explique qu'elle ait choisi un homme comme Ramón. Il lui rappelait papa, et je crois que, quelque part, cela la rassurait.

— La pauvre… Tu m'étonnes, qu'elle se sentait mal.

— Elle avait peur que les flics ne remontent cette histoire, et prouvent que c'était sa faute, je ne sais comment. Genre, qu'elle les avait tués pour l'héritage.

Des talons frappaient le sol dans une cadence infernale. Cela ne passait pas inaperçu dans le labo, plus calme qu'à son habitude, certaines enquêtes venant d'être bouclées, quelques semaines auparavant. Une tranquillité relative était revenue à Montjoli et dans ses environs. Alors, quelle femme pouvait donc être aussi occupée pour presque courir de cette façon dans les couloirs ?

— Je tenais à vous féliciter en personne pour la résolution brillante de cette enquête, capitaine Daumangère ! Je sais que je suis un peu en retard pour ça, mais mon agenda ne cesse d'être submergé. Enfin, bref. Sans votre intervention et votre pugnacité, nous serions peut-être passés à côté de la vérité.

Ainsi, Elizabeth de Brignancourt s'était fendue d'une visite dans les locaux de la PTS. Cela faisait plaisir à Thomas qu'elle reconnaisse son labeur et celui de ses collègues.

— C'était un travail d'équipe, madame la procureure. Grâce aux compétences de chacun, il nous a été possible de mettre les assassins à jour.

— J'aime vraiment beaucoup votre attitude. Je suis très heureuse que le commandant Cerdan vous ait choisi pour diriger ce nouveau bureau. Continuez sur cette voie, et vous irez loin ! En tout cas, au nom de la République et de nos concitoyens, je vous remercie pour le travail effectué. À bientôt, capitaine !

Fier d'avoir été ainsi félicité, Thomas envoya un SMS à Garance.

« Rendez-vous ce soir, 20 h, chez Giorgio ? »

N'était-il pas normal de célébrer les petites victoires ? Et puis, il avait très envie de passer un peu de temps avec elle.

La journaliste lui répondit quelques minutes plus tard

« Avec plaisir, monsieur le directeur. D'ailleurs, j'ai une grande nouvelle à t'annoncer ! »

Remerciements :

Alors, ce petit tour à la fête foraine ? Ça vous a plu ? J'espère vous avoir bien plongé dans l'ambiance, et que vous avez mené une bonne enquête auprès de Garance !

La page des remerciements est toujours la plus compliquée pour moi à écrire, car j'ai l'impression de me répéter, mais bon ! Tant pis, le cœur y est, c'est l'essentiel, n'est-ce pas ?

Je tiens donc à vous remercier tous ceux et celles d'entre vous qui m'envoient des messages et me soutiennent, vraiment, c'est adorable!

Mes remerciements vont, comme toujours, également à mes proches. Une pensée chaleureuse à toutes les personnes qui ont participé de près ou de loin à la conception de ce tome. Merci pour votre aide précieuse.

Et surtout, merci à vous, chers lecteurs, de me suivre depuis quelques années maintenant, pour les « fans » de la première heure.
Merci à celles et ceux qui ont la gentillesse de noter, commenter et partager leurs ressentis ! C'est toujours une telle joie de voir que vous avez apprécié mes ouvrages.

Chacun de mes romans me demande des centaines d'heures de travail, aussi, c'est une réelle satisfaction de constater que vous avez pris du plaisir à vous y plonger.

Merci pour votre soutien et vos messages. ♥

À propos de l'auteur

Audrey Woodberry

Amoureuse des mots depuis petite, elle noircit les pages de nombreux carnets dans l'intimité de sa chambre. Elle met ensuite sa plume à contribution de son blog qu'elle alimentera pendant dix ans avant de décider qu'il serait grand temps de faire passer ses histoires entre d'autres mains.

Les enquêtes de Garance – Tome 6 – Fête foraine funeste est son dixième ouvrage édité.

Bibliographie

➢ Le secret de Cedarmoss, 2021
➢ Noël chez les koalas, 2021
➢ Maramerta, 2022
➢ Les équations du cœur, 2022

➢ Panique au garage, 2022
➢ Le fournil infernal, 2023
➢ Confinement fatal, 2023
➢ Grabuge au château, 2023
➢ Une affaire épineuse, 2023

❖ Mon carnet de lecture cosy hygge, 2022
❖ Mon carnet de lecture cosy mystery, 2022

N'hésitez pas à me retrouver sur les réseaux sociaux pour échanger, notamment sur :

- Instagram @audreywoodberry
- Twitter @AudreyWoodberry
- FB @AudreyWoodberryAuteure
- TikTok @audreywoodberry

À l'issue de votre lecture, si vous l'avez aimée, merci de bien vouloir partager vos impressions en laissant une note et un commentaire sur Amazon, ainsi que sur les communautés de lecteurs (Booknode, Babelio, Livraddict, Goodreads…) ! Parlez-en aussi à vos amis ! Cela aiderait énormément à faire connaître mes livres ! ♥

À découvrir de la même auteure :

   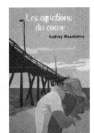

Soutenez vos auteurs autoédités !

- Achetez vos exemplaires (le téléchargement illégal est non seulement un vol punissable légalement, mais qui en plus fait de vous une personne moralement répréhensible).
- Notez et commentez vos lectures sur les plateformes d'achats (Amazon, Kobo, Fnac…) et de lecture (Booknode, Goodreads, Babelio, Livraddict…)
- Parlez-en également à vos proches et sur vos réseaux sociaux ! Écrivez des articles si vous avez un blog !
- Suivez l'auteur sur ses réseaux sociaux ! Un peu d'encouragement est toujours bienvenu 😊
- Venez discuter : que ce soit virtuellement (e-mails, messages privés…) ou dans la vraie vie (salons, dédicaces…) !

Printed in France by Amazon
Brétigny-sur-Orge, FR

18689191R10183